마야의 달

김사라 장편소설

청어 도서출판

마야의 달

김사라 지음

발행처 · 도서출판 청어
발행인 · 이영철
영 업 · 이동호
홍 보 · 최윤영
기 획 · 천성래 | 이용희
편 집 · 방세화
디자인 · 김바라 | 서경아
제작부장 · 공병한
인 쇄 · 두리터

등 록 · 1999년 5월 3일
(제321-3210000251001999000063호)

1판 1쇄 인쇄 · 2015년 10월 1일
1판 2쇄 인쇄 · 2016년 11월 30일

주소 · 서울특별시 서초구 효령로55길 45-8
대표전화 · 02) 586-0477
팩시밀리 · 02) 586-0478

홈페이지 · www.chungeobook.com
E-mail · ppi20@hanmail.net
ISBN · 979-11-5860-344-1 (03810)

이 도서의 국립중앙도서관 출판시도서목록(CIP)은 서지정보유통지원시스템 홈페이지
(http://seoji.nl.go.kr)와 국가자료공동목록시스템(http://www.nl.go.kr/kolisnet)에서 이용하
실 수 있습니다.(CIP제어번호: CIP2015021792)

"한 알의 밀알이 땅에 떨어져
죽지 않으면 한 알 그대로 있고
죽으면 많은 열매를 맺는다."

―요한복음 12장 24절―

밤하늘의 별이 되어
8년 동안 나를 지켜봐 주신
어머니에게 『마야의 달』을 헌정합니다.

들어가면서

　다섯 살, 독실한 불교 신자였던 어머니 손에 이끌려 영문도 모른 채 고향 안동에 있는 봉원사라는 절에 따라갔다. 이른 아침 대웅전 안은 어둡고 무서웠다. 그런데 갑자기 대웅전 안이 환하게 밝아지더니 불상에서 빛이 나기 시작했다. 세상에서 가장 아름다운 얼굴을 보았다.

　여섯 살, 언니를 따라 천주교 성당을 난생처음 갔다. 어떤 연유에서인지는 기억나지 않지만, 본당 안에 홀로 있게 되었다. 어둠 속에서 어떤 사람이 거의 발가벗은 채 머리에는 가시로 엮은 관(冠)을 쓰고, 고통스럽고 슬픈 얼굴로 고개를 떨어뜨린 채 십자가에 매달려있었다. 무서웠다. 그러곤, 가슴이 저미는 감동으로 마루에 무릎을 꿇었다.

　일곱 살, 언니들이 읽고 있던 『성 프란시스 전기』라는 책 제목을 보고 가슴이 두근거렸다. 한 번도 들어본 적이 없는 이름이었는데 이상하게도 마음이 끌려 그 책을 읽기 시작했다. 읽어가는 동안 내내 가슴이 뜨거웠다. 그날 밤, 이불을 뒤집어 쓰고 소리를 죽이며 울었다.

열일곱 살, 대학 입시 전날 밤 소크라테스의 『변명』을 읽었다. 왜 그랬는지는 아직도 이해되지 않는다. 그러나 소크라테스의 '숭고한 삶과 죽음' 앞에서 깊이 감동했던 기억은 아직도 생생하다.

오십 세 살, 몸과 마음과 영혼이 끝이 보이지 않는 나락에 떨어졌다. 덫에 걸려 상처 입은 짐승처럼 사람을 피해 깊은 숲 속에서 상처를 핥으며 릴케의 시(詩)에 위로를 받으며 기나긴 '영혼의 어두운 밤'을 지새우고 있었다. 어느 추운 겨울날 천상에서 들려오는 듯한 소리에 잠을 깼다. 얼어붙어 있던 내 가슴이 따뜻해지고, 절망과 비탄에 젖어있던 내 영혼이 정화(淨化)되면서 승화(昇華)되는 것 같았다. 그레고르 알레그리의 '미제레레 메이'와 바흐의 '마태수난곡'이었다. 음악이 꺼져가는 영혼에 불을 지핀다는 것을 이때처럼 통감한 적이 없었다.

오십 여덟 살, 대자연 그랜드캐니언을 마주 대했을 때 태고(太古)의 소리, 거대한 침묵의 선율을 들었다. 내 존재의 근원이 흔들리고, 내 영혼이 무(無)와 합일되면서 자유로워지는 것을 체험했다. 숭고(崇高)체험이었다.

그리고 육십 살, 나는 『마야의 달』을 쓰기 시작했다. 그랜드캐니언에서 받은 감동을 언어로 재현한다는 것은 불가능하다고 생각해서 2년 동안 고스란히 내 속에 품고만 있었는데 기어이 글로 표현해버렸다. '말해질 수 없는 것을 말해버린' 어리석음을 범한 것이다. 그러나 만삭이 된 아이를 더 이상 품고 있을 수만은 없었다.

지난 19개월 동안 글을 쓴다는 일은 내게 기도와 묵상을 하는 것과 같았다. 내 내면의 가장 깊은 곳을 들여다보는 일이요, 신의 사랑을 느끼는 일이요, 우주의 숨소리를 듣는 일이었다. 고요 가운데서 침묵의 선율을 들으면서 매 순간 샘물처럼 솟아오르는, 세상이 줄 수 없는, 마음의 평화와 환희를 느끼는 일이었다. 내 삶의 상처가 치유되고 내 영혼이 안식하는 시간의 연속이었다. 『마야의 달』은 내게 예술이 진리를 낳고, 진리는 자유를 낳고, 자유는 사랑을 낳고, 사랑은 생명을 낳는다는 것을 깨닫게 했다.

　이제 마야의 달을 맞이하러 가야겠다.

김사라

차례

차례

제 1 부

바다의 노래

밤하늘 보름달이 검은 바다 위에 한 가닥 얇은 은빛 비단 길을 수놓는다. 바람 한 점 없이 고요한 북쪽 바다는 홀로 달빛을 품는다.

문득, 영원히 지속될 것 같던 밤의 적요가 깨진다. 바다와 보름달이 흠칫 놀란다. 어둠 속 해변을 따라 작은 물체가 움직인다. 달빛에 드러나는 침입자의 행색이 초라하다. 그가 피리를 분다. 애절한 선율이 바다를 울리니 환하게 빛나던 보름달의 낯빛이 흐려진다.

그는 속죄하기 위해 세상의 끝에서 끝을 떠돌아다닌 순례자다. 얼마나 긴 세월이 흘렀는지 그는 알지 못한다. 시간은 그에게 의미가 없다. 사랑하는 아들과 아내를 죽인 살인자에게 시간이란 더 이상 존재하지 않기 때문이다. 그에게 의미가 있는 것은 다만 가슴에 품은 피리뿐이다.

끝없이 넓고 큰 바다는 여태껏 자신보다 더 위력 있는 존재는 없다고 믿어왔다. 어떤 것이든 자신의 세계를 침범하면 단번에 삼켜버려 그 자취를 없애버렸다. 그런데 연약한 피리 선율이 바다의 가슴을 마구 헤집고 들어와 여태 누구에게도 어루만져진 적이 없는 외로운 가슴의 현(絃)을 탄주한다. 바다가 운다. 연약한 피리 소리와 거대한 바다의 포효가 불협화음의 앙상블을 연주한다.

마침내 바다가 기억해낸다. 수천만 년, 아니 영겁의 시간 동안 자신의 외로움을 깊이 묻어놓았다는 것을. 세상은 넓고 큰 바다를 경외해 왔을 뿐 바다의 외로운 속을 알지 못했다.

그동안 바다는 하늘을 나는 갈매기들에게 말을 붙여보곤 했다. 그러나 갈매기들은 늘 너무 분주했다. 바쁘게 날아다니며 바다가 품고 있는 물고기들을 잡아 둥지에서 기다리고 있는 새끼들을 부양하는 것만으로도 그들은 벅차했다.
그동안 바다는 물고기들과 이야기를 나누려 해보았다. 하지만 물고기들 역시 일용할 양식을 구하느라 분주했다.
하늘의 태양은 어떠했던가? 태양의 강렬하고 찬란한 빛은 바다가 쳐다보며 오랫동안 대화하기에는 너무 눈이 부셨다.
하늘의 구름은 또 어떠했던가? 구름은 변화무쌍하게 늘 그 모습을 바꾸며 부단히 옮겨 다니기 때문에 한 자리를 지키며 고요히 대화를 나누기는 불가능했다.

바다를 위로해 준 것은 밤하늘의 달과 별들이었다. 그들의 은은하고 영롱한 빛은 늘 바다를 따뜻하게 비추었다. 바다는 특히 보름달과의 만남을 좋아했다. 비록 한 달에 한 번밖에는 만날 수 없지만 보름달은 때로는 따뜻하게, 때로는 수정 같이 맑게 얼굴 가득히 미소를 띠어주었다. 그러나 따뜻하고 맑은 보름달빛조차도 바다의 깊은 속까지는 닿지 못했다.

그래서 바다는 오래 전부터 대화를 나눌 친구 찾기를 포기하고 말았다. 그렇게 바다는 칠흑 같은 어둠으로 가슴을 덮어놓았다. 그래서 깊은 가슴은 늘 시렸다.

바다의 깊은 자궁은 생명을 품고 있다. 세상은 생명을 품고 탄생시키는 어머니 같은 바다가 친구를 필요로 한다는 것을 한 번도 생각해 본 적이 없다. 어머니의 가슴은 어린 자식들이 고단할 때 따뜻하게 감싸주는 요람이다. 정작 어머니 가슴에 안겨있건만 어린 자식들은 어머니 가슴 속 외로움을 느끼지 못한다. 그들에게 어머니란 다만 자신들을 위한 존재일 뿐이다. 어머니도 외로움이 있고 그 외로움을 나눌 친구가 필요하다는 것을 어린 자식들은 이해하지 못한다.

그렇게 어머니는 늘 외롭다. 자식에 대한 사랑이 깊으면 깊을수록 더욱 더 외롭다. 그러나 어머니는 외롭다고 울지 않는다. 아니, 울 수가 없다. 자신에게 의지하고 있는 연약한 자식들에게 울음을 보일 수 없기 때문이다. 그래서 어머니는 늘 따뜻한 미소를 띠고 있다. 그래서 어머니는 늘 강해 보인다. 아니, 강해 보여야만 한다. 그래서 어머니는 더욱 더 외롭다.

그렇게 어머니 가슴 속은 늘 비어있다. 그 텅 빈 가슴 속은 늘 깊은 울림으로 가득하다. 가슴 속 비워진 공간이 크면 클수록 그 울림은 더욱 깊다. 그러나 그 깊은 울림은 가슴 속에서만 울려야 한다. 그래서 어머니는 늘 외롭다. 그렇게 바다는 늘 외로웠다.

　　여태 바다는 하늘을 부러워해왔다. 하늘은 가끔 울부짖기도 했기 때문이다. 이제 바다는 최초로 그리고 마침내 하늘이 내지르는 천둥소리를 낼 수 있게 되었다. 연약한 피리 선율이 짐짓 의연한 체 외로움을 감추고 있던 바다의 얼어붙은 가슴을 녹여버렸기 때문이다. 바다가 울부짖는다. 태고의 울음이다.

　　거대한 바다의 포효와 연약한 피리 소리가 만들어내는 불협화음은 그 어떤 화음보다 더 조화롭다. 둘은 함께 운다. 지독한 슬픔의 공명(共鳴)이다. 지극히 아름다운 공명이다. 역설적 듀엣이다.

　　이제 바다는 더 이상 외롭지 않다. 바다가 최초로 자유로움을 느낀다.

제 1 장

피리 부는 예인(藝人)과 붉은머리피리새

그가 문득 피리 소리를 멈춘다. 어디선가 들려오는 아름다운 선율이 그의 지친 몸과 마음을 휘감아 안았기 때문이다. 오랜 세월 가슴 속 깊이 묻어놓았던 외로움과 슬픔이 한 순간에 녹아내린다.

붉은 날개를 단 아주 작은 천사가 피리를 불며 보름달빛을 타고 하늘에서 내려오고 있다. 천사는 마치 자석에 끌린 듯 그에게로 다가온다. 천사의 아름다운 피리 소리와 황홀한 자태에 취해 그가 다시 피리를 분다. 그의 피리 소리와 천사의 피리 소리가 어우러지면서 아름다운 밤의 음악을 수놓는다.

천사는 불타는 듯 화려한 자태를 지닌 붉은 색의 작고 아름다운 새였다. 새의 자태와 노랫소리에 넋을 잃은 그의 입술이 가늘게 떨린다.

"난생 이토록 아름다운 선율을 들어본 적이 없습니다. 당신은 누구신지요?"

"저는 붉은머리피리새라 합니다. 당신은 누구시기에, 그리고 무슨 연유로 이토록 애절하게 피리를 불어 깊은 밤의 적막을 깨우시나요?"

"마음이 심란하면 피리 소리에 의지합니다. 나는 이 피리 소리를 내기 위해 자식을 희생한 비정한 애비요, 사랑하는 아내를 죽게 한 죄인입니다. 죄가 사해지길 바라는 마음으로 고향을 떠나 이렇게 피리 소리에 의지하며 오랜 세월 떠돌아다니고 있습니다."

"가여운 예인이여. 당신의 피리 소리는 인간이 낼 수 있는 음악 소리로는 더할 나위가 없습니다. 그러나 안타깝게도 그 피리 소리만으로는 당신의 죄가 사해질 수는 없을 것 같군요. 비록 위로는 받을지언정, 당신은 하늘피리 소리가 필요합니다."

그는 하마터면 피리를 손에서 떨어뜨릴 뻔 했다.

"당신의 말이 맞습니다. 어떻게 당신이 하늘피리 소리에 관해 알고 있단 말입니까? 혹시 방금 불었던 그 선율이 하늘피리 소리가 아닌지요? 이제부터 나와 함께 지내며 그 하늘피리 소리의 비법을 전수해주길 바랍니다. 그 비법을 터득하기 전까지는 절대로 당신을 보내주지 않을 것입니다."

피리 부는 예인(藝人)은 단숨에 그 작은 새를 잡아 자신의 가슴에 품는다. 붉은머리피리새는 놀라움과 두려움에 작은 날개를 퍼덕거리며 애원한다.

"제발 저를 놓아주세요. 저는 돌보아야 할 어머니가 계십니다. 제가 당신과 함께 가버리면 홀로 남게 될 노모는 어찌한단 말입니까?"

자신의 경망스러운 행동에 당황한 그가 황급히 사과한다.

"붉은머리피리새여, 미안하오. 내가 너무 흥분해서 당신에게 큰 결례를 했소. 이기적이고 성급했던 내 행동을 용서하시오. 사랑하는 가족과 이별한다는 것이 얼마나 절망적인 삶인지 나는 너무나 잘 알고 있소. 그러나 잠시라도 나와 함께 지내며 내게 그 소리의 비법을 가르쳐줄 수는 없겠소? 하늘피리 소리를 내지 못한 채 죽는다면 구원받지 못한 내 영혼은 지옥 불에 던져져 영원히 고통 속에서 울부짖을 것이요. 제발 나를 불쌍히 여겨 도와주시오."

"오, 가여운 분. 하늘피리 소리에 대한 당신의 간절한 마음을 이해합니다. 그러나 저는 당신이 원하는 새가 아닙니다. 제 노래는 하늘피리 소리 근처에도 가지 못한답니다. 당신이 원하는 것은 붕(鵬)의 노래일 것 같습니다."

"붕이라고요?"

"네, 붕은 언젠가 하늘피리 소리를 낸 후 하늘 못이라 불리는 남쪽바다로 날아가 버렸답니다. 그 후 아무도 그녀를 다시 보지 못했다고 합니다. 그러나 간혹 오늘같이 고요한 밤 보름달이 떠오르면 하늘피리 소리와 유사한 선율이 잠자는 바다를 깨우며 울려 퍼진다고도 전해집니다. 그러나 어쩌면 그것은 다만 허황된 소문에 지나지 않을 수도 있습니다. 남쪽바다가 이곳에서 얼마나 먼 곳인데 아무리 하늘피리 소리라 한들 어찌 여기까지 들릴 수 있겠습니까?"

"아, 잠깐만요. 그러고 보니 아까 어떤 신비한 음악 소리가 들렸던 것 같습니다. 내 평생 온 세상을 다 돌아다녔지만 여태 한 번도 그렇게 오묘한 선율을 들어본 적이 없었지요. 그것은 가히 천상의 음악 소리라 하지 않을 수 없었습니다. 미약하게나마 들렸던 그 선율은 무너져 있는 내 가슴과 영혼에 형용할 수 없는 위로를 주었답니다. 더 귀를 기울여 들어보려 했으나 이내 파도 속에 묻혀버리고 말았답니다. 나는 방금 당신의 노랫소리가 그 소리인 줄 알았습니다."

"아, 어쩌면 그것은 붕의 노래였을지도 모릅니다. 헛된 소문만은 아니었군요! 당신은 참으로 운이 좋은 분이십니다. 아니, 당신이 그 소리를 들을 수 있는 귀가 있나 봅니다. 들을 귀가 없는 이는 아무리 들어도 듣지 못하니까요. 저를 놓아주시면 붕에 관한 이야기를 들려드리겠습니다. 붕의 자태와 노래는 저와는 비교가 되지 않는답니다. 여태 그 어느새도 그 크기와 위용과 신비함에 있어 붕과 견줄 만한 새가 없었답니다."

"붕이라는 새가 날아간 남쪽바다는 여기에서 구만 리나 떨어져 있지 않습니까? 어떻게 일개 새가 되어 그렇게 먼 곳으로 날아갈 수 있었을까요?"

"방금 말씀드렸듯이 붕은 그 크기와 위력에 있어서 다른 새들과는 비교가 되지 않습니다. 그녀가 한 번 날개를 펼치면 하늘을 덮을 정도였으니까요."

"세상에 어찌 그렇게 큰 새가 있을 수 있단 말이요? 정녕 당신이 꾸며 낸 이야기가 아니란 말입니까? 큰 새가 느닷없이 하늘에서 떨어진 것도 아니고 땅에서 솟은 것도 아닐진대, 그 새도 자신을 낳은 어머니가 있을 것이 아니요? 당신이 그 어미 새를 본 적이라도 있단 말입니까?"

"어느 누구도 그녀의 어머니를 본 적이 없답니다. 상식적으로 볼 때 당신의 질문은 타당합니다. 붕은 하늘에서 떨어진 것도 땅에서 솟은 것도 아닙니다. 허나, 믿기지 않으시겠지만, 그녀는 이곳 북쪽 바다에서 솟아올랐답니다. 그러나 그녀가 처음부터 그렇게 큰 새는 아니었습니다. 처음 우리가 그녀를 이곳 북쪽 바닷가에서 발견했을 때 그녀는 카나리아보다 더 작은 새였답니다."

"그런 작은 새가 어떤 연고로 그렇게 큰 새가 되었단 말입니까?"

"이제 당신에게 그 연고를 말씀드리겠습니다. 작고 연약한 새가 어떻게 하늘을 덮을 정도로 큰 새가 되었는지, 그 믿기 어려운 전설적인 붕의 일생을 말씀드리려 합니다."

"어서 그 새에 대해 말해주시기 바랍니다."

"예인이여, 먼저 말씀드릴 것이 있습니다. 여태껏 이곳 북쪽 바다 작은 새(鳥) 왕국에서는 붕에 대한 이야기를 금기로 해왔답니다. 신성한 보물은 그 가치를 알아주는 이에게만 보여줘야 하기 때문이지요. 그런데 하늘피리 소리에 대한 당신의 순수열정을 확인했으니 안심하고 기쁘게 말씀드리려 합니다."

"진심으로 고맙습니다."

예인이 두근거리는 가슴을 진정시키며 작은 새의 입에서 흘러나오는 이야기를 경청하려고 해져 누더기가 된 옷매무새를 가다듬는다. 밤하늘의 보름달과 별, 그리고 바다도 숨을 죽이며 귀를 기울인다. 마치 온 세상이 숨을 멈춘 듯 고요하다. 붉은머리피리새의 청아한 목소리가 밤의 정적 속에서 울려 퍼진다.

꿈속의 얼굴 1

어떤 신비스러운 음악 소리에 이끌려가고 있다. 어디인지 알 수 없는 깊고, 어둡고, 광활한 곳이 내려다보인다. 문득 음악이 끊기고 깊은 정적만이 귓가에 울린다. 그런데 그 깊고, 어둡고, 광활한 곳에서부터 형체를 알 수 없는 희미한 물체가 정적을 깨고 솟아오르면서 자신에게 말을 걸려고 하는 것 같다. 가슴이 떨리도록 무섭다. 그러나 또한 형용할 수 없는 신비로움에 마음이 끌린다.

그 희미한 물체를 좀 더 또렷이 보려고 가까이 다가가려 하자 거대한 빙산이 폭발하듯 어마어마한 소리를 내지르며 산산이 부서져 사방으로 흩어진다. 세상이 온통 형용할 수 없는 은빛으로 불타오르고 있다. 두려움으로 몸이 얼어붙어 있는데 그 거대한 불꽃이 삽시간에 자신을 덮친다.

"아악!"

곤(鯤)이 꿈에서 깨어난다.

"또 똑같은 꿈을 꿨네? 언제부터인가 매일 밤 되풀이되는 이 꿈은 도대체 내게 무엇을 말하려는 걸까? 아직도 가슴이 떨린다! …… 아, 늦어버렸네? 아빠가 많이 기다리시겠다."

악몽을 떨쳐내며 곤은 서둘러 아버지와 늘 만나는 장소로 향한다. 자유

의 광장으로 허겁지겁 들어오는 딸의 모습을 보며 아버지는 입가에 부드
러운 미소를 지으며 말한다.

"오늘도 무서운 꿈속에서 허우적거리느라 늦잠을 잤나보구나?"

"아빠, 죄송해요. 오늘도 노래 연습시간에 맞추지 못했어요."

"그래, 괜찮다. 오늘은 조금만 연습하자꾸나. 어제 가르쳐준 대로 한번
해 보거라."

곤은 가빴던 숨을 가다듬고 차분하게 노래 부른다. 그녀의 영롱한 목소
리가 울려 퍼지니 지나가던 물고기들이 경탄을 금치 못해 가던 길을 멈
추고 귀를 기울인다. 그러나 그의 얼굴은 실망에 찬 모습이 역력하다.

"노래는 목으로 부르는 것이 아니라 가슴으로 부르는 것이라고 몇 번
이나 말하지 않았니?"

"하지만 전 아직 가슴으로 노래 부른다는 뜻을 이해할 수 없습니다."

어린 곤은 자못 의기소침하여 고개를 떨어뜨린다. 맑았던 눈에서 진주
같은 눈물이 뚝뚝 떨어진다. 오늘도 아버지의 기대치에 도달하지 못한
곤은 애가 탄다. 그런 딸을 아버지는 얼굴 가득히 미소를 담고 사랑의 눈
길로 내려다본다.

"그래, 너무 심려치 마라. 네가 이해할 때까지 나는 기쁜 마음으로 몇
번이고 되풀이해서 가르쳐줄 것이다. 자, 잘 들어보아라. 가슴으로 노래
를 부른다는 뜻은 네가 부르는 노래가 네 가슴 깊은 곳에서부터 울려나
와 네 노래를 듣는 다른 생명체의 가슴을 울린다는 뜻이다. 기교를 부리
거나 남의 노래를 흉내 내기는 어렵지 않다. 그러나 그런 노래는 네 가슴
도, 남의 가슴도 울리지 못한다. 네 가슴을 울리지 못하는 노래는 남의

가슴도 울리지 못한다는 것을 알아야 한다. 남의 노래가 아닌 네 자신의 노래를 불러야 한다. 오직 네 가슴과 영혼에 순수성을 담아 진심으로 불러야 한다."

"왜 남의 노래를 흉내 내면 안 되나요? 왜 꼭 제 자신의 노래를 불러야만 하나요?"

"자신의 노래를 부를 때 '자유'를 경험하기 때문이다. 음악은 우리 영혼을 자유롭게 한단다. 세상의 모든 것을 다 가졌다 해도 영혼이 자유롭지 못하면 다 부질없는 것이다."

"왜, 그런가요?"

"영혼이 자유롭지 않으면 행복하지 않기 때문이란다. 오, 사랑하는 내 딸, 곤. 너는 아직 너무 어려 내 말을 이해하지 못하는 구나. 내 성급함을 나무라야지 어떻게 너를 나무라겠느냐? 언젠가는 가슴으로 네 자신의 노래를 부르게 될 날이 올 것이라고 믿는다. 그리고 나면 영혼을 울리는 노래를 부를 수 있게 될 것이다. 자, 그 때를 기약하며 오늘 노래연습은 여기까지 하자. 서둘러 여왕의 성으로 돌아가야만 한다. 북쪽 바다 왕국 공주의 생일 축하연이 우리를 기다리고 있다."

북쪽 바다 왕국의 향연

"도대체 그들은 어디서 무얼 하고 있기에 여태 돌아오지 않는 걸까?"

곧 시작될 연회에 아직까지 딸과 남편이 도착하지 않자 여왕은 마음이 조급해진다.

"여왕님, 고정하십시오. 오늘도 그들은 '자유의 광장'에서 함께 노래 연습을 하고 계실 것입니다. 곧 도착하실 것입니다."

시종의 말이 떨어지기도 전에 아름다운 부녀가 모습을 드러낸다. 여왕은 절로 입가에 미소가 떠오른다.

"무슨 사고라도 난 것이 아닐까 염려했답니다. 무사히 돌아와서 다행입니다. 이제 우리 북쪽 바다 왕국의 공주, 곤의 생일을 축하하는 향연을 시작하기로 합시다."

향연의 시작을 알리는 폭죽이 여왕의 아름다운 성 위로 높이 올라 터지며 화려한 빛을 발하고 팡파르가 울려 퍼진다. 향연에 참석한 모든 물고기들이 환성을 지른다.

"북쪽 바다 왕국 공주님의 행복한 생신을 위하여!"

아름다운 무희들의 화려한 춤사위와 왕궁 악사들의 기품 있는 연주와 합창단의 아름다운 합창이 조화롭게 울려 퍼진다. 이윽고 향연이 절정에 다다른다.

"공주의 생일을 축하하기 위해 이 자리에 참석하신 내빈여러분께 깊은 감사를 드립니다. 이제 우리 왕국의 국서(國壻)님께서 여러분들에게 답례의 노래를 불러주시겠습니다."

여왕이 만면에 희색을 띠며 품위 있는 자태와 낭랑한 목소리로 내빈들에게 감사의 인사말을 전한다.

"이 노래를 사랑하는 제 딸, 북쪽 바다 왕국의 공주, 곤에게 바칩니다. 여러 귀빈들께서는 이제 저와 함께 공주의 생일을 축하해주시기 바랍니다.”

국서의 노래가 궁중에 울려 퍼진다. 떠들썩하던 궁 안의 분위기가 한순간 숙연해진다. 여태 한 번도 들어보지 못한 황홀하고 신비스러운 노래다. 참석한 모든 내빈들이 넋을 잃는다.

물고기 내빈들 뿐만이 아니다. 연회석의 흥취에 흠뻑 젖어 온몸으로 춤을 추던 해초들과 해마들, 그리고 산호들이 움직임을 멈춘다. 다섯 개의 손발로 궁중 악사들이 연주하는 음악에 맞추어 매혹적인 춤을 추고 있던 빨간 불가사리도 그만 춤사위를 멈추고 만다. 모래 깊숙이 몸을 감추고 있던 바다가재들도 그의 노래를 들으려고 모래 위로 올라오다가 그만 얼어붙은 듯 움직임을 멈춘다. 모래 밖으로 나와 있던 소라고둥들도 숨을 멈추고 그 큰 귀를 기울인다.

깊은 바닷속 모든 생명체들이 온통 그의 노래에 넋을 잃고 만다. 마치 그 순간만은 아무 것도 존재하지 않는 듯하다. 오직 그가 부르는 노랫소리만이 영원 속에서 시간을 장악하고 있는 듯하다. 아니, 그의 노랫소리조차도 더 이상 존재하지 않는 듯하다. 멈추어진 시간 속에서 오직 절대 정적만이 울려 퍼지고 있다.

이윽고 오랜 정적의 울림이 멈추자 영원 속에 멈추어져 있던 시간이 마법에서 풀려난 것처럼 다시 움직이기 시작한다. 무희들이 다시 춤을 추고, 악사들이 다시 음악을 연주하고, 합창단들이 다시 노래를 부르고 있다. 향연에 참석한 모든 물고기 내빈들은 이 마법 같은 진경(珍景)에 경탄을 금치 못했다.

"그는 천상의 목소리를 가졌다. 우리는 잠시 하늘나라에 가 있었던 것이다. 하늘나라 신의 노래인들 그의 노래에 견줄 손가!"

참석했던 모든 내빈들은 한결같이 그의 노래를 극찬했다.

그런데 곤에게는 어쩐지 그 노래가 낯설지 않았다. 언젠가 들어본 적이 있는 것 같았다. 그것은 어쩌면 매일 밤 꿈속에서 들었던 음악 소리 같기도 했다. 하지만 그럴 리가 없지 않은가? 곤은 이내 자신의 생각을 떨어버리고 내빈들과 기쁨을 함께 한다.

북쪽 바다 왕국에서 가장 아름다운 노래를 부르는 국서의 딸이라는 사실에 곤은 더할 나위 없는 행복을 느꼈다.

"나도 언젠가는 아버지처럼 이 북쪽 바다 왕국의 모든 생명체들에게 기쁨과 행복을 주는 노래를 부를 거야."

"오, 그가 정녕 그 금지된 노래를 불러야만 했단 말인가?"

기쁨과 감격으로 흥분해 있는 내빈들과 공주와는 달리 여왕은 불안으로 떨고 있었다. 여왕의 불길한 예감이 현실이 되기까지는 그리 오랜 시간이 걸리지 않았다. 느닷없이 커다란 해일이 여왕의 성으로 밀어닥치며 우레와 같은 소리가 울렸다.

"너, 북쪽 바다 왕국의 국서! 감히 필멸의 존재가 불멸의 신의 노래를 사칭하여 물고기들에게 네 노래가 하늘의 신의 노래를 능가한다고 믿게 하다니! 신을 능멸한 죄를 어찌 감당하려 하느냐? 너는 앞으로 죽을 때까지, 아니, 죽은 후에도 더 이상 노래를 부르지 못하게 될 것이다!"

신의 전령이 저주를 내리자마자 여왕의 성은 아수라장이 되어버렸다. 무지갯빛으로 빛나던 여왕의 성이 순식간에 잿빛으로 변했다.

신의 전령의 저주로 목소리를 잃고 더 이상 노래를 부를 수 없게 된 국서는 삶의 기쁨을 잃어버린 채 시름시름 앓기 시작했다. 곤은 영문을 모른 채 두려움에 떨고 있다.

"사랑하는 내 딸, 곤. 나는 이제 더 이상 너와 함께 노래를 부를 수 없게 되었구나. 내 삶은 여기까지다. 나는 이제 먼 나라로 가야만 한단다. 그러나 나는 내게 주어진 임무를 완수했다. 너에게 가슴과 영혼으로 부르는 노랫소리를 들려주었다. 그것으로 나는 만족하다. 너는 훗날 나보다 더 위대한 노래를 불러 너 자신 뿐 아니라 다른 모든 죽어가는 생명체들에게 가슴의 환희와 영혼의 자유로운 비상을 맛보게 해라. 안녕히, 내 사랑. 잊지 마라. 노래는 가슴과 영혼에 순수성을 담아 불러야 한다는 것을."

따뜻했던 아버지의 육신이 싸늘하게 식어버리자 곤은 문득 아버지가 낯설게 느껴졌다. 그토록 가깝게 느껴졌던 아버지가 어떻게 한 순간에 이토록 아득히 멀리 느껴질 수 있단 말인가? 아버지는 이미 유명(幽冥)을 달리하고 이승을 떠나 저승으로 가버렸다는 것을, 죽음은 삶의 연장이 아니라는 것을 어린 곤은 이해할 수 없었다.

가슴 깊은 곳에서부터 어떤 뜨거운 것이 북받쳐 오르더니 가슴이 메어지는 것 같았다. 이전에 한 번도 느껴보지 못한 자신의 감정에 곤은 어찌할 바를 모른 채 두려움에 떨고만 있다. 그토록 찬란하게 빛나던 여왕의 성이 그 빛을 잃어버리고 세상이 흑암으로 덮인 것 같았다. 마치 출구가 없는 거대한 암벽 감옥 속에 홀로 내동댕이쳐진 것 같았다. 두려움과 절망의 벽 앞에서 아무리 울부짖어도 그 벽은 무너지지 않았다. 그동안 왕국에서 그녀가 원하는 것은 무엇이든 다 가질 수 있었다. 그러나 이제 그 무엇으로도 아버지를 다시 살릴 수는 없었다.

　곤에게는 스승이 한 분 계셨다. 그는 지혜롭고 인자했다. 그녀는 괴로움을 견디지 못해 그를 찾아갔다.

　"왜 행복은 영원할 수 없나요? 왜 우리는 영원히 살지 못하나요? 왜 모든 것은 변해야 하는 건가요? 왜 아버지는 신의 저주를 받아 죽음을 당해야만 했나요? 아버지의 죽음은 왜 제 가슴에 이토록 감당할 수 없는 아픔과 슬픔을 가져다주는 것일까요?"

　마치 봇물이 터지듯 곤은 스승에게 울음으로 범벅이 된 질문을 쏟아 부었다.

　"곤, 아름다운 북쪽 바다 왕국의 공주. 국서는 너를 자신의 생명보다 더 소중하게 여기셨던 것이다. 그는 다른 물고기들에 비해 음악성이 월등하게 뛰어났었다. 그의 음악성은 어떤 물고기도 이해하지 못하는 신의 경지에 다다랐다. 국서는 그러한 경지를 네게 알려주고 싶었던 것이다. 너는 이제부터 그러한 네 아버지의 지극한 사랑을 가슴에 담고 아버지보다 더 아름다운 노래를 부르는 데 정진하며 살아야 할 것이다."

　"아버지를 잃어버린 지금 제 가슴은 아버지의 사랑으로 채워져 있지 않습니다. 제 가슴은 상실감으로만 가득 차 있습니다. 이 상실감은 제게 공허라는 감당할 수 없는 고통을 심어 놓았습니다. 제게 지금 필요한 것은 이별의 상흔이 남긴 고통으로부터 자유로워지는 것입니다. 사랑하는 자식에게 신의 음악을 들려주기 위해 삶을 버리고 죽음을 선택했다는 그런 우스꽝스러운 말이 어디 있단 말입니까? 사랑한다면 함께 오랫동안 행복하게 살아야 하는 것이 아닙니까? 어떻게 음악이 삶보다 더 소중할 수 있단 말인가요?"

스승은 문득 이제 더 이상 곤이 어린 물고기가 아닌 것에 놀라움을 금치 못한다.

"고통은 이렇게 우리를 성숙시키는구나! 하지만 어린 곤에게는 너무 때 이른 시련이 아니었을까?"

측은함과 대견함을 느끼며 스승은 위로와 지혜의 말을 건넨다.

"곤, 아름다운 공주. 아버지를 잃은 네 슬픔을 이해하지 못하는바 아니다. 그러나 모든 생명체는 태어나고 늙고 병들고 종국에는 죽음을 맞이한단다. 이는 필멸의 존재가 겪어야 할 보편적 진리다. 진리의 실체는 이렇듯 우리를 아프게 한단다. 네 아버지도 다른 모든 필멸의 존재가 겪어야 하는 죽음을 겪었을 따름이다. 다만 원하지 않은 때에 맞이해야 했다는 것이 유감스러울 뿐이다. 그러나 죽음은 우리가 원하는 방식으로, 우리에게 편리하게, 우리가 원하는 때와 장소에 맞추어서 우리에게 다가오지는 않는단다. 진리의 속성은 자유란다. 그 진리의 자율성에 관하여 우리는 아무 것도 할 수 없단다."

"그렇다면 우리 모두는 언젠가는 병들고, 늙고, 죽어야 하며, 남겨진 가족이나 친구들은 평생토록 가슴에 이별의 고통을 안고 살아가야 한단 말인가요? 제 가슴의 고통은 정녕 제거될 수는 없다는 말씀인가요? 아, 스승님, 제 가슴이 너무 아파서 견딜 수가 없습니다."

스승은 머리를 떨어뜨린 채 깊은 생각에 잠긴다. 마침내 결심을 한 듯 고개를 들며 무거운 입을 연다.

"곤, 네 고통에서 헤어날 방법이 하나 있기는 하다."

"오, 제발 제게 그 방법을 알려주세요. 이 고통에서 벗어날 수만 있다면 무엇이든지 하겠습니다."

곤의 가슴이 방망이질한다.

"그것은 하늘피리 소리를 듣는 것이란다."

"하늘피리 소리라구요? 그것은 어떤 음악인가요?"

"하늘피리 소리는 하늘나라에 있는 신의 음악이다. 그 음악을 연주하는 신은 고통이나 죽음을 경험하지 않고 영원한 열락과 안식을 향유한단다."

"어떻게 해서 하늘나라 신은 그 음악을 연주할 수 있는 건가요?"

"우주의 법칙에 따라 살기 때문이다."

"그 우주의 법칙은 무언인가요?"

"진리와 예술의 일치다. 그 일치의 경계에서 하늘피리 소리가 울리는 것이다."

어린 곤은 스승의 말에 어리둥절하기만 하다. 그러나 비록 그의 말이 이해되지는 않았지만 고통에서 벗어날 수 있는 방도가 있다는 사실 하나만으로도 그녀의 가슴은 기대와 흥분으로 벅차오른다.

"그럼, 우리 같은 물고기도 하늘피리 소리를 듣게 된다면 하늘나라 신과 같이 죽지도 않고 고통으로부터 자유로워져 영원한 열락과 안식을 누리며 살 수 있단 말씀이신가요?"

"그렇다. 하늘피리 소리를 듣고 그 소리를 낼 수 있으면 된다. 그러나 여태 어떤 필멸의 존재도 그 하늘피리 소리를 듣거나 내지 못했다. 그런데 향연에 참석했던 무지한 내빈들이 네 아버지의 노래를 신의 음악을 능가한다고 찬양하는 바람에 신의 노여움을 샀던 것이다. 네 아버지가 불렀던 노래는 필멸의 존재가 부를 수 있는 노래로서는 최상의 것이었다. 그러나 그것은 결코 하늘피리 소리는 아니었다. 하늘피리 소리는 바다 왕국에서는 들을 수도 없고 또한 부를 수도 없는 음악이다."

"그럼 어떻게 해야 그 하늘피리 소리를 들을 수 있나요?"

"하늘피리 소리를 듣기 위해서는 우선 이 북쪽 바다 왕국을 떠나서 육지세계로 나가야만 한다."

"육지세계라구요?"

"그렇다. 이 바다 왕국 너머에는 육지세계가 있단다. 그 육지세계에서는 하늘을 볼 수 있단다. 그 하늘은 낮에는 빛나는 태양, 밤에는 영롱한 달, 그리고 수정처럼 맑게 반짝이는 무수한 별들로 장식되어 있단다. 그곳에서는 바람의 신선함을 느낄 수 있다. 그리고 그 바람이 들려주는 음악 소리는 북쪽 바다 왕국에서 듣는 그 어떤 음악보다 더 아름답고 신비롭다. 북쪽 바다 왕국의 음악은 우리 귀를 즐겁게 하지만 육지세계에서 들을 수 있는 하늘피리 소리는 가슴과 영혼을 울린다. 그곳에 이르려면 이 북쪽 바다 왕국에서 벗어나야만 가능하다."

"그렇지만 어떻게 물고기가 바다를 벗어날 수 있단 말입니까?"

"지극히 원하는 마음이 있다면 전혀 불가능한 것만은 아니란다. 자, 오늘은 이만 하고 여왕의 성에 돌아가서 네 고단한 마음을 쉬게 하려무나."

스승의 말에 큰 위안을 얻고 성으로 돌아온 곤은 하늘피리 소리에 대한 기대감으로 모처럼 깊은 잠에 빠져든다. 아버지를 잃은 후 꾸지 않았던 꿈을 다시 꾸게 된다.

어떤 깊고, 어둡고, 광활한 곳에서 희미한 물체가 노래를 부르며 자신에게 말을 걸려고 하는 듯 했다. 무슨 말을 하려는 건지 자세히 들어보려고 가까이 가는 순간, 그 물체는 산산이 깨져 흩어지면서 은 빛 불꽃을 발한다.

분명히 꿈이 자신에게 무엇을 말하려는 것 같았다. 그러나 희미한 형체와 불분명한 음악 소리의 정체를 파악할 수는 없었다. 안타까운 마음에 곤은 방문을 잠근 채 아무도 만나지 않았다. 꿈과 현실이 구분이 되지 않았다. 아니 꿈이 현실보다 훨씬 더 생생했다. 그래서 밤과 낮을 가리지 않고 잠을 자며 꿈 속세계에서 살았다. 나날이 창백해져가는 그녀는 마치 미쳐가고 있는 듯 했다.

"곤, 사랑하는 우리 친구, 그렇게 '꿈의 방'에 갇혀 있지만 말고 우리와 함께 성 밖으로 나가자꾸나. 그동안 방에만 갇혀 슬픔의 열병을 앓고 있느라 예전의 아름답던 자태를 찾아볼 수 없게 되었구나. 자유의 광장으로 나가서 우리와 함께 노래 부르자. 신은 우리에게 시간이라는 최고의 선물을 주셨지 않니? 슬픈 가슴을 위로해주는 최고의 친구인 시간 말이야. 어떤 고통도, 어떤 슬픔도 시간 앞에서는 결국 무력해지는 법이니까. 그렇지 않으면 우리 같은 필멸의 존재가 어떻게 이 변화무쌍한 세상을 잠시라도 마음 편히 살아갈 수 있겠니?"

닫힌 문을 두드리며 자신을 위로하고 격려해주는 물고기 친구들의 우정에 감동을 받은 곤은 그들과 함께 성 밖으로 나왔다. 자유의 광장에 도달하니 왈칵 눈물이 솟구친다.

"아, 얼마 만에 다시 돌아왔는가!"

가슴이 감당할 수 없이 저려왔다. 아버지와 함께 노래 부르며 행복했던 시절이 눈에 아른거렸다. 시간이 많이 흘렀건만 아직도 아버지와 함께 했던 기억은 마치 그동안 시간이 멈추고 있었던 듯 생생하게 다가왔다.

회상의 슬픔에 잠겨있는 곤에게 문득 어떤 음악 소리가 들리는 듯 했다. 그 음악은 마치 잔잔한 한 줄기 미풍과 같이 곤의 몸을 휘감더니 위로라도 하듯 그녀의 아린 가슴을 쓰다듬고 이내 사라져 버렸다. 곤이 놀라서 멈칫했다.

"뭐지? 이 소리는?"

"무슨 소리? 아무 소리도 들리지 않는데?"

"아니야, 분명히 어떤 음악 소리 같은 것이 들렸어. 내 시린 가슴을 따뜻하게 녹여주고는 사라져버렸어."

"곤, 너는 늘 너무 예민해서 문제야. 음악 소리는 무슨! 다만 오늘은 바깥세상에 바람이 흉흉해지고 파도가 높아지니 이렇게 깊은 바다왕국까지 그 여파가 조금 전해질 뿐이야. 가끔 그런 일이 일어나곤 해. 별일 아니야. 그냥 즐거운 헤엄치기 놀이나 계속하자."

"그럴까? 하긴 내가 잘못 들었을 수도 있겠지. 나는 새로운 것에 늘 예민한 반응을 일으키니까. 실없는 나!"

하지만 여왕의 성으로 돌아온 후에도 곤의 귓가에는 여전히 그 음악 소리가 들려오는 것 같았다.

'그래, 분명히 피리 소리 같은 것이었어. 그동안 꿈속에서 반복해서 들었던 그 음악 소리였어. 그런데 오늘 들은 음률은 여태 들어왔던 어떤 소리보다 더 아름다웠어. 아니, 아름답다기보다는 신비한 소리였어. 그 신비한 음률은 내 가슴을 떨리게 했어. 하지만 또한 지극히 가슴을 따뜻하게 데워주고 평안하게 해주었어. 아니, 도저히 언어로 표현할 수 없는 음률이었어.

그 음률은 내 영혼 깊숙이 들어와 내가 숨을 쉴 때마다 잠자고 있는 내 영혼을 흔들어 깨우고 있는 것 같아. 도대체 이 알 수 없는 피리 소리의 정체는 무엇일까? 그리고 어째서 이 피리 소리는 아버지를 잃고 아파하는 내 가슴에 이렇듯 큰 위안을 주는 것일까? 내 생일축하연에서 아버지께서 나를 위해 불러주셨던 그 노랫소리와 유사한 선율이었어."

아버지를 잃은 이후 곤은 자신이 이미 겪고 있는 공허보다 더 큰 괴로움은 없을 것이라고 생각해왔었다. 그런데 이제 그 정체를 알 수 없는 피리 소리를 듣고 나니 혼란과 번민으로 마음은 더욱 더 고통스럽기만 했다. 이해할 수 없는 그 무엇을 분명히 감지하고 있음에도 불구하고 그 실체를 파악하지 못하고 있다는 사실에 그녀는 애가 탔다. 영롱한 눈동자는 나날이 그 빛을 잃어 갔다. 왕국의 진수성찬도, 궁중악사들의 아름다운 음악도, 무희들의 화려한 춤사위도, 그녀를 사랑하고 위로하는 친구들도 그녀를 행복하게 하지는 못했다. 여왕은 사랑하는 딸의 번민을 안타까워했다.

"오, 고귀한 영혼이여, 너는 이 북쪽 바다 왕국에서 가장 아름답고 우아한 공주다. 네 선하고 고귀한 성품은 우리 왕국을 빛나게 하는 보물이다. 그러나 가슴의 공허함으로 인해 이제는 이 왕국에서 가장 불행하고 슬픈 존재가 되어버렸구나."

'내가 들은 피리 소리는 어쩌면 아버지께서 말씀하셨던 가슴과 영혼을 울리는 음악 소리일지도 몰라. 스승님은 그것을 하늘피리 소리라고 칭하셨지. 아, 내 가슴이 그 선율을 향한 갈망으로 불타 잿더미가 되고 있구나!'

"곤, 너는 앞으로 북쪽 바다 왕국의 여왕이 될 것이다. 슬퍼하거나 아파하면서 세월을 보낸다면 어떻게 위대한 여왕이 될 수 있겠니? 제발 이제는 그 슬픔에서 벗어나길 바란다."

안타까워하는 친구들의 애원이 곤에게는 들리지 않았다.

"이 공허의 고통에서 벗어날 수 있는 방법은 오직 하나 뿐이야. 이곳을 벗어나 육지 세계에 나가는 것뿐이야. 그래서 온전한 하늘피리 소리를 듣는 것뿐이야. 하늘피리 소리는 아버지를 잃은 내 슬픈 가슴을 위로해 줄 거야. 쉬지 못하고 있는 내 영혼에게 안식을 주고 나를 내 존재의 본향으로 보내줄 거야."

"네 존재의 본향은 바로 이곳, 바다 왕국이야. 오, 곤, 네가 미쳐가고 있구나."

곤의 친구들은 어떻게 해야 그녀가 왕국 이외의 다른 세계에 마음을 빼앗기지 않게 할 수 있을지 서로 머리를 맞대면서 궁리한다. 여왕은 딸의 고뇌를 지켜보며 마음을 졸인다.

마침내 올 것이 오고 만 것일까? 곤은 정녕 자신의 운명을 피해 갈 수 없단 말인가? 내 이 지극한 사랑도, 바다 왕국의 영광과 권세도 그녀의 운명 앞에서는 무력하단 말인가?

번민하던 곤은 마침내 스승을 다시 찾아간다.

"언젠가 스승님께서 말씀하셨던 그 하늘피리 소리라는 것을 아무래도 제가 들은 것 같습니다. 비록 온전하게 듣지는 못했습니다만. 바다 왕국에서는 들을 수 없다고 하셨던 그 음악을 어떻게 제가 듣게 되었단 말입니까?"

"오, 순결한 영혼이여, 듣지 말아야 할 그 하늘피리 소리를 결국 네가 듣게 되어버렸구나! 오, 잔인한 운명이여, 너는 정녕 네 힘을 과시해야만 한단 말인가?"

그가 회상한다.

─그 언젠가 이 북쪽 바다 왕국에 신기한 알이 떠내려 왔었지. 이곳에서는 여태 보지 못한 알이었지. 그 알은 신비로운 광채를 내뿜고 있어서 아무도 감히 접근하지 못했었지. 마침 여왕이 이를 발견하고 그 빛에 매료되어 그 알을 품었었지. 그렇게 곤은 이 바다 왕국의 양녀로 받아들여졌고 공주로서 자라났었지. 그녀는 애시 당초 여느 물고기와는 달랐었어. 그녀는 애초부터 이곳 북쪽 바다 왕국에 속하지 않은 물고기였으니까. 그녀의 빛나는 자태는 모든 물고기들에게 기쁨을 선사했고 그 우아함과 아름다움은 우리 왕국의 자랑이요 보배였었지. 그녀의 아름다운 목소리

는 또 어떠했던가! 그녀가 한 번 노래를 부르면 왕국의 모든 물고기들이 환희의 춤을 추었지. 깊은 예술성을 지녔던 국서는 곤의 천부적인 재능을 단숨에 알아차렸었지. 그래서 그는 곤이 아직 제대로 헤엄도 치지 못하는 어린 시절부터 그녀에게 노래를 가르치기 시작했었지. 국서는 둘만의 장소인 '자유의 광장'에서 곤에게 매일 노래하는 법을 가르쳤었지.

여왕과 국서와 나는 여왕의 시종을 제외하고는 어느 누구에게도 곤이 외부에서 온 물고기라는 것을 밝히지 않기로 약속했었지. 우리는 곤이 미래에 바다 왕국의 여왕이 되어 왕국을 더욱 더 아름답고 풍요롭게 번성시킬 것이라는 큰 희망에 부풀었었지. 하지만 이제 곤은 자신이 바다 왕국의 공주라는 것에만 만족할 수 없게 되어버렸어. 자신의 존재의 본향을 찾고 있어. 그녀의 자성(自性)이 깨어나기 시작한 거야.–

운명을 거역할 수 없음을 한탄하며 스승은 힘든 결심을 하기로 했다.

"곤, 이제 진실을 말해주마. 네가 들었다는 그 음악 소리는 어쩌면 하늘피리 소리였을 수도 있다."

"오, 스승님. 반신반의할 수밖에 없던 제게 확신을 주시는 군요! 그러나 이전에는 북쪽 바다 왕국에 사는 어느 생명체도 그 소리를 들을 수 없다고 말씀하지 않으셨습니까?"

놀라움과 기쁨으로 뛰고 있는 가슴을 간신히 진정시키며 곤이 물었다.

"하늘피리 소리는 우리 같은 필멸의 존재가 감히 들을 수 없는 소리임에 분명하다. 그러나 무슨 연유인지는 알 수 없으나 네게는 그 소리를 들을 수 있는 천부적 자질이 주어진 것 같구나. 그러나 네가 들었다는 음악은 하늘피리 소리의 한낱 편린에 지나지 않을 것이다. 온전한 하늘피리 소리를 듣기 위해서는 지금부터 죽을 각오를 해야만 할 것이다. 그래, 그 소리를 듣기 위해서 네 목숨을 걸 용기가 있느냐?"

"온전한 하늘피리 소리를 듣지 못한 채 번민 속에서 살기보다는 차라리 죽는 한이 있더라도 한 번만이라도 듣기를 택하겠습니다."

어린 곤의 굳은 결심을 보고 스승은 감복한다.

"그래, 네 결심이 참으로 가상하구나. 그런데 하늘피리 소리를 얻기 위해서라면 네 어머니도 포기할 수 있겠느냐? 한 번 이곳을 떠나면 다시는 돌아올 수 없다. 너는 네 삶에서 가장 큰 도박을 하고 있다는 것을 알아야 한다. 다시는 어머니를 볼 수 없을 텐데 그래도 좋단 말이냐?"

곤은 어머니를 포기해야 한다는 말에 정신이 아찔해졌다. 작은 심장이 두려움의 무게를 견디지 못해 금방이라도 터질 것만 같았다.

"그것 보아라. 네 가슴은 사랑하는 어머니를 버릴 수 없다고 말하고 있지 않니? 네 어머니는 네게 생명을 주셨지 않느냐? 네 어머니는 북쪽 바다 왕국의 영광과 권세를 네게 주려하지 않으시냐? 너 또한 얼마나 어머니를 사랑하느냐? 국서를 잃은 슬픔만으로도 무너져 있는 여왕께서 어떻게 너까지 잃는 슬픔을 감당할 수 있겠느냐? 그 누구보다도 지극한 네 효심을 우리 모두가 알고 있는데, 이 왕국에서 행복하게 살 수 있는데 기어코 그 행복을 버리겠다는 말이냐?"

곤과 스승의 대화를 몰래 엿듣고 있던 여왕은 가슴이 무너지는 것 같다.

'곤, 내 사랑하는 딸, 진정 이곳에서는 행복할 수 없단 말이냐? 나도 어릴 적에 간혹 바깥세상에서부터 들려오는 듯한 그 하늘피리 소리라는 것을 어렴풋이 들었다고 생각한 적이 있었다. 네 아버지를 사랑한 이유도 그가 그 하늘피리 소리를 들은 적이 있었기 때문이었다. 나와 그도 한때는 그 음악을 좋아서 바깥세상으로 나가려는 열망으로 불타올랐단다. 하지만 왕국과 내 사랑하는 부모를 버리고 내 가슴이 갈망하는 것만을 좇을 수는 없었단다. 나라는 존재는 나만의 것이 아님을 인정해야만 했기 때문이다. 내가 짊어진 여왕의 임무를 국서도 이해했기에 그는 이곳에 나와 함께 머물렀던 것이다. 그러나 그의 가슴과 영혼은 늘 육지세계의 하늘피리 소리를 염원했단다.

우리가 네 음악적 재능을 발견하고 얼마나 기뻤는지 너는 모를 것이다. 우리 왕국이 네 아름다운 노래로 영원히 빛날 것이라는 희망에 부풀었었다. 그런데 이제 결국 우리 왕국의 음악에 만족하지 못하고 하늘피리 소리를 좇으려 하는구나. 나와 이 왕국을 버리기로 결심하려는 구나.

사랑하는 내 딸, 나는 어느 누구보다 네 가슴의 열망을 이해할 수 있단다. 네 아버지가 그리했듯이 너도 결국은 하늘피리 소리를 염원할 수밖에 없게 된 것이다. 그러니 너를 막을 수는 없겠지. 하지만 너를 떠나보내고 또 국서도 떠나보낸 이 텅 빈 성에서 내가 어떻게 홀로 그 허전함을 견딜 수 있겠니? 부디 다시 한 번만 더 깊이 생각해보기를 바란다.'

바다가 울음을 운다.

어머니의 성(城)을 떠나다

깊은 밤 곤은 소리 없이 여왕의 침실로 다가간다. 고개를 떨어뜨린 채 문 앞에서 한참을 서성인다. 가슴이 먹먹해지고 눈물이 앞을 가린다. 슬픔에 젖어 마음이 흔들리자 황급히 몸을 움직여 성을 빠져나온다. 무거운 마음의 사슬에 묶인 채 스승과 약속한 장소에 가까스로 이른다.

"자, 이제 때가 되었다. 바깥세상에 보름달이 뜨고 있다. 이때를 맞추어 해저동굴에서 소용돌이를 타고 육지로 올라가야 한다. 자, 어서 서두르자."

스승은 곤을 재촉한다. 곤은 가슴이 뭉클거려 주춤한다.

"이제, 정다운 친구들과 사랑하는 어머니를 두고 떠나야만 하는가!"

이별의 두려움과 새로운 세계에 대한 기대로 그녀의 가슴은 감당할 수 없이 떨린다.

"천지의 조화여! 운명의 신이여! 이제 당신의 딸, 곤이 준비가 되었습니다. 이제 그녀를 당신의 신기의 용오름에 태워 저 바깥 육지 세계로 들어 올려주시기 바랍니다."

스승의 말이 떨어지기가 무섭게 바다 밑바닥 아래 커다란 동굴에서부터 큰 소용돌이가 일어나더니 순식간에 곤을 휘감아 올렸다.

사랑하는 딸을 편한 마음으로 보내기 위해 짐짓 잠든 척 숨을 죽이고 있던 여왕은 곤이 성을 떠난 것을 확인한 후 딸의 마지막 모습을 보기 위해 성 꼭대기에 올라갔다. 멀리서 신기의 용오름을 탄 곤이 눈 깜빡할 사이에 사라지고 있었다. 여왕은 가슴이 미어지는 것만 같았다.

"안녕히, 내 사랑하는 딸. 너는 결국 네 운명을 거스르지 못했구나. 너는 애초에 이곳 북쪽 바다 왕국에 속하지 않았다. 너는 국서와 나를 위해 다른 세상에서부터 온 선물이었다. 너는 나와 국서에게 가장 큰 축복이요, 기쁨이었다. 그러나 이제 너는 네 존재의 근원을 찾아, 네 가슴의 열망을 좇아 결국 어미의 곁을 떠나고야 마는구나. 안녕히, 행운을 빈다. 이별이 내 가슴을 아프게 할 것이라는 것을 예상치 못한 것은 아니었지만, 어찌 이리도 감당할 수 없단 말인가!"

"여왕이시여, 제가 뭐라고 말씀드렸던가요? 애초에 당신은 그 이상하고 괴기한 알을 품지 말았어야 했습니다. 그 알은 우리와는 근본적으로 다른 종류였지요. 보십시오. 여왕님이 그렇게 애지중지 키워왔던 곤은 결국 당신의 품을 떠났지 않습니까? 그녀를 길러준 대가가 결국 당신의 가슴을 찢는 것이었습니까?"

'어미의 품을 떠나지 않고서는 새로운 세계를 접할 수 없지 않겠는가? 곤은 나와 국서가 좇았던 꿈, 하지만 포기했던 그 꿈을 좇아가고 있는 것이다. 내 사랑하는 딸아, 국서와 나를 대신해서 너는 우리의 꿈을, 아니 네 꿈을 이루기를 바란다. 네가 내 목숨보다 더 소중하다는 것을 알고 있는지?'

질책하며 안타까워하는 시종을 뒤로 하며 여왕은 처소로 들어가 문을 닫았다.

소용돌이에 휘말려 바다 위로 올라가고 있는 곤이 울부짖는다.

"아, 내게 무슨 일이 일어나고 있는 것일까? 내 몸 속의 모든 뼈가 뒤틀어지고 있다. 아, 아, 견딜 수 없다! 스승님, 이 고통에서 저를 구해주세요. 아니면 차라리 죽여주세요!"

저 멀리 아래에서 스승의 목소리가 희미하게 들린다.

"곧, 세상에 견디지 못하는 고통은 없단다. 신은 누구에게나 견딜 수 있는 만큼의 고통을 주는 법이다. 도대체 고통 없이 우리는 무엇을 얻을 수 있단 말인가? 그러니 견디어내라! 뼈가 뒤틀리는 변신의 고통을! 변신의 고통 없이 새로운 존재가 될 수 없다. 너는 이제 더 이상 물고기가 아니라 새(鳥)로 변형되고 있는 것이다.

그러나 육신의 변형만으로는 충분치 않다. 너는 또한 의식의 변형을 겪을 것이다. 물고기의 의식으로는 새의 육신을 감당하지 못한다. 너는 앞으로 새의 의식으로 변형되는 고통을 겪어야 할 것이다. 네 의식의 변형 없이는 결코 하늘피리 소리를 들을 수 없을 것이다. 행운을 빈다. 고귀한 영혼이여, 용감한 소녀여. 안녕, 이제 우리는 더 이상 네 아름다운 자태를 볼 수 없겠지. 너의 아름다운 노랫소리를 들을 수 없겠지. …… 신의 축복이 함께 하길."

그의 두 눈에 눈물이 고인다.

'이젠 나도 늙었나 보다. 객쩍게 눈물이라니.'

제2장

북쪽 바다 작은 새(鳥)들의 왕국

곤이 눈을 뜬다. 그러나 황급히 눈을 감는다. 눈이 멀 것만 같았기 때문이다.

'내게 무슨 일이 일어나고 있는 것일까?'

바닷속에서 소용돌이에 휘감겨 올려질 때 뼈가 뒤틀리는 아픔을 견디지 못해 혼절했던 기억이 난다. 이제 그 고통은 사라졌지만 눈이 불에 타는 듯이 아프다.

눈을 감은 채 얼마나 시간이 흘렀을까? 긴장했던 몸이 스르르 풀리기 시작한다. 이제 눈은 더 이상 아프지 않다. 그런데 눈을 감고 있는데도 눈 속이 환하다. 몸에 와 닿는 부드러운 느낌, 그리고 코 속 깊이 느껴지는 싱그러운 감촉과 낯선 냄새!

'여태 내 몸과 마음이 이토록 평안한 적이 없었다!'

그녀는 아주 천천히 그리고 조심스레 눈을 떠본다. 북쪽 바다 왕국에서 익숙하게 보았던 코발트 색 바다가 보였다. 그러나 정신을 차리고 다시 보니 바다는 푸르지 않았다. 바다는 벌겋게 물들어가고 있었다.

'바다가 피를 흘리고 있는 것일까? 어째서 온통 붉게 물들어 가고 있는 것일까?

어리둥절해 하고 있는 곤의 눈앞에는 바다와 하늘이 맞닿은 수평선 틈새를 타고 이제 막 입을 연 홍합의 붉은 속살 같은 것이 보일 듯 말 듯 선명한 핏빛을 띠며 그 모습을 드러내고 있었다. 그것은 지극히 가늘어서 수평선과 거의 일직선을 긋고 있었다. 그런데 이내 조금씩 동그랗게 커져가더니, 내키지 않은 듯 아주 천천히 붉은 바다 위로 떠오르고 있었다. 바다 위에 낮게 앉아있던 하늘이 바다와 더불어 온통 붉게 불타오르고 있는 것 같았다. 마치 바다가 그동안 잉태하고 있던 생명을 이제 막 출산하고 있는 것 같았다. 곤은 여태 한 번도 보지 못했던 이 경이로운 광경에 넋을 잃고 만다.

어느새 바닷속에서부터 솟아 오른 그 빨갛고 동그란 물체는 마치 살아 있는 생명체처럼, 그리고 주변의 모든 것을 태워버릴 것 같은 기세로 이글거리며 차갑고 고요하게 점점 더 커져가고 있었다. 조금만 더 커지면 폭발할 것만 같았다. 곤이 놀라움과 두려움에 어찌할 바를 모르는데 다행히도 그 붉은 물체는 폭발하지 않았다. 그러나 그 물체는 눈 깜빡할 사이에 바다로부터 떨어져 나가더니 마치 바닷속에서부터 누가 자신을 잡으러 오기라도 하는지 도망치듯 재빨리 하늘 위로 올라가버렸다.

"아!"

그녀가 최초로 일출을 보았다.

곤은 자신을 둘러싸고 있는 이 모든 낯설음에 황홀감과 두려움과 혼란으로 한동안 어안이 벙벙했다. 스승이 종종 이야기해주었던 육지세계에 대한 묘사가 서서히 기억나기 시작했다.

　-육지 세계의 바람은 온몸을 다시 태어나게 하는 신선함이 있지. 그리고 그곳에서는 하늘을 볼 수 있다. 하늘은 낮에는 빛나는 태양, 밤에는 영롱한 달과 수정처럼 맑게 반짝이는 무수한 별들로 장식되어 있다.-

　곤은 이제 더 이상 바닷속에 있지 않았다. 육지에 올라와 있었던 것이다!

　그런데 곤의 눈앞에 또 하나의 신기한 광경이 펼쳐지고 있다. 어디서부터가 바다이고 어디서부터가 하늘인지 분간이 되지 않는, 끝없이 넓은 수평선 위로 부드러운 하얀 물체들이 둥실 떠다니고 있었다. 그것들은 북쪽 바다 왕국에서는 보지 못했던 신기한 모양새를 띠고 있었다. 더욱 신기한 것은 그것들이 시시각각 모양새를 바꾸면서 결코 한 자리에 머물러 있지 않다는 것이다. 바닷속에서도 사물은 늘 움직이고 있었다. 그러나 막상 바닷속에 있을 때는 사물이 움직이고 있다는 것을 전혀 인지하지 못했었다. 바닷속에서 물체들이 움직이고 있었다는 사실을 바다 밖에 나와서야 비로소 처음 알게 되었다!

　하늘 위로 떠오르던 커다란 붉은 태양은 어느새 하늘 높이 올라가더니 이제는 점점 더 작아지면서 하얀 빛을 발하고 있었다. 눈이 부셔 그것을 정면으로 쳐다볼 수가 없었다.

'신기하기도 해라! 방금 바다 위로 떠오르고 있던 커다란 태양은 내게 더 가까이 있었던 것 같고 또 더 강렬하게 빛나고 있었던 것 같았지만 똑바로 바라보아도 눈이 부시지는 않았다. 그런데 오히려 이제는 저 멀리 하늘 높이 떨어져 있는 작은 태양은 눈이 부셔 직시할 수 없지 않은가? 왜, 어째서일까?'

처음 접해보는 육지세계의 신기한 자연 현상에 매료된 곤은 깊은 성찰의 세계에 빠져 들어갔다. 그 사이에 태양은 어느덧 중천에 높이 떠올라 있었다. 그러자 좀 전에 하늘에 떠다니던 하얀 물체가 태양을 가렸다. 그런가 싶더니 이내 그 하얀 물체는 태양을 뒤에 두고 가던 길을 재촉하고 있었다. 태양과 구름으로 점철된 하늘은 한 시도 고정되어 있지 않았다.

"변화는 보편적 현상인가? 이 육지 세계에서도 영원불변한 것은 없는 것일까?"

북쪽 바다 왕국에서 아버지의 죽음을 체험하면서 시작되었던 '변화와 영원불변'에 대한 성찰은 이렇게 육지세계에서도 이어졌다.

자유의 향기

어깨가 근질거리기 시작했다. 날개였다. 곤은 어찌 해야 할 바를 몰랐다. 그러나 알려고 애쓸 필요가 없었다. 몸은 이미 자신이 해야 할 일을 알고 있었다. 두 날개가 펴졌다. 때맞추어 불어오고 있던 바닷바람이 날개를 들어 올렸다. 작은 몸이 삽시간에 공중으로 떠올랐다. 곤은 어떻게 해야 할지 알 수 없었다. 하지만 걱정할 필요가 없었다. 날개는 이미 자신이 해야 할 일을 알고 있었다. 두 날개가 퍼덕거리더니 이내 작은 몸은 바다 위를 날고 있었다.

첫 비상이었다!

공중에 몸이 떠 있다는 것은 상상도 할 수 없었던 두려움이었다. 그러나 그 두려움은 또한 황홀감이라는 여태 한 번도 느껴보지 못한 감흥이기도 했다.

'아! 날개가 있다는 것은 얼마나 멋진 일인가!'

끝이 없어 보이는 광활한 바다를 내려다보며 곤은 자신의 두 날개를 한껏 폈다. 심호흡을 크게 하며 푸른 바다 위 맑은 하늘의 공기를 마음껏 들이켰다.

후우 욱~

하늘 위로 올라와 퍼지는 바다의 향기가 곤을 감싸 안았다. 처음 맡아보는 바다 냄새였다. 바닷속에서는 맡아보지 못했던 바다 냄새였다. 바다냄새를 바닷속에서가 아니라 바다 밖에서 맡을 수 있다는 것은 새로운

발견이었다. 그러나 그것은 바다냄새가 아니었다. 그것은

자유의 향기였다!

의식의 심연에서부터 심층의 벽을 깨고 솟아오르는, 물고기의 의식에서 새(鳥)의 의식으로 변형되면서 곤의 내면에서 울려 퍼지는 자의식의 향기였다.

자유에 취한 황홀감은, 그러나, 그리 오래가지 않았다. 하늘에 잠시 떠 있던 몸은 미숙한 첫 날갯짓으로 인해 바다로 꼬꾸라지며 추락했다. 바닷속에서는 수평으로 유영(遊泳)했지만 가끔은 수직 유영도 하기는 했었다. 그러나 이처럼 몸이 허공에서 균형을 잃고 수직으로 추락한 적은 없었다. 공중에서의 수직 추락은 그녀에게 이루 말할 수 없는 정신적 충격을 주었다.

'자기통제를 할 수 없는 것보다 더 두려운 것은 없구나!'

날개가 심한 상처를 입었다. 날개뿐만이 아니었다. 긴 꼬리도 심하게 훼손되었다. 긴 꼬리? 그렇다. 곤은 자신의 몸통에 비해 아주 긴 꼬리를 가진 새였다.

북쪽 바다 왕국에서 아버지를 잃고 마음이 시리고 아팠었다. 그러나 이

렇게 육신이 아파본 적은 없었다. 그러나 곤은 괘념치 않았다. 육신의 고통보다는 마음을 가득 채우고 있는 흥분과 감격과 기쁨이 더 컸기 때문이다.

새로운 세계였다.

모든 것이 낯설었다. 가슴은 감격과 두려움을 이기지 못하고 금방이라도 터질 것만 같았다. 아버지를 잃은 후 오랫동안 느껴보지 못했던, 살아 있다는 것에 대한 기쁨을 다시 느끼게 되었다. 창공을 마음껏 날아올라 자유의 날개를 활짝 펼 수 있는 육지세계가 그녀를 넓은 가슴으로 맞이하고 있는 것만 같았다.

행복의 파랑새

"안녕? 예쁜 작은 친구. 내 이름은 행복이라고 해. 네 이름은 뭐니? 너는 어디에서 왔니? 네 부모는 누구니? 나는 그동안 많은 어린 새들을 봐왔지만, 너처럼 특이하게 생긴 새는 처음 본다."

육지세계에서 새가 되어 흥분과 감격으로 어리둥절해 하고 있는 곤에게 처음 나타난 새는 파랑새였다. 곤의 모습에 경탄을 금치 못한 파랑새는 곤이 미처 말문을 열 기회도 주지 않는다.

"흠……. 언뜻 보면 네 그 곱고 연약한 자태는 아주 작은 카나리아를 연상케도 하지만 카나리아와는 또 다르구나. 네 모습과 가장 유사한 새는 누굴까? 아! 생각났다. 긴꼬리딱새! 긴꼬리딱새도 너처럼 코발트 색 눈과 둥근 눈자위, 그리고 아주 긴 꼬리를 지닌 새란다. 아름답지 않은 새들이 어디 있겠느냐만, 긴꼬리딱새는 아름다움을 넘어서 신비스러움을 자아내는 새지. 하지만 긴꼬리딱새의 꼬리는 기껏해야 몸길이의 네다섯 배 정도에 지나지 않는데 비해 네 꼬리는 최소한 열 배는 될 것 같아! 네 몸통은 긴꼬리딱새 반도 되지 않는데 꼬리는 두 배나 더 길구나!

네 모습을 좀 봐! 새벽의 여린 햇살에 막 자리를 내어주고 사라지는 신비스러운 안개와 같은 하얀 가슴, 비단결처럼 여리고 곱게 흘러내리는 빛나는 하얀 목선, 맑고 깊은 바다와 같은 코발트색 눈과 둥근 눈자위, 장미 꽃잎보다 더 붉은 작고 예쁜 부리, 머리 위에 은빛으로 빛나고 있는 작은 왕관 같은 꽃술 장식깃! 이국정취가 물씬 풍기는구나! 너는 먼 이국 왕국에서 부터 이곳 북쪽 바다 왕국에 오게 된 작은 공주 새임에 분명해!"

여태 보지 못한 신기한 새를 발견한 파랑새는 경이로움과 기쁨을 이기지 못해 마치 경의를 표하기라도 하는 듯 양 날개를 부딪치며 퍼덕인다. 자신의 모습이 어떤지 알지 못하는 곤은 자신에게 뜻 모를 찬사를 보내고 있는 파랑새를 한참동안 어리둥절하게 바라보다가 인사를 건넨다.

"안녕, 파랑새? 너는 맑은 바다, 그리고 구름 한 점 없는 하늘색을 띠고 있구나! 난 여태 너처럼 아름답게 푸른 생명체를 본 적이 없단다. 넌 참으로 신비스럽구나! 나는 깊은 바닷속에서 부터 왔어. 내 어머니는 북쪽 바다 왕국의 여왕이란다. 내 이름은 곤(鯤)이라고 해."

"바다 왕국이라구? 그럼 너는 물고기였단 말이니?"

"그래. 하지만 이제는 새가 되었어."

"와우! 믿을 수 없구나! 어떻게 물고기가 새로 변형될 수 있지? 너는 생긴 것만 기이한 것이 아니라 태생 또한 예사롭지 않구나! 너는 이제 그 이름을 더 이상 가질 수 없단다. 곤(鯤)은 물고기 알이라는 뜻에서 연유된 이름이니까. 이제 너는 물고기가 아니고 새이기 때문에 새에게 적합한 이름이 필요한단다. 하지만 아직 네 정체성을 알 수 없으니……. 붕(鵬)이라고 하면 어떨까? 붕은 그저 '큰 새'를 총칭하는 이름이야. 네가 하도 조그만 하니 큰 새라고 이름 지어 놓으면 나중에는 지금보다는 좀 더 큰 새가 될 수도 있지 않을까? 네가 훗날 정말 큰 새가 되면 그 때 네 고유이름을 지어줄게."

"그래, 좋아. 붕! 느낌이 좋아!"

곤은, 아니 붕은 그저 새로서 이름을 받았다는 것만으로도 기뻤다.

"모든 새는 이곳 새(鳥)왕국에서 각기 주어진 역할이 있단다. 내 역할은 새들에게 행복을 선사하는 일이지. 그래서 나는 '행복의 파랑새'라고 불린단다. 모든 새들은 일생에 최소한 한번은 행복할 기회가 주어진단다. 네 소원은 뭐지? 너를 행복하게 하는 것은 뭐지? 말해봐. 이루어질 테니까."

붕은 갑작스러운 행복에의 초대에 당황하여 우물쭈물한다.

"아, 내가 추측해볼게. 너는 누구보다도 아름답고 고귀한 자태를 지녔으니 앞으로 커서 많은 남성 새들의 흠모의 대상이 될 거야. 서쪽바다에 있는 새들의 왕국에 내가 아는 왕자 새가 있단다. 모든 여성 새가 그의 사랑을 갈구한단다. 그러나 아직 그 왕자의 가슴을 사로잡은 여성 새는 없단다. 그는 무척 고고하고 품위를 갖춘 새란다. 그래, 어떠니? 아직은 네가 너무 어리지만 네가 자라 성숙하게 될 때 그의 사랑을 얻을 수 있도록 해줄게. 단언컨대 왕자 새의 사랑은 너를 행복하게 할 거야."

붕은 눈앞에 펼쳐진 끝없이 넓은 바다를 바라보며 깊은 사색에 잠긴다.

'어떻게 저렇게 작고 예쁜 새에게서 지혜로운 큰 새, 먹황새에게서나 볼 수 있는 아우라를 볼 수 있단 말인가? 내면의 고요함이 참으로 아름답구나!'

오랜 성찰의 시간이 흐른 뒤 붕은 목소리를 낮추며 차분하게 말한다.

"난 사랑이 아니라 자유를 원해."

"자유라구? 붕, 너는 여성 새야. 자유는 남성 새에게만 적합하단다. 여성 새에게 자유는 위험과 불행만을 초래할 뿐이란다. 사랑을 선택하길 권고하겠어. 남성 새에게서 받는 사랑은 너를 보호하고 행복하게 할 거야. 다시 한 번 잘 생각해봐."

"아니야. 내가 원하는 것은 사랑이 아니야. 사랑은 아픔과 슬픔만 남긴다는 것을 나는 이미 알아버렸어. 사랑하는 아버지가 나를 두고 떠나가버린 후 나는 더 이상 사랑에 내 삶의 의미를 두지 않기로 마음먹었어. 사랑하는 어머니를 떠나 이곳 육지까지 오게 된 것은 아픔과 슬픔에서 자유로워지고 영원한 행복과 안식을 얻기 위함이었어. 내 스승님이 하늘 피리 소리를 들으면 고통에서 자유롭게 되어 영원한 자유와 안식을 누리는 불멸의 존재가 된다고 하셨어. 난 저 끝없이 펼쳐진 바다와 하늘이 맞닿는 수평선 너머까지 영원히 자유롭게 날아다니고 싶어."

"그래, 너는 참 드문 아이구나. 그럼 네가 원하는 것을 줄게. 하지만 기억하렴, 네 소원은 번복될 수 없다는 것을."

파랑새는 자못 위엄을 갖추고 붕의 머리 꽃술 장식깃이 다치지 않도록 조심하면서 살포시 붕의 머리 위에 예쁜 날개를 얹고 엄숙하게 선언했다.

"모든 새는 행복할 권리를 타고 난다. 이제, 나, 행복의 전령인 파랑새는 지금 여기, 붕에게 행복의 권리를 수여하노라."

파랑새는 계속 말을 잇는다.

"네 가슴이 열망의 사슬에서 벗어나 절대 고요와 평정을 느끼게 되고, 네 영혼이 천상으로 고양되어지는 느낌을 갖게 되면 그것이 행복의 정점이다. 그런데 한 가지 명심해야 할 점이 있다. 행복을 추구하는 것도 중요하지만 그 행복을 누릴 자격을 갖추는 것은 더욱 중요하다.[1] 그리고 그 행복을 누릴 자격을 갖추기 위해서는 행복의 조건이 충족되어져야 한다."

"그 행복의 조건이 뭐지?"

"네가 궁극적으로 원하는 그 자유에 버금가는 것을 버려야 하는 것이다."

"버려야 할 그 버금가는 것이 무엇인지 말해주겠니?"

"네 자유를 얻기 위해서 무엇을 버려야 할 것인지는 네 스스로 발견해야 할 몫이다. 자, 이제 네게 행복의 권리를 부여했으니 내 소임을 다 했다. 행운을 빈다."

파랑새는 아름답고 신선한 자태로 날갯짓하며 하늘로 올라 날아간다. 그녀의 코발트색 날갯짓이 코발트색 하늘에 묻힌다.

'이제 나는 이곳 육지세계에서 행복할 거야. 하늘피리 소리를 듣고 자유와 영원한 안식을 얻게 될 거야!'

붕의 작은 가슴이 기대와 환희로 한껏 부풀었다.

작은 새들과의 조우

"쟤는 오늘도 저렇게 멀리 바다만 바라보며 멍청하게 앉아만 있네. 바보같이. 꼬리만 길었지 뭐 하나 제대로 하는 것도 없이. 도대체 새는 새인 거야?"

"그러게, 내 말이. 새면 새답게 날기도 하고 바다에 머리를 처박으면서 물고기를 잡기도 하고, 숲 속에서 벌레를 잡아먹기도 하고, 또 다른 새들과 함께 어울려 노래도 부르면서 살아야지, 저렇게 늘 외톨이처럼 홀로 서서 바다와 하늘만 응시하고 있으니, 딱도 하군."

"쟤는 어느 별에서 왔을까? 외계에서 온 괴물일지도 몰라. 벌레나 물고기를 잡아먹지 않을 뿐만 아니라 맑은 물이 아니면 마시지 않고 풀 섶에 앉지도 않는다고 해."

"어떻게 그러고 살아?"

"그러게 말이야. 아무튼 우리와는 달라. 쟤 부모가 누군지 아무도 모른다잖아? 새는 알에서 부화하는데 어느 누구도 그녀가 알에서 부화한 것을 보았다고 말한 적이 없잖아? 부모는 고사하고 친구도 없잖아? 오늘은 우리 한 번 그녀에게 직접 말을 붙여보자. 말이라도 할 줄 아는지 모르겠네?"

메추리와 참새가 붕에게 다가간다.

"안녕? 붕. 왜 오늘도 날지 않고 빈둥거리며 앉아만 있니?"

"안녕? 친구들. 나는 아직 제대로 날 수가 없단다."

"날 수가 없다고? 새가 어떻게 날 수 없단 말이니? 날개만 있다고 날 수 있는 것은 아니란다. 날갯짓 연습을 해야만 날 수 있는 거야. 네가 게을러서 날갯짓 연습을 하지 않아서 그렇지. 우리가 가르쳐줄게. 자 따라 해봐. 이렇게."

메추리와 참새는 작은 날갯짓으로 포드닥 날아올랐다. 그러나 붕은 따라 할 수가 없었다.

"날개가 잘 펴지지가 않아. 첫 비행 때 어설프게 날갯짓을 하다가 그만 바다로 추락했는데 그때 날개가 심하게 손상되었어. 얼른 상처가 회복되어 마음껏 날 수 있기를 기다려 왔지만 여태 이러고 있단다. 내 날개는 다른 새들의 날개에 비해 너무 커서 한 번 펼치기가 여간 힘든 일이 아니란다."

"그래, 맞아. 네 날개는 비정상적으로 커. 몸통은 딱새보다 더 작은 주제에 몸통의 두 배를 넘는 큰 날개를 가졌잖아? 그리고 네 꼬리는 또 어떻고? 그렇게 긴 꼬리를 달고 다니면서 어떻게 하늘을 마음껏 날 수 있겠니? 그리고 다시 자세히 보니 넌 참 이상하게 생겨 먹었다. 머리 위에 뾰죽하게 올라와 있는 꽃술 장식깃은 여태 어떤 새에게서도 보지 못한 모양새를 갖추고 있잖아? 멀리 서쪽바다 큰 새들의 왕국에 공작이라는 새들이 산다고 하는데 그들의 머리에는 장식깃이 달려있다고 들은 적이 있지. 그러나 우리 왕국에는 그런 새가 없단다. 도대체 네 정체가 뭐니? 너는 어디에서 왔니?

붕은 어떻게 대답해야 할지 몰랐다. 아무도 왜 자신이 다른 새들과 달리 머리 위에 장식깃이 돋아나 있고 비정상적으로 큰 날개와 긴 꼬리를 가졌는지에 대하여 말해주지 않았기 때문이다.

"네 그 큰 날개와 긴 꼬리는 정말 성가셔. 이곳은 작은 날개와 짧은 꼬리를 가진 새들만이 사는 곳이야. 너는 우리와 같지 않아. 그리고 그 이상하게 생긴 코발트 색 눈은 또 어떻고? 둥근 눈자위는 마치 한 대 얻어맞은 것처럼 시퍼렇게 멍이 들어 있잖아? 상스러운 네 모습이 몹시도 거슬린다. 멀리 가 버려!"

깔깔거리며 자신을 조롱하는 참새와 메추리를 바라보는 붕의 코발트 색 눈이 깊은 슬픔에 젖는다.

"나도 이곳이 낯설단다. 하지만 아직은 다른 곳으로 날아갈 수가 없구나. 내 날개가 아직 충분히 펴지지가 않아. 때를 기다려야만 해. 날 수 있는 때를."

하루가 천년같이 느껴지는 하루가 또 지나갔다. 붕은 날 수 없는 안타까움으로 멀리 바다를 바라보며 홀로 서 있다. 바다가 오늘 따라 유난히 깊고 어둡게 보였다.

진리라는 이름의 비둘기

고개를 떨어뜨리고 상심하고 있는 붕에게 눈처럼 순결해 보이는 비둘기가 다가왔다.

"안녕, 작은 새, 내 이름은 진리라고 해. 어째서 네 그 고귀한 자태가 슬픔에 잠겨 있니? 내게 네 고민을 털어놓아도 좋아."

"안녕? 진리. 나는 붕이라고 합니다. 나는 새로서 어떻게 살아야 하는지를 아직 잘 몰라서 슬프답니다. 가르쳐줄 부모가 없답니다."

"그래, 참 안됐구나. 내가 가르쳐줄게. 새는 다른 동물들과 달리 날개가 있단다. 날개는 무척 유용하여 멀리 날아서 진기한 먹이를 구하는 데 사용된단다. 하지만 새는 먹이를 찾아다니기 위해서만 날개를 펴지는 않는단다."

"먹이만이 아니라면 다른 무엇을 위해선가요?"

"하늘나라로 날아가기 위함이지."

붕의 작은 가슴이 콩탕거리기 시작했다. 왕국의 스승으로부터 '하늘나라'라는 말을 들었던 것이 기억났기 때문이었다.

"하늘나라라구요? 정녕 저기 보이는 저 높은 하늘 위에도 생명이 살 수 있는 세계가 있단 말인가요?"

"저기 보이는 하늘만을 지칭하는 것이 아니란다. 내가 말하는 하늘나라는 육신의 눈으로는 보이지 않는 세계란다. 그곳은 이 지상 세계에서는 보지도, 듣지도, 느끼지도 못하는 어떤 신비스러운 것들로 가득 채워져 있단다. 새에게 날개가 있는 이유는 그 하늘나라로 높이 날아오르기 위한 것이란다."

"혹시 그 하늘나라에 가면 하늘피리 소리를 들을 수 있을까요?"

"하늘피리 소리라구? 작은 새여, 하늘나라에는 지상에서는 상상도 할 수 없는 많은 보물들이 있단다. 하늘피리 소리도 그 중의 하나일 수 있겠지? 하지만 그것은 네 스스로 알아내야 할 문제인 것 같다. 내가 설혹 지금 알려준다 하더라도 네게 아무런 의미가 없을 것이다. 너는 아직 작은 새에 불과하다. 그러니 네가 해결해야 할 당면한 문제는 하늘나라로 날아가기 위해 네 날개 근육의 힘을 키워야 하는 것이다."

"어떻게 해야 날개근육을 키울 수 있는지 가르쳐줄 수 있나요?"

"네 날개근육을 키우기 위해서는 어느 누구의 가르침도 소용이 없단다. 오직 네 스스로 날갯짓 연습을 해야 한단다. 그것만이 저 하늘나라에 도달하는 길이다. 그러나 하늘나라에 가기 위해서는 육지 세계의 많은 소중한 것들을 버려야만 한단다. 그리고 마침내 비상할 때가 되면 가장 소중한 것을 버려야 하는 대가를 지불해야 한다. 그러기 위해서는 날개 근육을 키우는 것만이 아니라 네 마음과 영혼의 근육 또한 키워야 한다."

"마음과 영혼의 근육이라니요?"

"마음과 영혼을 순결하고 지혜롭게 한다는 뜻이란다. 그러니 때를 기다려야 한단다."

"때라니요? 무슨 때를 말하는 것인지요?"

"모든 새는 각자의 때가 있단다. 너는 네 때를 기다리며 날개와 마음과 영혼의 근육을 충분히 발달시켜야 한다. 붕, 네 때가 올 그날까지 인내심을 키워야 한다. 때가 오면 네게 주어진 진리를 깨닫게 될 것이다. 세상의 모든 진리를 다 가졌다 해도 네게 주어진 진리를 네 스스로 깨치고 실현하지 못하면 다 소용 없는 짓이다. 행운을 빈다."

어리둥절해 하고 있는 붕을 뒤로 두고 비둘기는 멀리 날아갔다. 홀로 남겨진 붕은 비둘기의 말이 잘 이해되지는 않았으나 하늘피리 소리를 들을 수 있을지도 모른다는 희망에 작은 가슴은 마냥 벅차오르고 있었다.

꿈꾸는 갈매기

오늘도 높은 상공에서 수직하강을 연습하고 있던 갈매기가 여태까지 한 번도 보지 못한 이상한 새를 발견하고 곁에 내려와 앉는다.

"안녕? 고귀한 자태의 작은 새. 내 이름은 꿈이라고 해. 네 이름은 뭐니?"

"안녕? 난 붕이라고 해."

"붕이라고? 그건 그저 큰 새라는 일반적 이름이야. 참으로 이상한 일이구나. 너처럼 작은 새가 어떻게 붕이라는 이름을 가졌을까? 어쨌든, 네 고유 이름이 뭐니?"

"난 고유 이름이 없단다."

"그래, 그렇구나. 너는 네 이름을 지어줄 부모가 없는 고아 새였구나. 하지만 너무 외로워하지 마. 어쩌면 이름이 없다는 것은 네 고유성에 대한 어떤 징후일지도 몰라."

"무슨 뜻이니?"

"이름은 네가 누구라는 것을 규정 지운단다. 네 가족의 배경과 사회 속에서 구체적으로 부여된 책임감, 네 외모의 특징, 네 성품의 특징, 너에게 부여된 재능 등, 한마디로 이름은 네가 누구라는 것을 정의해준단다. 네 존재에 구체성을 부여하는 것이지. 구체적인 이름이 없으면 너는 이곳에서 사회생활을 영위하기 힘들 거야. 네가 누구인지, 무엇을 하는 지 다른 새들이 인지하지 못하면 너는 존재하지 않는 것이나 진배없단다. 새는 그렇게 사회적 존재란다. 네가 속한 사회에서 살아갈 수 있게 해주는 것이 바로 네 고유성을 지칭하는 개체적 이름이란다."

"그렇구나. 그럼 네가 내게 고유 이름을 지어줄 수 있니?"

"그럴 수 없단다. 왜냐하면 내가 네게 이름을 지어주면 너는 곧 내가 의도하는 데로 평생 살아가야 할 테니까. 새는 자유를 추구하지 않니? 최소한 나는 그렇단다. 내가 네게 이름을 지어주면 나는 너를 내 방식대로 한정짓게 될 것이고, 그렇게 되면 너는 자유롭지 못하게 될 거야. 어쩌면 고유 이름이 없다는 것은 좋은 일일지도 몰라. 이름이 없다함은 네 미래의 모습이 남에 의해서 미리 예정된 것이 아니라 네 스스로가 원하는 데로 만들어갈 수 있음을 의미하지 않겠니? 그래서 옛날의 현명한 새가 말했단다. '무명(無名)은 만물의 이름의 어머니라고.'[2]

이름은 이렇듯 양날의 칼과 같단다. 한편으로는 사회적 존재로서 네게 정체성을 부여해서 너를 안전하게 그 테두리 안에서 살 수 있게 하지. 하지만 다른 한 편으로는 너를 제한된 존재로 묶어 놓는단다. 즉 이름은 구속이 된다는 뜻이란다. 그러니 이름이 없다 함은 네가 사회적인 존재가 아님을 시사하고 그것은 곧 너를 둘러싸고 있는 모든 것에서부터 자유롭다는 뜻이기도 하단다."

갈매기로부터 자유라는 말을 듣는 순간 붕은 가슴 속 깊은 곳에서부터 울리는 깊은 북소리를 듣는 듯 했다.

'아, 그렇다! 자유! 어찌 내가 그것을 잊어버리고 있었단 말인가! 행복의 파랑새에게 자유를 원한다고 말했었지 않았던가?

붕이 왜 그토록 자유라는 말에 감격하는지 알지 못한 채 갈매기는 하던 말을 계속한다.

"붕, 난 너를 이해할 수 있단다. 나도 너처럼 내 동료들과는 달리 일상적인 일에 초연한 채 오직 높은 창공을 더 높이 날려고 평생을 애써왔단다. 그 외로움은 이루 말할 수 없었지. 하지만 때가 이르니 결국 나는 어느 갈매기보다도 더 높이 날 수 있었고, 높은 창공에서 자유를 만끽했지. 외로움을 견디어내면 종국에는 너도 높은 창공을 날 수 있을 거야. 기운을 내, 외로움과 기다림을 네 친구로 삼고 살아보렴."

"고마워. 네 그 친절한 마음이 내게 큰 위로가 되고 있어. 난 네가 부럽다. 너는 이미 꿈을 이루었으니까."

"네 꿈은 뭐니?"

"꿈이라고? 나는…… 나는 지금 너무 슬프고 외로워서 꿈에 대해 언급할 마음의 여유가 없구나. 내게 당면한 문제는 왜 나는 다른 새들과 다른가 하는 점이란다. 왜 이렇게 말도 안 되는 큰 날개와 긴 꼬리를 지닌 기형 새가 되어있는지 알고 싶어. 주변의 새들은 내 눈자위가 푸르뎅뎅하다며 나를 울보딱지라며 놀려댄단다. 나를 낯선 새라며 따돌린단다."

"붕, 새들은 각기 자신의 고유한 모습을 타고 난단다. 왜 너는 그 다름을 받아들일 수 없는 것이지?"

"다른 것을 받아들일 수 없어서만 힘든 것이 아니야. 그 다름이 무엇을 위한 것인지 알 수 없어서 더욱 힘들어."

"그래, 나는 네 고민을 이해할 수 있을 것 같다. 우리 모두는 한때 자신의 존재의 의미를 알고 싶어 하지. 그러나 대부분의 새들은 일용할 양식을 구하기에 급급해 이내 존재의 의미 따위를 추구하는 일은 사치스러운 잉여로 간주하고 말지. 많은 새들은 내가 높이 비상하기 위해 일상의 과제를 소홀이 한다며 비웃고 힐난했었단다. 그러나 내가 비상에 성공하자 그들은 경탄해 마지않았지.

나는 형이상학적 비상을 추구했고, 그것은 그들에게 아름다움을 체험하는 즐거움을 주었지. 새는 뼈와 깃털, 그리고 허기를 채워야 할 배(腹)로만 만들어진 것이 아니라는 것을 그들이 깨달은 것이지. 나는 그 무엇에도 구속되지 않는 자유를 향한 비상이라는 이상을 추구했지. 다른 새들에게는 터무니없어 보이는 그 이상은 결코 허황된 꿈만은 아니었어. 높은 비상에의 포기할 줄 모르는 믿음, 그리고 끈기와 훈련을 통해 나는 결국 그 경지에 이르게 되었단다."

"꿈꾸는 갈매기야, 네 그 지칠 줄 모르는 자신에 대한 믿음, 그리고 그 믿음을 실현한 네 굳은 의지와 노력에 무한한 존경을 표한다. 그런데 그 자유를 위한 비상의 목적은 무엇이었니?"

"가장 높이 나는 갈매기가 가장 멀리 볼 수 있단다. 그것이었어, 가장 멀리 보기 위함이었어."[3]

"나는 '보기' 위해서가 아니라 '듣기' 위해서 새가 되었단다. 그런데 멀리 있는 무엇을 보기 위함이었니?"

"특별한 무엇을 보려고 높이 비상한 것은 아니야. 높이 날아 멀리 볼 수 있을 때 느끼는 자유, 그 자체가 중요했단다. 그런데 너는 무엇을 들으려 하는데?"

"난 하늘피리 소리를 듣기 위해서 이곳 육지로 오게 되었단다. 바닷속에서 희미하게나마 얼핏 그 소리를 들었다고 믿고 이렇게 육지에 왔지만 과연 그 소리가 실제로 존재하기나 한 것인지, 그리고 존재한다면 어디서 어떻게 그 소리를 들을 수 있는지, 아직 전혀 알 수가 없구나."

"붕, 네 용기에 감탄했다! 꿈을 이루기 위해 바다왕국의 부귀와 영화 그리고 가족과 친구들까지 버리고 이렇게 혈혈단신으로 낯선 육지세계로 올라오다니! 부디 네 꿈이 이루어지길 바란다."

"잠깐만! 떠나지 않고 이곳에 머물면서 내 친구가 되어줄 수는 없겠니? 난 아직 친구가 없단다."

"붕, 미안하구나. 나는 한 군데 머물 수 없단다. 늘 더 높이, 더 멀리 날아서 더 먼 곳을 봐야 하기 때문이다. 자유의 속성이 그렇단다. 한 군데 머물지 않는다는 것. 아마 너도 이곳에 영원히 머물진 못할 거야. 행운을 빈다."

갈매기는 가던 길을 재촉하며 하늘을 날아오른다.

속까지 검은 까마귀

"붕은 너무 고고하지. 이 세상에 두 다리를 딛고 있다는 사실을 잊어버린 듯 늘 저 높은 하늘과 먼 수평선만 바라보고 있지. 우리와 같이 되지 않으려고 스스로를 따돌리고 있어. 문제야, 문제."

"붕은 너무도 아름답고, 고귀하고, 순결해 보인다. 어떤 새도 그렇게 순결할 수가 없다. 그녀는 철저한 가식과 위장으로 우리를 현혹시키고 있는 것이 분명하다. 그녀의 깊고 푸른 눈동자를 보라, 슬픈 듯 음흉한 듯 도무지 종잡을 수가 없지 않은가? 장미꽃잎보다 더 짙은 빨간 부리는 또 어떤가! 모든 남성 새들이 그 요염함에 빠져 정신을 잃고 만다. 기품 있는 우리 북쪽 바다 새(鳥)왕국의 기강을 흐리게 하는 그녀를 추방하자!"

"붕은 예사로운 새가 아니다. 수정같이 맑고 깊은 코발트색 눈은 그녀의 선한 성품을 그대로 드러내고 있지 않은가? 그녀의 목소리는 또 어떠한가? 카나리아보다 더 아름답고 맑은 목소리로 노래를 부르면 우리는 마치 얼음장 밑에 흐르는 청량한 물을 맛본 것 같지 않은가? 그리고 긴 꼬리는 또 어떠한가? 그녀가 한 번 그 우아한 긴 꼬리 깃을 부채모양으로 펼쳐 은빛을 발하면 우리 모두는 황홀경에 빠져 정신을 잃고 말지.

그 뿐인가? 기품 있는 가슴과 큰 날개는 우리 왕국을 이끌어 나갈 위용을 갖추고 있음을 보여주고 있다. 아직은 작지만 조만간 더 자라면 서쪽 바다 큰 새들의 왕국에만 살고 있는 공작이나 백로와 같은 기품 있는 새가 될 거야. 그녀는 여왕으로서의 자질을 모두 갖추었다. 내면의 성품이나 외모의 기품! 그녀는 완벽하다. 그녀를 우리 왕국의 차기 여왕으로 추대하자."

어느덧 붕은 아름다운 새로 자라나서 북쪽 바다 작은 새(鳥)왕국에서 화제의 중심이 되어있었다. 그러나 정작 붕은 그들의 칭송에도, 모함에도 전혀 관심이 없었다.

'내가 원하는 것은 하늘피리 소리일 뿐인데……. 어쩌면 이곳에서는 내가 원하는 것을 찾을 수 없을지도 몰라. 스승님께서는 분명히 내가 바닷속에서 어렴풋이 들었다고 생각했던 하늘피리 소리를 육지세계에서는 온전하게 들을 수 있다고 말씀하시지 않았던가? 그런데 아직 이곳에서도 그 음악을 듣지 못하지 않았는가? 이곳 새들은 하늘피리 소리에는 관심이 없고 먹이와, 안락한 둥지와, 명성과, 그리고 권력에만 관심이 있지 않은가?

붕은 멀리 다른 세계를 동경하기 시작했다. 만일 그녀에게 친구가 없었다면 그녀는 벌써 북쪽 바다 작은 새들의 왕국을 떠났을 것이다.

그렇다. 그동안 붕에게는 위로가 되고 힘이 되어주는 친구가 생겼다. '질투'라는 이름의 까마귀였다. 여느 작은 새들과는 비교가 되지 않게 크고 위엄이 있을 뿐만 아니라 흑공단처럼 빛나는 용모를 지닌 까마귀를 붕은 늘 경탄해 마지않았다. 그녀를 탄복하게 한 것은 까마귀의 외적 자태뿐만이 아니었다. 그녀는 여느 여성 새와는 달리 영리할 뿐만 아니라 강한 자유의지를 지녔다. 붕은 그런 까마귀의 명석함과 독립심에 감탄했고 그녀로부터 새들의 세계에 대해서, 육지 세계에 대해서 많은 새로운 지식을 배웠다.

까마귀는 자신이 원하는 것이 무엇인지 분명히 알고 있을 뿐만 아니라 반드시 성취하고야 마는 야심차고 능력 있는 새였다. 붕은 현실에 발을 딛고 사는 까마귀를 존경하며 가까이해왔다. 자신에게 없는 면을 지니고 있는 그녀가 붕에게는 경이롭기까지 했었다. 그러나 비록 까마귀와 가깝게 지냈지만 정작 까마귀의 깊은 속마음을 읽지는 못했다. 그동안 주변의 새들이 붕에게 여러 번 경고해왔다. 까마귀의 검은 속을 조심하라고. 까마귀의 드러난 몸 색깔보다 더 시꺼먼 것이 그녀의 검은 속마음이라고. 그러나 붕은 '검은 속마음'이 무엇인지 알 수 없었다. 자신에게 내재하고 있지 않은 것을 이해할 수 없었던 것이다.

이따금씩 붕은 까마귀에게 하늘피리 소리에 관한 자신의 갈망을 말하곤 했다. 붕은 까마귀가 자신보다 월등하게 크기 때문에 지혜 또한 더 깊을 것이라고 생각했다. 그래서 자신의 갈망을 이해해주리라 생각했다. 하지만 기대와는 달리 까마귀는 붕을 자주 질책하곤 했다.

"붕, 너는 하루 바삐 그 황당무계한 하늘피리 소리에 대한 꿈에서 깨어나야 한다. 새가 행복하기 위해서는 주어진 일상적 과제에 충실해야 한다. 오직 먹이를 위해 네 몸과 마음과 정성을 다해 매 순간 힘차게 날갯짓하며 살아야 한다. 그리고 다른 새들에게 네 먹이를 빼앗기지 않기 위해 늘 긴장 속에서 촉을 세우며 살아야 한다. 이제 곧 짝을 지어 새끼들을 낳으면 그들을 부양하기 위해 너는 더욱 더 일상의 일에 전념해야 한다. 난 너처럼 하늘피리 소리라는 허무맹랑한 꿈을 좇지 않는다. 내 꿈은 이 북쪽 바다 새(鳥)왕국을 이끌어갈 여왕이 되는 것이다. 내 새끼들과 다른 새들의 새끼들에게 행복하고 안전한 보금자리를 마련해주는 것이 내 꿈이다."

"질투, 내 친구야. 너는 필시 네 꿈을 이루게 될 거야. 나도 너처럼 이 세상에 발을 딛고 살 수 있으면 좋겠어."

붕이 자신을 부러워하자 우쭐해진 까마귀는 자신의 위풍당당한 모습을 붕에게 과시하기 위해 하늘을 날며 목청 높여 노래 부른다.

"까악, 까악, 나는 반드시 여왕이 될 것이다."

그런데 어느 날 문득 까마귀는 자신을 숭배하고 있던 작은 새들이 이제는 자신보다는 붕에게 더 큰 관심을 갖고 있다는 것을 감지하게 되었다.

'언제부터인가 붕 앞에 서면 괜히 내가 왜소해지는 것 같다. 붕을 처음 보았을 때 그녀는 날갯짓도 제대로 하지 못해 비행을 시도하다가 수십 번 떨어져서 날개와 다리를 다쳐 절룩거리며 그 긴 꼬리를 땅에 질질 끌고 다니던 꼴불견의 작은 새가 아니었던가? 푸르뎅뎅한 둥근 눈자위는 또 어땠고? 늘 눈물로 얼룩져있어서 참으로 보기에 민망하지 않았던가? 그런데 이제 붕은 제법 내 몸집을 따라잡으려 하고 있다. 우리 왕국에서는 내가 제일 큰 새인데 어쩌면 붕이 앞으로 나보다 더 큰 새가 될 지도 모르겠다. 붕이 백색날개와 긴 꼬리로 은빛 광채를 발하며 하늘을 날면 모든 새들이 그 아름다움과 순결함과 우아함에 압도되어 경탄을 금치 못한다. 그녀의 이 모든 변형은 나를 압도한다. 그런데 그 무엇보다 나를 견딜 수 없게 만드는 것은 백색이다 못해 은빛으로 빛나는 그 순결한 자태만은 아니다. 내면의 맑고 선한 성품을 담고 있는 그 깊고 맑은 코발트색 눈동자를 볼 때마다 가슴이 떨린다. 그녀의 선한 눈빛은 아름답다 못해 신비스럽기까지 하다. 나는 붕이 두렵다.'

평화로운 북쪽 바다 작은 새 왕국을 이끌어나가던 여왕이 서거했다. 장로 새들은 새로운 여왕을 추대하기 위해 여왕으로 추천된 새들의 자격에 대하여 오랜 시간동안 검토에 검토를 거듭했다. 마침내 장로 새들이 결정을 내렸다.

"우리 왕국의 새로운 여왕으로 적합한 새는 붕입니다! 이의가 있으신 분은 지금 말씀하십시오."

까마귀는 심히 마음이 상했다. 자신의 몸이 검다는 것이 이때처럼 고마운 적이 없었다. 질투로 벌겋게 끓어오르는 속이 검은 몸으로 감춰질 수 있었던 것이다. 장로 새들 앞에서 까마귀는 열변을 토하며 붕을 성토했다.

"붕은 우리 왕국의 여왕이 될 자격이 없습니다. 그녀는 도대체가 이상하게 생겨먹은 새입니다. 잘 보십시오. 그녀의 긴 꼬리를 보세요. 일찍이 몸통에 비해 저렇게 긴 꼬리를 가진 새를 본 적이 있습니까? 물론 예외적인 새는 있지요. 가령 공작새라든가 긴꼬리딱새 말입니다. 하지만 공작새도, 긴꼬리딱새도 여성 새는 꼬리가 길지 않습니다. 남성 새들만이 꼬리가 길고 화려하지요. 붕이 저토록 긴 꼬리를 가졌으니 도대체 그녀가 여성인지 남성인지 분간이 가지 않지 않습니까? 그녀는 혹시 양성일 수도 있습니다. 이렇게 성(性) 정체성의 혼란을 초래하는 새가 어찌 우리 왕국을 이끌어 나갈 여왕이 될 수 있단 말입니까?

기실 문제의 심각성은 꼬리가 길다는 점에만 있지 않습니다. 그녀가 그 긴 꼬리를 어떻게 사용하는 가에 있습니다. 뱀이 긴 혓바닥을 날름거리며 둥지 속의 새끼 새들에게 접근하듯이 그동안 그녀는 그 긴 꼬리를 휘젓고 다니면서 이미 둥지를 틀고 새끼 새들까지 부양하고 있는 많은 남성 새들을 유혹했답니다. 그러나 이보다 더 심각한 문제는, 그녀가 보기에는 욕심이 없고 순진한 척 하나 실상은 무척 이기적이고 소유욕이 강한 새라는 점입니다. 그녀가 여왕이 된다면 사리사욕을 채우느라 제대로 왕국을 이끌어 나가지 못할 것이 분명합니다."

"질투여, 당신이 말하고 있는 붕과 우리가 알고 있는 붕은 전혀 다른 새인 것 같군요. 붕의 순결함과 고결함은 그동안 우리 왕국에 익히 잘 알려져 왔고, 그래서 우리 모두가 그녀를 존경해오지 않았소? 우선 한 가지만 증명해주시오. 무슨 근거로 붕이 이기심이 많다는 것이요?"

장로 새들이 의아한 눈빛으로 까마귀에게 물었다. 붕에 대한 장로 새들의 존경심과 믿음이 자신이 예상했던 것보다 더 깊다는 것을 알게 된 까마귀는 크게 당황했다. 잠시 머뭇거리다가 짐짓 의연한 척하면서 목소리를 드높여 좌중을 압도하며 말하기 시작했다.

"네, 많은 예들 중에 일단 한 가지만 말씀드리겠습니다. 그리 오래 전의 일이 아닙니다. 어둠이 세상을 덮기 시작하던 어느 저녁에 붕과 제가 함께 솔밭 해변을 낮게 날고 있었습니다. 우리 둘은 무척 허기가 진 상태라 먹이를 찾는데 혈안이 되어 있었지요. 그때 우리 눈 아래에 한 절박한 광경이 벌어지고 있었습니다. 솔밭 풀숲 둥지 속에서 아직 눈도 뜨지 못한 새끼 쏙독새 세 마리가 살쾡이의 공격을 받고 있었던 것입니다. 가여운 새끼들은 두려움에 떨며 울부짖고 있었지요. 때마침 먹이를 물고 돌아오던 어미 새가 이 광경을 보고 살쾡이에게 반격을 가했답니다. 그때 어미 새가 먹이를 떨어뜨렸는데 글쎄 그 먹이를 붕이 잽싸게 가로채지 않았겠습니까? 저는 그 어미 새를 도와 그 살쾡이와 사투를 벌리고 있는 동안에 말입니다.

마침내 그 어미 새와 저는 그 난폭한 짐승을 물리쳤답니다. 그런데 그 어린 세 마리의 생명을 지키기 위해 제 몸이 피투성이가 되도록 사투를 벌리고 있는 동안에 붕은 아기 새들이 미처 삼키지 못해 목구멍에 걸려 있는 먹이까지 빼앗아 먹고 있지 않았겠습니까? 근본 없는 새의 파렴치한 행위가 어떠하다는 것을 저는 그때 똑똑히 목격했답니다. 어미도 없이 어느 날 하늘에서 뚝 떨어졌거나 바다에서 불쑥 솟아올라 온 새라는 소문이 근거 없는 것이 아니었다는 것을 분명히 목격한 사건이었습니다!"

까마귀의 이야기를 다 들은 장로 새들이 경악을 금치 못했다.

"붕, 질투의 말이 사실인가? 네 말을 듣고 싶구나."

붕은 자신을 변호하지 않았다. 아니, 변호할 수 없었다. 입을 다물고 고개를 떨어뜨리는 것 외에는 아무 것도 할 수 없었다.

'질투는 내 오랜 친구다. 그런데 어떻게 장로 새들 앞에서 그녀가 한 행동이 바로 내가 한 행위요, 내가 했다는 행동이 바로 그녀가 한 행위였다고 말할 수 있겠는가?'

가슴이 먹먹해지고 목이 메여 붕은 입을 뗄 수가 없었다. 장로 새들은 침묵만 지키고 있는 붕에게 실망과 분노를 금할 수 없었다.

"우리는 여태 붕에게 기만당한 것이다! 질투는 붕의 절친이다. 그런 그녀가 붕의 사악한 행동을 증언했고, 붕은 자신을 변호하지 못하고 있다. 더 이상 무엇을 기다린단 말인가? 이제 붕을 우리 왕국에서 추방하고 질투를 여왕으로 추대합시다!"

'왜 질투는 나를 음해하는 걸까? 나는 그녀의 친구가 아니었던가?'

붕의 코발트색 눈자위가 짙은 슬픔에 젖는다.

"붕, 너는 세상 모든 새들이 다 네 마음 같은 줄로만 알고 있었다. 너는 질투를 네 친구로 생각하고 있지만 그녀는 더 이상 너를 친구로 간주하고 있지 않는 것이 분명하다. 그녀는 너를 다만 제거해야 할 경쟁의 대상으로 밖에는 여기지 않았던 거야. 그녀의 이름이 괜히 '질투' 겠니? '중상모략'이라는 이름이 '질투'보다 더 적합한 이름이겠다! 그러니 너도 이제 더 이상 그녀를 친구로 생각하지 말아야 한다. 그리고 다른 새들에게 그녀가 너에 대해서 거짓말을 퍼뜨리고 다니면서 너를 음해하고 있다는 사실을 알려야 한다. 진실은 밝혀져야만 해."

안타까워하는 붉은머리피리새를 붕은 그저 바라볼 뿐이다.

"그녀가 나를 음해하더라도 나는 그녀에게 복수할 수가 없어. 그녀를 공적으로나 사적으로나 응징할 수가 없구나."

"왜, 그럴 수 없다는 것이니?"

"악을 악으로 갚을 수는 없지 않니?⁴⁾ 악을 선으로 갚지 않으면 이 세상은 온통 악으로 가득 찬 세상이 될 테니까. 나는 그런 세상을 원하지 않아. 그녀가 친구를 져버리면서 까지 왕관을 원하는데 친구인 내가 어떻게 해야 하니? 나는 왕국의 권세를 원한 적이 없으니 그녀가 원하는 것을 갖게 하는 것이 친구로서 할 수 있는 일이 아니겠니? 나는 다만 그녀가 그동안 내 친구가 되어준 것에 감사할 뿐이야. 그렇지만 내 마음이 많이 시리구나."

붕은 마지막으로 질투를 찾아간다.

"내 친구야, 나는 다만 하늘피리 소리를 염원할 뿐이지 여왕의 권세나 영광을 염원한 적이 없단다. 어릴 적에도 그랬듯이 나는 여전히 너를 존경하고 흠모한단다. 세월이 우리의 우정을 퇴색시켰지만 가슴 속에 자리 잡고 있는 너에 대한 내 진솔한 마음은 변함없을 거야. 행운을 빈다. 너는 위대한 여왕이 될 거야."

"흥, 너는 늘 그러했듯이 여전히 짐짓 로맨틱한 이상주의 새인 척 하는구나. 늘 그 은빛의 자태를 뽐내며 고귀한 척 해왔지. 이 세상의 일에 초연한 듯 짐짓 고고한 표정으로 위선을 떨어왔지. 늘 순결하고 고매

한 척하면서 다른 새들을 기만해왔지. 그러나 나까지 속일 순 없어. 난 너를 속속들이 잘 알고 있으니까, 아주 어린 시절부터.

네 그 붉은 부리는 네 속이 얼마나 검붉은 욕망의 불꽃으로 타오르고 있는지를 적나라하게 말해주고 있지. 그리고 그 검고 푸르뎅뎅한 눈자위 속에 번득이고 있는 검푸른 눈동자는 네 영혼이 얼마나 음흉한지 말해주고 있지. 눈은 영혼의 창(窓)이라는 말이 바로 너를 두고 하는 말이지. 세상 모든 새들이 너의 그 완벽한 위선에 넘어간다 해도 나를 속일 수는 없지."

'왜 진실은 늘 왜곡될까? 비록 그녀가 나를 음해한다 해도 그녀에 대한 내 사랑은 변함이 없다. 늘 더 많이 사랑하는 편이 상처를 받는구나.'

붕을 존경하던 작은 새들은 슬퍼했다. 그 중에 특히 붕을 좋아했던 붉은머리피리새는 붕이 추방되어 왕국을 떠나야 한다는 사실을 도저히 받아들일 수가 없었다. 붕은 울먹이는 붉은머리피리새를 바라보며 그녀를 위로하듯, 아니 자신을 위로하듯 노래한다.

내 가슴아
네가 그리던 것이
영광스러운 이름이었더냐?

내 영혼아
네가 염원하던 것이
금빛 찬란한 왕관이었더냐?

머뭇거리지 마라.

진솔하게 상처 받아라.

그리고

오직

하늘피리 소리만을 갈망해라.

붉은머리피리새는 더 이상 붕을 잡아둘 수 없다는 것을 알고 슬퍼한다. 안타까워하는 친구를 뒤에 두고 붕은 자신이 처음 새가 되었던 바닷가로 날아갔다. 그동안 외로울 때마다 찾아갔던 소나무가 오늘도 변함없이 절벽의 끝자락에 홀로 높이 서서 그 긴 팔과 큰 가슴을 활짝 펴고 붕을 애잔스럽게 안아준다.

해월(海月)

비가 내리기 시작한다. 붕은 애써 비를 피하려 하지 않는다. 비에 젖은 날개가 무거워지고 있다. 바다 냄새에 젖은 비바람이 얼굴을 스치니 그동안 기억의 저편에 묻어 놓았던 북쪽 바다 왕국에서 행복했었던 시절들이 되살아난다. 어릴 때 함께 했던 사랑하는 친구들, 매일 새로운 지혜를 깨우쳐 주셨던 인자한 스승님, 고결한 자태의 아버지와 함께 행복하게 노래를 불렀던 기억, 따뜻했던 어머니 품속 냄새가 빗속에 배여난다.

'가슴이 너무 시리다. 어머니의 성으로 되돌아가고 싶다.'

긴 목을 구부려 머리를 가슴에 묻고 있는 붕의 등이 낮게 들썩인다. 그때 어떤 기척을 느낀다. 눈 아래에 개구리 한 마리가 가쁜 숨을 헐떡이며 자신을 올려다보고 있다.

"아름다운 붕, 어쩐 일로 맑고 고운 얼굴이 근심으로 가득 차 있는지요? 높은 절벽 끝자락 소나무 가지에 홀로 앉아있는 당신의 고귀한 모습에 정신을 빼앗겨 저 낮은 논두렁에서부터 이렇게 힘들게 올라왔답니다."

"안녕? 친절한 친구. 나를 보러 이렇게 높은 곳까지 애써 올라와줘서 정말 고마워. 난 원래 바다 왕국의 공주였는데 하늘피리 소리를 듣기 위해 새(鳥)로 변해서 육지로 올라왔단다. 오랜 시간동안 새들의 세계에 적응하느라 힘들게 버텨 왔지만 내가 바라던 것은 얻지도 못한 채 친구에게 배척만 받고 이렇게 마음 아파하고 있단다. 바닷속 왕국에 두고 온 사랑하는 어머니와 친구들이 그리워 이렇게 울고 있단다."

"붕, 너무 마음 아파하지 마세요. 난 당신의 심정을 누구보다 잘 헤아릴 수 있답니다. 나도 처음부터 개구리는 아니었답니다. 물속에서 알로 태어나고 자라서 올챙이가 되었지요. 그러다가 때가 되어 이렇게 개구리가 되었답니다. 물속 세계의 존재가 육지 세계의 존재로 변형되어 산다는 것은 결코 쉬운 일이 아니었답니다. 처음엔 육지의 모든 것들이 낯설었지만 이내 적응하게 되었답니다. 이제 나는 물 속 세계와 물 밖 세계를 자유자재로 넘나들면서 두 세계의 삶을 향유하고 있답니다. 당신도 곧 익숙해질 것입니다. 기운을 내세요. 다른 새들은 물 속 세계를 이해하지 못하지만 당신은 물속과 물 밖, 두 세계를 이해하지 않습니까?

두 세계를 알아야 비로소 하나의 세계도 제대로 알 수 있다는 것을 그들은 이해하지 못하지요. 하나의 세계 속에 사는 새들이 두 세계를 살았던 당신의 외로움을 어떻게 이해하겠습니까? 나도 한때는 너무 외롭고 고달파서 다시 올챙이 시절로 돌아가고 싶었지요. 하지만 일단 한 번 변형된 이후에는 다시 예전으로 돌아갈 수 없다는 것을 알게 되었지요. 이제 당신이 살 길은 뒤를 돌아보지 않고 미래를 바라보면서 현재를 향유하는 것입니다.

따지고 보면 육지에 산다는 것이 그리 나쁜 것만은 아니랍니다. 아니, 나쁘지 않은 것이 아니라 참으로 멋진 일이랍니다. 시원한 바닷바람, 따스한 햇살, 밤하늘의 수많은 별들과 달, 땅을 수놓은 꽃들의 아름다운 자태와 향기, 낭만적 흥취를 자아내는 물안개와 비! 오, 육지의 삶은 얼마나 매혹적이며 아름다운가? 이제 당신은 이 모든 것을 즐기게 될 것입니다. 그러니 인내심을 조금만 더 키우도록 하세요."

"개구리야, 고마워. 격려해줘서. 그러나 모든 개구리는 올챙이로부터 변형되었지 않니? 너는 너 같은 개구리들과 함께 살고 있지 않니? 하지만 나처럼 물고기에서 새(鳥)로 변형된 새는 도무지 찾아볼 수가 없구나. 다른 새들과 같지 않다는 소외감은 나를 무척 힘들게 한단다."

붕을 위로하고 격려하려 했던 친절한 개구리와의 만남은 그녀를 이전보다 더 쓸쓸하게 했다.

'절벽 끝자락에 홀로 서있는 소나무는 날개가 없는데도 불구하고 두 팔과 가슴을 활짝 펴고 늠름한 기상으로 드높은 하늘과 세상을 품고 있건만 막상 커다란 날개를 지닌 나는 이 소나무 가지에 날개를 접고 앉아

답답한 가슴을 어찌하지 못해 밤하늘을 쳐다보며 긴 한숨만 내쉬고 있구나.

보름달이다! 내가 바다 왕국을 떠날 때도 저 보름달이 떠올랐었지. 바닷속 어머니 왕국에 있을 때 나는 얼마나 행복했던가! 바닷속 내 친구들은 나를 그리워할까? 내 사랑하는 어머니는 눈물로 가슴을 적시며 얼마나 몹쓸 딸을 그리워하고 계실까? 내 이기적인 열망이 사랑하는 어머니의 가슴을 무너뜨렸지. 그러나 그렇게 소중한 어머니를 저버린 대가를 난 아직 보상받지 못했지 않은가? 하늘피리 소리는 듣지도 못하고 이 새(鳥)왕국에서 추방되어버렸구나. 아, 어머니. 그리운 이름……'

가슴이 뻐근하게 저려와 하늘을 쳐다본다.

'저 높고 광활한 밤하늘의 보름달이 오늘 밤 유독 추워 보이는 구나.'

가슴이 시려 고개를 떨어뜨리며 바다를 내려다보는 데 밤바다에 보름달이 외롭게 떠있다.

'바다에 떠있는 보름달은 기실 실체가 없는 거야. 그러나 그 모습은 하늘에 떠있는 보름달과 진배없지 않은가? 실체와 허상의 차이는 무엇일까?'

깊은 상념에 빠져있던 그녀가 갑자기 눈을 크게 뜬다. 내려다보고 있던 바다에 떠있던 보름달이 갑자기 일그러지기 시작하더니 이윽고 그 형체를 찾아볼 수 없게 되었기 때문이다. 바다가 흉흉해지면서 광풍이 일어나고 파도가 밀려오고 있었다. 붕은 하늘을 쳐다보았다. 하늘의 보름달은 바다에서 무슨 일이 일어나고 있는지 아랑곳 하지 않는 듯 원래의 자태를 흩뜨리지 않고 빛나고 있었다.

'아! 저기! 실체와 허상의 차이! 실체는 주변의 환경이 변해도 흔들리지 않고 자신의 모습을 지키고 있는데 허상은 외적 상황에 의해 시시각각 변화를 거듭하고 있구나! 그런데 갑자기 무슨 일이 일어나고 있는 것일까?

깊은 사색의 세계에 젖어 있다가 다시 현실 세계로 돌아온 붕은 주변을 둘러보았다. 아무 것도 없었다. 모든 새들은 둥지에 들어가 잠을 자고 있을 시간이었다. 그녀는 숨을 죽이며 밀려오는 파도를 지켜보았다. 보름 달빛 아래에 파도가 하얗게 부서지며 밀려오고 있었다. 이윽고 어둠 속 물체들이 바다 위에 그 모습을 드러냈다.

'아! 내 친구들!'

붕은 믿을 수 없었다. 기쁨으로 자신도 모르게 날개가 펴졌다.

"곤! 우리야! 우리와 함께 여왕의 성으로 돌아가자. 네가 떠난 후 여왕님은 슬픔으로 병이 나셨단다. 병세가 심해져서 곧 운명하실 것 같다. 네가 돌아오면 여왕님의 병환이 낫게 되실 거라고 스승님께서 말씀하셨어. 그러니 우리와 함께 돌아가자."

붕은 가슴이 미어지는 것 같았다.

'아, 사랑하는 어머니. 못난 자식을 가슴에 품으시고 이제 이 세상을 떠나신단 말인가요?'

"난 더 이상 물고기가 아닌데 어떻게 돌아갈 수 있단 말이니? 한번 변신을 하면 다시 옛날 모습으로 돌아갈 수 없다고 스승님이 말씀하셨단다. 그리고 내 육지 친구 개구리도 그렇게 말했어."

"아니야. 다시 돌아갈 수 있어. 지혜로운 스승님으로부터 그 방법을 알아왔단다."

"나는 이제 새란다. 어떻게 날개와 다리를 가진 새가 되어서 깊은 바닷속으로 헤엄쳐 들어갈 수 있단 말이니?"

"네 외형은 네 의식이 정하는 것이라고 스승님이 말씀하셨어. 그리고 새로서의 네 의식은 아직은 완전하지 않다고 하셨어. 그러니 다시 물고기의 의식을 되찾으면 물고기의 모습으로 돌아갈 수 있다고 하셨어."

"사랑하는 내 친구들, 나는 어떻게 해야 내 의식을 변형할 수 있는지 알지 못한단다."

"네 의식을 변형하기 위해서는 용기가 필요하단다. 그리고 그 용기는 네 어머니를 향한 사랑만 있으면 가능하다고 스승님께서 말씀하셨단다. 사랑은 모든 것을 극복하니까. 그러니, 곧, 저 보름달이 지기 전에 어서 마음을 정하고 우리와 함께 돌아가자. 물고기의 의식세계로 너를 던져라!"

붕은 깊은 상념에 빠진다. 터질 것 같은 가슴 속 울림이 가냘픈 몸을 떨게 하고 있다.

사랑은 모든 것을 극복한다.
사랑은 모든 것을 변형시킨다.

진정 내 자유가
어머니의 생명보다
더 소중하단 말인가?

돌아가라, 붕
가여운 어머니를
홀로 보낼 수는 없지 않은가?

사랑아,
내게 힘을 다오!

내 영혼아,
네 갈망의 날개를 접어라.
귀향의 소용돌이에
너를 던져라!

붕이 크게 심호흡을 하며 절벽 끝에서 막 바다로 몸을 던지려는 순간
바닷속 깊은 곳에서부터 슬프고 가냘픈, 그러나 단호한 목소리가 들려오
고 있었다.

너는 아직 모르는가?
사랑하는 딸아.

네가 숨 쉬고 있는 공간을 향해
한 아름 네 슬픔을 던져라.

당차게 날갯짓하며
광활한 대기를 들이마셔라.

네 운명을 거역하지 마라.
네 갈망의 날개를 접지 마라.

이미 너무 늦어버렸다.
물고기의 세계로 돌아오기에는.

너는 이제
새란 것을 잊어서는 안 된다.

뒤를 돌아보지 마라.
오직 앞을, 더 높은 곳을, 더 멀리.

남쪽 바다 하늘 못으로
네 영혼의 눈을 향해라.
네 본향으로 돌아가거라.

안녕히
내 사랑
행운을 빈다.

비탄에 젖은 눈에서 흐르는 눈물을 보이지 않으려고 붕이 긴 목을 구부리고 가슴에 얼굴을 묻는다. 친구들은 더 이상 말을 못하고 그녀를 뒤에 둔 채 돌아간다. 바닷속으로 사라지고 있는 그들을 바라보는 것 외에는 아무 것도 할 수 없는 붕의 무거운 가슴이 밤바다 속으로 가라앉는다.

친구들이 남긴 물결의 여운은 보름달빛에 반사되어 길고 아름다운 흰 빛으로 부서진다. 슬프고 아름다운 빛이다. 슬퍼서 아름다운 빛이다. 이윽고 그들이 사라진 수평선 저 먼 곳에서부터 한 가닥의 흰 빛이 솟아오르고 있다. 아름다운 한줄기 빛. 붕은 알고 있다. 어머니의 영혼이 하늘 높이 올라가 별이 되고 있다는 것을.

붕의 깊고 푸른 눈에서 떨어지는 눈물방울은 바다의 가슴을 적시고 여린 목에서 흘러나오는 슬픈 노래는 바다를 비탄으로 몸부림치게 한다.

밤하늘의 달빛이
저리도 아름다운 이유는
비통한 내 가슴을
비웃기 위함일까?

영롱하게 떠있던
보름달은
자책의 구름에 가려지고

구름은

이내
슬픔의 비를 뿌리고 있구나.

비는
홀로 남겨진
내 가슴을 적시고

시린 가슴의 현(絃) 위에
떨어지는 비는
비정한 활이 되어
불협화음의 선율을 긋는다.

"끼이익 끼이잉"
현(絃)이 긁힐 때마다
가슴은
붉은 선혈을 토하는구나.

제 3 장

동굴의 비밀

 무거운 마음을 안고 붕은 북쪽 바다 작은 새(鳥)들의 왕국을 떠나고 있다. 가냘픈 다리로 힘겨운 걸음을 내디딜 때마다 긴 꼬리가 땅에 스치면서 생채기가 났다. 멀리 그리고 오랜 시간동안 걷는 것은 무척 힘든 일이었다. 육신이 지쳐서만은 아니었다. 하늘피리 소리가 존재하지 않을지도 모른다는 불안감이 전신의 힘을 빠지게 했다. 지친 몸과 마음으로 하염없이 걷다가 문득 정신을 차려보니 자신이 깊은 산 속에서 길을 잃었다는 것을 알게 되었다. 숲속 차가운 밤기운이 날개깃 사이로 스며들어왔다. 주위를 둘러보니 마침 동굴이 보였다. 시린 몸에게 은신처를 주기에는 그리 나쁘지 않은 듯했다. 동굴 입구에서 몸을 움츠리고 서성거리고 있는데 느닷없이 어떤 검은 물체가 나타났다.

 "우리 박쥐 왕국에 오신 것을 환영합니다. 당신같이 연약하고 우아한 새가 어떻게 이 밤중에 홀로 험한 산속을 헤매고 있습니까?"

 "어쩌다 보니 이렇게 숲속에서 길을 잃게 되었습니다. 괜찮으시다면 당신의 동굴 입구에서 하룻밤을 지내게 해주시기 바랍니다."

 "오, 가여운 분, 밤이슬을 피해 동굴 속으로 들어갑시다."

붕은 이전에 박쥐에 대해 언뜻 들은 적은 있었으나 실제로 한 번도 본 적은 없었다. 분명히 새처럼 날개가 있는데도 불구하고 정녕 새는 아니었다. 신기하기도 하고 두렵기도 했지만 그의 친절한 마음이 고맙고 또 은신처가 필요했기 때문에 그를 따라 동굴 속으로 들어갔다.

동굴 속은 음침한 한기가 돌고 있었다. 캄캄해서 아무 것도 보이지 않았다. 붕은 두렵고 섬뜩했다. 그러나 박쥐를 믿고 그가 인도하는 데로 조심스럽게 따라 들어갔다. 한참이 지난 후에야 비로소 동굴 속 정경이 서서히 드러나기 시작했다. 동굴 속은 밖에서는 상상도 할 수 없을 정도로 크고 깊었다. 그리고 그 길이는 끝이 없어 보였다. 그런데 어둠 속에 어떤 희뿌연 물체가 천정을 타고 내려오고 있는 것 같았다. 붕이 깜짝 놀라서 뒷걸음쳤다.

"아, 두려워하실 필요 없습니다. 그것은 돌고드름입니다. 이곳에서는 흔히 볼 수 있지요. 당신을 해칠 일은 절대 없을 테니 안심하셔도 좋습니다."

박쥐가 여유로운 말투로 붕을 진정시켰다.

그런데 돌고드름은 하나 뿐만이 아니었다. 동굴 속 여기저기에 여러 개의 크고 작은 돌고드름들이 천장에 매달려 있었다. 아니, 천장에 매달려 있다기보다는 천장에서부터 아래로 자라나고 있다는 표현이 더 적절할 것 같았다. 그것들은 마치 살아있는 생명체 같았다.

희고 매끄러운 돌고드름들은 마치 공중에 떠서 대지를 받치고 있는 지하 신전의 기둥 같아 보였다. 붕은 마치 성스러운 신전에 와있는 것만 같았다. 처음에 느꼈던 낯선 동굴 세계의 두려움은 어느새 사라지고 마음이 지극히 평온해졌다. 온몸을 휘감는 신기한 기운을 느끼며 눈을 감았다. 동굴 속 고요가 바닷속 고요만큼이나 깊게 느껴졌다. 그동안 생소한 육지세계에 적응하느라 힘들었던 시간이 아득히 먼 옛날처럼 느껴지면서 봄 햇살에 겨울 눈 녹듯이 시렸던 마음이 따뜻하게 풀어졌다. 마치 어머니의 성(城)에 돌아와 있는 것 같았다. 영원히 동굴의 고요 가운데 머물고 싶다는 생각이 들었다. 그런데 갑자기 어떤 청아한 소리가 동굴 속 정적을 깼다.

눈을 떠 보니, 어둠에 익숙해져서 일까? 동굴 속이 아까보다 좀 더 뚜렷하게 보였다. 방금 들었던 그 소리는 천장에 맺혀있던 물방울이 저 아래, 깊이를 가늠할 수 없는 물웅덩이에 '통~' 하는 맑고 투명한 소리를 내면서 떨어지는 소리였다. 그러자 그 소리가 넓고 깊은 동굴 속을 메아리치면서 '통~ 통~~ 통~~~' 하며 아름답게 울려 퍼졌다. 그 소리는 어두운 동굴 속 분위기와는 사뭇 다르게 맑고 청아했다. 붕은 혹시 그 음률이 하늘피리 소리와 어떤 연관이 있지 않을까 싶어 가만히 귀를 기울였다.

'어떻게 작은 물방울 하나가 이렇게 큰 동굴 전체에 울릴 수 있을까? 동굴의 깊은 고요 때문일까?

물방울 소리는 마치 태고의 정적을 깨는 듯하더니 이내 다시 그 정적 속에 묻혔다. 긴 정적이 흘렀다. 그러자 또 하나의 물방울 소리가 정적을 깨며 울렸다. 그러곤 또 다시 긴 정적이 흘렀다. 그리고 또 다시 하나의 물방울 소리가 정적을 깨고 울렸다. 그리고는……

'아, 음률은 소리만으로 만들어지는 것이 아니구나. 소리와 정적 사이에서 만들어지는구나. 소리와 정적이 함께 어우러지면서 만들어지는구나. 그런데 애초에 소리는 어디에서부터 나왔을까? 정적이 깨지면서 소리가 나지 않았는가? 그렇다면 소리는 정적으로부터 나온 것이 아닐까? 알이 생명을 잉태하고 있는 것처럼 정적이 소리를 잉태하고 있었던 것일까? 아! 동굴은 태고의 어둠을 지키며 소리와 정적의 비밀을 홀로 품고 있었구나!'

붕이 동굴 속 신비에 매료되어 무슨 생각과 어떤 체험을 하고 있는 지 전혀 가늠하지 못하는 박쥐는 붕의 아름다운 자태에 매료되어 그녀로부터 눈을 떼지 못하고 있었다. 빛나는 순백의 가슴 털, 우아한 날개와 긴 꼬리, 깊고 푸른 코발트 색 눈동자, 핏빛 보다 더 붉고 선명한 작고 예쁜 부리, 그리고 기품 있고 고요하게 머리 위에 앉아 있는 작은 은빛 왕관 모양의 꽃술 장식깃! 그는 황홀감에 빠져버렸다.

'세상에 어떻게 이토록 아름다운 새가 있을까? 마치 설국(雪國)공주 같아. 어떻게 해서라도 그녀의 마음을 사로잡아야지.'

그는 경이로운 동굴 세계에 관해 밤새 열변을 토했다. 어둡고 고요한 동굴 속에서 밤새도록 가슴에 울리는 물방울의 선율에 취하고, 또 박쥐의 현란한 말솜씨에 취한 붕은 두근거리는 가슴으로 동굴 속 첫 밤을 뜬 눈으로 지새웠다.

박쥐 왕국

그는 나르시스라는 이름의 박쥐왕국의 왕이었다. 그는 수십여 종류의 서로 다른 박쥐들이 평화롭고 자유롭게 함께 어우러져 살 수 있도록 평등한 법을 만들어 너그럽고 현명하게 왕국을 통치하고 있었다. 어두운 동굴에 기거해서일까? 대부분의 박쥐들은 눈이 퇴화되어 있었다. 그럼에도 불구하고 그들은 방향감각을 잡는데 전혀 문제가 없어 보였다. 날거나 먹이활동을 하는 데 전혀 지장이 없는 것 같았다. 어떤 박쥐는 식물의 열매를 먹고 살기도 하고 어떤 박쥐는 나방이나 벌레를 먹고 살기도 했다. 흡혈박쥐도 있는데 그들은 동물의 피를 빨아먹으며 살고 있었다.

나르시스는 여느 박쥐와는 달리 몸통이 매우 크고 얼굴과 귀가 긴 왕박쥐였다. 그는 식물의 열매를 먹고 사는 박쥐였다. 신기하게도 다른 박쥐들과 달리 그의 눈은 퇴화되지 않고 오히려 크게 발달되어 있었다. 어둠의 화신인 양 한 번 그 큰 눈으로 검붉은 광채를 발하며 검은 날개를 펼치면 그를 따르는 많은 박쥐들은 비록 눈이 퇴화되어 볼 수는 없지만 그 위세를 온몸으로 느끼며 공포와 경외감으로 그를 숭배했다. 그러나 그가 왕으로서 존경을 받게 된 것은 특출한 외모 때문만은 아니었다. 그는 다른 박쥐들보다 월등히 영리하고 예술적 감성이 풍부한 아름다운 박쥐였다. 그가 '날아다니는 여우' 라는 예칭을 갖게 된 것은 결코 우연이 아니었다.

박쥐들은 낮 동안에는 동굴 천장에 거꾸로 매달려 잠을 자고 석양이 지기 시작할 즈음에 먹이를 찾아 무리를 지어 동굴을 벗어났다. 동굴 속 수십만 마리의 박쥐들이, 아니 수를 헤아릴 수 없을 정도로 많은 박쥐들이 먹이 사냥을 위해 일제히 동굴을 빠져 나가면서 거대한 소용돌이를 만들며 하늘을 날아오르는 광경은 가히 장관(壯觀)이었다. 그런데 그보다 더 아름다운 광경은, 아니 어쩌면 장엄한 광경이라고 함이 더 적합할지도 모를 광경은, 하늘에 오른 그들이 멀리 황금빛 석양을 배경으로 일렬로 날아가면서 마치 유연한 강줄기가 끝없이 흘러가는 것 같은 장면을 연출할 때였다. 어두운 동굴 속에 거꾸로 매달려있는 한 마리 박쥐는 작고 보잘 것 없으나 동굴을 벗어나 떼를 지어 멀리 하늘을 날 때는 지상의 그 어떤 광경보다 더 아름다웠다. 세상의 모든 자유를 만끽하는 듯 하늘을 나는 박쥐들의 아름다움에 붕은 감탄을 금치 못했다.

'검은 날갯짓으로 저 하늘을 날아오르면서 자유를 느끼고 있는 박쥐들의 영혼은 무슨 색일까? 그들의 육신처럼 검은 색일까? 아니면 자유를 체험하기 때문에 흰 빛을 띠고 있을까? 하늘로 올라가 별이 되신 어머니의 영혼은 흰 빛이었지. 하늘 높이 자유를 느끼며 밤새 날아다니는 박쥐는 돌아 와 쉴 집이 있건만 나는 한 번 떠난 북쪽 바다 왕국 내 고향에 다시 돌아갈 수 없구나. 나는 이대로 영원히 집 없는 새가 되어 마냥 떠돌아다니다가 생을 마감하게 되는 걸까? 아니야, 하늘피리 소리만 듣게 되면 나도 영원한 안식을 누리게 될 거야.'

먹이사냥을 끝내고 동굴로 돌아오면 박쥐들은 어둠을 찬양하는 예술 공연을 하곤 했다. 거꾸로 매달리기도 하고 어두운 동굴 속을 유연하게 날기도 했다. 어쩌다가 동굴 속에서 길을 잃고 헤매는 나방들이 그들의 촉에 잡히면 망토를 펼친 것 같은 날개로 춤추듯 먹이를 감싸 안았다. 그것은 포식자가 먹이를 포획하는 행위라기보다는 차라리 하나의 예술행위 같았다. 그들은 가끔 "끼익, 끼익" 괴기하고 소름끼치는 노래도 불렀다. 정녕 하늘피리 소리는 아니었지만 그것도 하나의 음악임엔 분명했다. 아름답다고는 할 수 없으나 분명히 어떤 깊고 어두운 세계를 표현하는 예술이었다. 그녀는 어둡고 낯선 박쥐들의 예술세계에 점점 더 깊이 매료되어갔다.

붕은 여태까지 육지세계에서 붉은머리피리새를 제외하고는 그 어떤 새들에게서도 나르시스만큼 깊은 예술성을 느낀 적이 없었다. 붉은머리피리새는 여느 새들에 비해 탁월한 음악성을 가진 새였다. 그녀는 천상의 목소리를 가졌고 붕을 흠모했던 새였다. 붉은머리피리새가 그리워진 붕은 가슴이 시려왔다.

두고 온 친구를 그리워하는 붕에게 나르시스의 예술성은 큰 위로가 되어주었다. 그녀는 나르시스와의 예술적 공감대를 통해 낯설게 느껴졌던 박쥐 세계에 조금씩 마음의 문을 열게 되었다. 나르시스는 기쁨으로 더욱 더 열렬히 자신의 탁월한 예술성을 붕에게 과시했다. 나르시스가 표현하는 어둠의 음악을 조금씩 더 이해할 때마다 그에 대한 붕의 존경심은 점 점 더 커져갔다. 날로 깊어가는 나르시스와의 우정에 빠지고, 또 동굴 속 선율의 신비에 매료된 붕은 기쁜 나날을 보내고 있었다.

그러던 어느 날 평화로운 박쥐왕국에 반란이 일어났다. 나르시스와 그를 따르던 박쥐들은 모두 반란군, 흡혈박쥐들에 의해 숙청되거나 투옥되었다. 그들은 붕에게 왕국을 떠날 것을 명했다. 이제 겨우 예술적 감성을 공유할 수 있는 친구를 얻었는가 싶어 기뻐하고 있던 그녀에게 나르시스와의 이별은 무척 슬프고 힘들었다. 그런데 그녀를 더욱 힘들게 한 것은 동굴 속 고요와 물방울 소리의 신비한 음률을 더 이상 들을 수 없게 되었다는 것이다. 붕은 동굴을 떠나 그리 멀지 않은 숲속에서 마음을 추스르며 다시 먼 여정을 떠날 마음의 준비를 하고 있었다. 그러던 어느 날 불현 듯 나르시스가 그녀에게 모습을 드러냈다. 초췌한 몰골은 그가 탈주를 감행한 것을 역력히 말해주고 있었다.

"붕, 당신을 한참 찾아다녔소. 나와 멀리 도망가서 내 짝이 되어 우리 함께 보금자리를 만듭시다. 당신을 사랑하오. 당신 없이는 살 수가 없소."

붕은 갑작스럽게 나타나 예상치 못한 말을 던지는 나르시스가 두려웠다. 느닷없이 밀려오는 마음 속 중압감에 어찌할 바를 몰라 했지만, 이내 평정심을 되찾고 단호하게 말한다.

"나르시스, 내 좋은 친구여. 나는 당신을 존경하고 신뢰해왔습니다. 동굴 세계에서 매일 신비한 음률을 들으면서 언젠가는 하늘피리 소리를 들을 수 있게 되리라는 희망으로 행복하게 살았습니다. 내게 그런 소중한 기회를 주신 당신에게 늘 감사한 마음이었습니다. 그러나 이제 더 이상 동굴에 머물 수 없게 되어버렸으니 나는 다시 하늘피리 소리를 좇아서 새로운 길을 떠나야만 합니다. 당신은 새가 아니고 박쥐이기 때문에, 나처럼 밝은 세상에서 살아갈 수 없기 때문에 나와 함께 갈 수 없을 것입니다."

"무슨 일이 있어도 내가 반드시 그 하늘피리 소리를 찾아주겠소. 우리 함께 갑시다. 당신도 나를 사랑하지 않소?"

"내가 사랑한 것은 당신이라기보다는 당신의 예술성이었습니다. 그리고 남이 찾아주는 하늘피리 소리는 제게 아무런 소용이 없답니다. 제 스스로 찾아야만 합니다. 그리고 저는 행복의 파랑새와 약속했답니다. 사랑과 자유 둘 중에 저는 자유를 택했습니다."

"오, 붕. 당신이 아직 너무 어려 현실을 잘 몰라서 그런 낭만적인 생각을 하는 거요. 내 사랑이 당신을 행복하게 해줄 것이요. 당신에게 내 모든 것을 다 바치겠소."

"당신의 삶을 나를 위해 바치는 것을 난 원하지 않습니다. 꼭 당신이라서가 아니라 그 누구의 삶도 저를 위해 희생되는 것을 원하지 않습니다. 나는 어느 누구와도 함께 보금자리를 만들 생각이 없답니다. 난 다만 하늘피리 소리만을 추구할 따름입니다."

"붕, 당신은 여성 새요. 여성 새가 짝을 짓지 않겠다는 말은 기만에 불과하오. 당신은 나를 떠나려고 변명을 하고 있는 것이오. 내가 동굴세계에 사는 어둠의 자식이라서, 또 비록 한 때는 내 왕국을 이끌어가던 왕이었으나 이제는 이렇게 쫓겨 다니는 신세가 되어서 나를 업신여기고 있는 것이 분명하오."

"당신이 동굴에 기거하는 존재라 해서 당신을 무시해본 적은 한 번도 없습니다. 나는 여태 박쥐왕국을 이끌어 왔던 당신의 위대한 능력, 그리고 당신의 예술성을 존경해왔습니다. 당신이 부족해서가 아니라 내 삶의 목표가 보금자리를 트는 데에 있지 않기 때문입니다. 제발 내 말을 믿어주세요."

"당신이 나와 함께 하지 않는다면 난 차라리 죽어버리겠소."

박쥐는 날카로운 이빨로 자신의 가슴을 물어뜯었다. 검붉은 피가 그의 검은 가슴과 배를 타고 흘러내렸다. 붕이 실신했다. 잠시 후 깨어나는 붕을 내려다보며 나르시스는 내심 쾌재를 불렀다.

"네 결심이 아무리 굳건하다 해도 넌 역시 연약한 심성을 지닌 여성 새에 불과해. 결국 피를 보고서야 결심을 꺾게 되는군."

나르시스의 잔인함에 붕이 전율하며 애원했다.

"사랑을 꼭 그렇게 폭력으로 표현해야만 하나요? 사랑의 본질은 자유와 믿음과 존경과 이해가 아닐까요? 당신이 내게 보여준 행동은 정녕코 사랑이라 할 수 없습니다. 제발 당신 자신을 위해, 그리고 또 나를 위해 마음을 진정시키고 당신과 나를 이 악몽 같은 수렁에서 빠져나오게 해주시기 바랍니다."

연약한 심성을 지닌 여성 새인 줄로만 알았는데 남성인 자신보다 더 큰 기개를 지닌 붕에게 놀라고 압도된 나르시스는 패배감과 수치심으로 울부짖었다.

"당신을 영원히 저주할 것이요. 내 몸에 남을 이 상흔은 이루지 못한 내 사랑의 징표가 될 것이요. 이 상흔을 볼 때마다 당신을 기억하며 복수의 이빨을 갈 것이요. 나를 떠나서는 절대로 행복할 수 없다는 것을 깨닫고 땅을 치며 통곡할 날을 오게 할 것이요."

나르시스는 분노와 자괴감의 날개를 펴며 밤하늘을 날아오른다. 온화하게 빛나고 있던 보름달의 낯빛이 스쳐 지나가는 박쥐의 날갯짓에 흐려진다.

비가 내린다.

몸에 떨어지는 비는 나뭇가지 아래에서 피할 수 있다. 그러나 가슴에 내리는 비는 피할 길이 없다. 공허한 가슴에 떨어지는 빗방울 소리가 아프게 여울져 울린다.

제 2 부

제 1 장

서쪽 바다 큰 새들의 왕국

실눈썹 같은 초승달빛이 짙은 잿빛 구름 사이를 비집고 나와 끝없이 펼쳐진 백사장을 어슴푸레 비추고 있다. 여린 초승달빛에 가까스로 모습을 드러내고 있는 밤의 해변은 마치 한 마리 커다란 회색 비단 뱀 같아 보인다. 비단 뱀은 내키지 않다는 듯 길고 무거운 몸을 꿈틀거리고 있다. 초승달빛이 충분히 밝지 않아 자신의 위대함과 아름다움을 십분 뽐낼 수 없다며 자못 불만을 드러내는 몸짓 같아 보이기도 하다.

그런 비단 뱀의 마음을 조롱이라도 하듯 파도가 그를 덮친다. 자신의 위력을 짐짓 과시하고 있던 비단 뱀은 파도의 기세에 눌려 멈칫한다. 비단뱀이 숙연해진 것을 확인한 파도는 이내 자신이 왔던 곳으로 되돌아간다. 방금 무슨 일이 있었냐는 듯 밤은 다시 어두운 정적 속으로 들어간다.

문득, 푸드득! 하는 소리가 밤의 적요를 깬다. 오늘도 홀로 밤의 해변을 날며 성찰의 시간을 갖고 있던 서쪽 바다 큰 새(鳥)들의 왕국 왕자가 놀라 주변을 살펴본다. 그리 멀지 않은 절벽 끝자락에 스산한, 그러나 의연한 자태로 홀로 서있는 고목나무 가지 위에 한 선녀가 이제 막 하늘에서 내려와 흰 날개옷을 접고 앉으려 하고 있다. 눈부시게 황홀한 광경에 왕자가 넋을 잃는다.

선녀가 피리를 분다. 그녀의 한 줄기 피리 소리는 거친 파도를 가라앉히고 지친 바다를 쉬게 한다. 깊은 밤의 적요를 적시는 피리 소리는 아름답다기보다는 차라리 비통하다. 주인의 피리 소리에 잠자고 있던 뱀이 똬리를 풀며 일어나 춤을 추듯 선녀의 피리 소리는 가슴 깊이 묻어놓았던 왕자의 외로움을 깨워 일으킨다. 선녀의 피리 소리에 넋을 잃고 있는 것도 잠시, 왕자가 황급히 절벽 가까이로 날아간다. 선녀가 날개 옷자락을 휘날리며 절벽 아래로 떨어지고 있었기 때문이다.

"무슨 연고로 이 차가운 밤바다에 몸을 던져야 하셨나요?"

바다에서 허우적거리던 선녀를 구해내어 해변에 누인 왕자가 안도의 한숨을 내쉬며 입을 열었다.

"당신은 누구신데 저를 구해 주셨는지요? 그리고 이곳은 어디인지요?"

머리 위 은빛 왕관이 초승달빛에 반사되어 그녀의 모습이 좀 더 선명하게 드러났다. 선녀는 큰 날개와 긴 꼬리를 지닌 하얀 새였다. 차가운 바닷물에 젖어 떨고 있는 가련한 모습에도 불구하고 그녀의 고귀한 자태는 흔들리지 않고 있었다. 서서히 기운을 회복하고 있는 그녀를 왕자는 경외의 눈으로 내려다본다.

"이곳은 서쪽 바다 큰 새들의 왕국입니다. 저는 이 왕국의 왕자이며 이름은 복종이라고 합니다. 당신의 기품 있고 고요한 자태는 저 밤하늘의 달처럼 제 마음에 평화를 가져다주는 군요. 당신의 그 긴 꼬리는 마치 공작을 연상시키는군요. 당신을 작은 백색 공작이라 칭함이 옳을 것 같군요! 당신은 누구신지요?"

"왕자님, 당신의 고귀한 자태야 말로 제 마음에 평화를 가져다주고 있습니다. 서쪽 바다 큰 새들의 왕국에는 백로나 공작같이 크고 우아한 새들만이 산다고 들었는데 과연 이렇게 고귀한 자태를 지닌 백로 왕자님을 직접 뵙게 되었군요! 저는 북쪽 바다 작은 새들의 왕국에서 온 붕이라고 합니다. 제가 처음 육지세계에서 눈을 떴을 때 행복의 파랑새가 지어준 이름이랍니다. 저는 북쪽 바닷속 바다왕국에서 태어나고 자랐답니다. 제 어머니는 그 왕국의 여왕이셨습니다. 그 곳에서 제 이름은 곤(鯤)이었습니다"

"그럼, 당신은 물고기였단 말씀입니까? 물고기가 어떻게 새가 될 수 있었단 말입니까?"

"제가 아주 어릴 적에는 아버지 어머니와 함께 행복한 시절을 보냈답니다. 하지만 아버지께서 저를 향한 사랑으로 인해 죽임을 당하신 후 저는 가슴에 고통을 안고 살았습니다. 육지세계에 오면 그 고통에서 자유로울 수 있다는 스승님의 말씀을 믿고 그의 도움으로 신기의 용오름을 타고 육지로 올라오게 되었답니다."

"육지의 무엇이 당신을 그 고통에서 자유롭게 해줄 수 있다는 말씀입니까?"

"하늘피리 소리입니다. 그 소리를 좇아 오랜 세월을 날아다녔으나 여태 듣지 못해 절망에 빠져 있었지요. 아까 실의에 젖어 잠시 정신을 잃었는데 이제 보니 이렇게 왕자님이 제 앞에 계시는군요."

"하늘피리 소리라구요? 저는 육지에 살지만 그런 피리 소리에 관해 들어본 적이 없습니다. 어쩌면 하늘왕국의 음악 소리를 바닷속 왕국에서는 그렇게 일컫는가 보지요?"

"오, 왕자님, 그렇다면 당신은 그 하늘왕국의 음악 소리를 들은 적이 있습니까?"

"저도 그 하늘왕국의 음악 소리를 염원해왔지만 아직까지는 들은 적이 없습니다. 하지만 신의 은총을 받은 특별한 새들은 그 음악 소리를 들었다고도 전해집니다. 이곳 복종의 왕국에 잘 오셨습니다. 제가 최선을 다하여 당신이 추구하고 있는 그 하늘왕국의 음악 소리를 들을 수 있도록 도와드리겠습니다. 이제부터는 바다에 몸을 던지게 되는 그런 불상사가 다시 일어나지 않길 바랍니다."

붕의 가슴은 기쁨으로 날아오르는 것만 같았다.

"오, 왕자님, 당신이 얼마나 저에게 큰 위로와 희망을 주시는지 모르실 것입니다. 당신의 그 빛나는 아름다움은 결코 외모만은 아니군요. 당신의 내면 역시 선(善)의 빛을 내고 있습니다."

"그 말은 제가 당신에게 해야 할 말일 것 같습니다."

파도의 비밀

붕과 왕자가 사랑의 날개를 펴고 함께 창공을 날면 바다가 춤을 추고 대지가 피리를 분다. 명주실오라기처럼 고운 붕의 긴 꼬리가 연약하게 하늘거리며 하늘 호수에 아름답게 물결칠 때마다 여린 사랑의 꽃망울이 조금씩 터져나갔다.

보름달이 황금빛으로 빛나는 밤이었다. 붕과 왕자는 그들이 처음 만났던 해변 위를 함께 행복에 취해 날고 있었다. 왕자는 문득 무슨 생각이 떠올랐는지 붕에게 잠시 기다려 달라 부탁하고 어디론가 날아갔다. 붕은 왕자가 자리를 비운 사이에 홀로 행복감에 빠져 해변을 날고 있었다.

밀려왔다 밀려나가는 파도소리와 함께 밤의 고요는 더욱 깊어가고 있었다. 행복으로 벅차있던 붕의 가슴도 조금씩 가라앉으며 고요해지기 시작했다. 왕자는 어디서 무엇을 하고 있는지 아직 돌아오지 않고 있었다. 홀로 밤의 고요에 빠져 들어가고 있는 그녀는 마음 속 깊은 곳에서 어떤 형용할 수 없는 평화와 희열을 느끼고 있었다. 이윽고 그녀와 밤의 고요가 하나가 되었다. 세상에 다른 어떤 것도 존재하지 않은 듯, 오직 고요만이 존재하는 듯 했다.

'마치 이 세상이 아닌 어떤 초월적 세계에 들어와 있는 것 같구나. 이 느낌은 무엇일까? 여태 한 번도 느껴보지 못한 이 느낌…… 행복감일까? 만족감일까? 아니면 허무감일까? 알 수가 없구나. 형용하기 힘든 느낌이다. 그런데 갑자기 가슴이 시리고 아파오는 것은 웬일일까? 하지만 이상하게도 평온한 아픔이다.'

그녀는 이해할 수 없는 자신의 복합적인 감정에 한동안 젖어있었다. 이윽고 눈을 들어 밤바다를 바라보는데 눈앞에 펼쳐지고 있는 광경에 경악실색 했다.

멀리서 산더미가 솟아오르는 듯, 상상조차 할 수 없을 정도로 어마어마하게 큰 파도가 천지를 뒤흔들 기세로 포효를 내지르며 자신을 향해 밀려오고 있었다! 그 광경에 압도된 붕은 자신이 태풍에 휘날리는 먼지처럼 느껴졌다. 그러나 자신이 그 파도에 휩쓸려 죽음을 당할지도 모른다는 생각은 애당초 없었다. 삶과 죽음의 경계는 한 순간에 아득히 사라져 버렸다. 그런데 정신을 차리고 다시 보니 포효를 내지르던 파도가 아무런 소리를 내지 않고 있지 않은가! 소리 없는 파도의 거대한 울부짖음은 마치 자신의 존재의 심연(深淵)에서부터 울리는 소리 같이 들렸다! 파도의 음파(音波)와 자신의 내면의 울림이 하나의 악기에서 울리는 음률 같았다!

신비롭고 황홀한 공명(共鳴)의 음률에 그녀는 여태 한 번도 느껴보지 못했던 마음의 평화를 느낀다. 가공할 위력으로 자신을 덮치듯 밀려오는 파도가 더 이상 두렵지 않았다. 다만 파도의 절대 위력에 묻혀 적멸(寂滅)하고 싶은 강한 열망에 사로 잡혀있을 뿐이다.

'이 순간 나는 아무 것도 원하지 않는다. 오직 저 큰 파도에 함몰되어 영원한 정적(靜寂)속으로 사라져 없어지고 싶을 따름이다.'

어마어마한 파도 속에서 자신을 잃어버리는 황홀경에 빠져가고 있는 붕의 가슴이 점점 부풀어 오르고 있었다. 가슴은 지칠 줄 모르고 자꾸만 커져가고 또 커져가고 있었다. 마침내 가슴이 우주를 품은 듯했다. 아니, 가슴과 우주가 하나 된 것 같았다. 우주 속을 들여다보았다. 우주는 어떤 낯선 것으로 가득 차 있었다.

'성스러움!'

두려움으로 얼어붙은 붕이 불식간에 외마디 소리를 질렀다. 그러자 느닷없이 우주가 자신의 맨 얼굴을 붕 앞에 내밀면서 태고의 숨을 내뿜었다. 흑암의 우주에서 광명이 소리를 내질렀다.

"내 얼굴을 보는 자는 죽음을 면치 못할 것이다. 죽지 않고서는 결코 나의 성스러움을 감당하지 못할 것이다."

"아악!"

그녀의 외마디 비명이 밤의 정적을 가른다. 공포에 휩쓸린 그녀가 의식을 잃는다.

"붕, 정신 차리세요!"

왕자가 그녀 밑에 바짝 붙어 부축하지 않았더라면 붕은 추락하여 삽시간에 거친 파도에 휩쓸려 버렸을 것이다.

붕은 왕자의 도움으로 안전하게 해변에 착지하여 날개를 접었다. 잠시 어안이 벙벙한 채 그를 바라보았다. 그녀의 의식이 그동안 다른 세계에 가 있었던 것이다. 다시 현세에 돌아와 어리둥절해하고 있는 붕의 얼굴을 보던 왕자가 순간 흠칫 놀랐다. 그녀는 여태 그가 한 번도 보지 못했던 낯선 모습을 띠고 있지 않은가!

붕은 늘 연약해보였지만 고귀하고 아름다운 자태를 지니고 있었다. 그런데 지금 이 순간 그녀는 이전과는 전혀 다른 모습이었다. 보름달빛 아래 비치는 그녀의 얼굴은 감히 근접할 수 없는, 언어로 표현할 수 없는 어떤 광휘로 빛나고 있었다.

'붕은 밤하늘의 보름달빛처럼 고요하게 빛나고 있다. 태고의 고요인들

저렇듯 고요할 수 있었을까? 어떤 육지의 생명체도 저토록 고요하게 빛날 수 없다. 깊은 바닷속의 고요가 저런 것일까? 그녀가 심해(深海)의 물고기였다는 것을 이제야 비로소 실감하게 되는구나. 그런데 평소에 그토록 아름답던 그녀의 얼굴이 지금은 전혀 아름답게 느껴지지 않는 것은 무슨 연유인가? 그녀는…… 그녀는…… 성스러움으로 빛나고 있다!'

붕은 왕자가 자신을 어떻게 보고 있는지 전혀 알지 못했다. 다만 왕자를 다시 보게 되어서 기쁠 따름이었다.

"사랑하는 왕자님, 당신의 아름다움이 저 하늘의 보름달보다 더 영롱하게 빛나고 있군요!"

"나를 아름답게 볼 수 있는 것은 당신의 내면이 아름답기 때문이요. 하지만 지금은 우리가 서로의 아름다움을 칭송할 때가 아닌 것 같소."

왕자는 자못 화가 났으나 자신의 감정을 절제하려 애쓰고 있다. 그러나 그의 볼멘 목소리는 그가 무척 애를 태우고 있었음이 여실히 드러나고 있다. 그러나 기실 그가 자제하려는 감정은 화가 아니었다. 두려움과 경악이었다. 붕에게서 느꼈던 그 '성스러움'이 자신의 가슴을 얼어붙게 했던 것이다. 왕자는 혼란스러움에서 벗어나려 자못 화가 난 척 했을 뿐이었다.

"내가 얼마나 당신을 찾아 헤맸는지 아시오? 왜 기다려달라고 했던 그 장소에서 기다리지 않았소? 당신의 그 자유분방한 성격 때문에 나는 가끔 곤혹스럽답니다. 그러나 무사하니 다행이요. 이제부터는 밤바다를 홀로 날지 않으시길 바랍니다. 이제 너무 늦었으니 나와 함께 성으로 돌아

갑시다."

그녀는 알지 못했다. 그 보름밤에 왕자의 마음속에 무슨 일이 일어나고 있었는지. 왜 그 밤중에 함께 해변으로 오자고 했었는지를. 왕자가 보름 달빛 아래 작은 언덕 위에서 그녀에게 자신의 짝이 되어주기를 청하려 했었다는 것을. 그러나 왕자는 그럴 수 없었다. 그녀는 여태 자신이 알아 왔던 곱고 아름다운 새가 아니었기 때문이었다. 붕은 그날 밤 그렇게 전혀 낯선 얼굴로 다가왔던 것이다. 그것은 왕자에게 커다란, 감당할 수 없는 충격과 혼란을 주었다. 형용할 수 없는 두려움으로 왕자는 밤새도록 전율했다.

"그날 밤 붕에게 무슨 일이 일어났던 것인가요?"

피리 부는 예인이 궁금증을 참지 못해 붉은머리피리새의 말에 끼어 든다.

"붕은 그때 자신의 내면에서 울리는 소리와, 소리 없이 울리는 거대한 파도의 소리가 합일되는 체험을 한 것입니다. 성스러운 우주의 얼굴을 보았기 때문에 그녀의 얼굴도 성스럽게 변했던 것이지요. 왕자는 그녀의 얼굴에서 뿜어 나오는 그 성스러운 광채를 보고 크게 압도되어 충격과 혼란을 겪은 것이지요. 그러나 그 때 본 우주의 얼굴은 한갓 우주의 편린 에 불과했지요. 다만 즉각적이고 찰나적으로 한 번 흘끗 엿본 것이었을 뿐입니다. 그 한순간의 체험은 시작에 불과했지요. 성스러운 우주의 부 분적 체험을 온전히 이해할 때까지 홀로 날아가야만 할 기나긴 고난과 시련의 하늘 길이 자신을 기다리고 있었다는 것을 그 당시 붕은 알 수 없었을 것입니다.”

놀라움과 흥분으로 목이 꽉 막혀버린 예인이 떨리는 목소리로 간신히 말한다.

“그날 밤 이후 그들의 관계가 어떻게 진전되었는지 말해주십시오.”

시조새

그 무서웠던 밤, 다시 회상하고 싶지 않았던 그날 밤을 뜬 눈으로 지새운 왕자는 붕에게 하늘왕국에 관해서 말해 줘야 할 때가 되었다는 생각이 들었다.

“내 사랑하는 붕, 이제 내가 믿는 신에 관하여 말하려 하니 잘 들어주시기 바랍니다.”

“왕자님, 부디 제게 말씀해주세요. 그동안 왕자님이 말씀해주시기를 무척 기다려왔답니다.”

왕자는 자못 엄숙한 모습으로 고요히, 그러나 확신에 찬 목소리로 입을 열었다.

“하늘왕국에는 우리의 신, 시조(始祖)새가 있습니다. 태초에 그 시조새가 울음을 울었는데 그 울음에서 생명의 음률이 흘러나와 세상이 창조되었다고 합니다. 신은 당신이 창조하신 모든 생명체를 축복하셨습니다. 그 중에서도 새들에게 가장 큰 축복을 내리셨다 합니다. 자신의 형상으로 창조하셨기 때문이지요."

"아, 얼마나 멋진 일입니까? 시조새가 자신의 울음소리로 세상을 창조하셨다니!"

붕은 감격으로 떨었다. 언젠가 북쪽 바다 왕국의 스승이 하셨던 말이 떠올랐다.

–불멸의 신은 우주의 법칙에 따라서 살기 때문에 하늘피리 소리를 연주할 수 있다. 그 우주의 법칙은 진리와 예술의 일치다.–

'진리와 예술의 일치의 경계에서 시조새가 울음을 울어 세상을 창조하셨구나! 하늘피리 소리는 창조의 음악이었구나! 아! 스승님은 어찌 그리 지혜로우셨을까? 그때 이미 하늘의 비밀을 바닷속에서 꿰뚫어 보지 않으셨던가!'

그녀는 이제 자신이 좇던 하늘피리 소리를 왕자가 믿는 시조새의 신전에서 들을 수 있을 것이라는 희망에 가슴이 벅차올랐다.

"세상의 모든 새들에게 생명을 주신 신에게 우리는 무엇으로 어떻게 보답해야 하는지요?"

"세상을 창조하신 시조새에게 우리가 보답해야 할 것은 아무 것도 없답니다. 신은 자신이 창조하신 모든 생명체를 무상으로 축복해주셨기 때문입니다. 우리는 다만 감사하는 마음으로 그 축복을 향유할 뿐이지요."

"왜 신은 무상으로 자신의 피조물에게 생명을 주시고 축복해주셨나요?"

"다른 이유는 없습니다. 신은 사랑이 그 본질이라는 이유를 제외하고는 말입니다. 그러나 신은 한 가지 조건을 전제로 하셨답니다. 그것은 피조물인 우리의 절대 복종이었지요."

"오, 천지를 창조하신 시조새의 울음소리는 얼마나 아름다울까요? 어떻게 해야 그 하늘왕국의 음악 소리를 들을 수 있을까요?"

"시조새는 태초에 천지를 창조할 때 한 번 울음을 우신 후에는 안식에 들어가서 좀처럼 그 울음소리를 다시 내지 않으셨다고 합니다. 그러나 그동안 가끔 그 시조새의 울음을 들었다는 새들도 있었다고 전해집니다. 시조새에게 절대 복종을 한 극소수의 축복받은 새들만이 하늘왕국의 음악을 들었다고 합니다. 저도 신에게 복종하면서 살다보면 언젠가는 그 축복된 음악을 들을 수 있을 것이라는 믿음과 소망으로 살고 있답니다. 제가 그 소리를 듣게 되면 우리 왕국의 모든 새들에게 그 음악을 전할 것입니다. 그렇게 되면 우리 왕국은 시조새의 축복 가운데 영원한 번영과 행복을 누릴 것입니다. 왕자로서의 제 의무와 사명을 다할 수 있도록, 붕, 당신이 저와 함께 있어주시기 바랍니다."

"오, 왕자님, 저는 세상 끝까지 당신과 함께 있을 것입니다. 왕자님은 반드시 그 하늘왕국의 음악을 들을 수 있을 것입니다."

붕은 자신이 추구해 왔던 하늘피리 소리가 바로 왕자가 믿고 있는 하늘왕국의 음악 일지도 모른다는 생각에 가슴이 부풀었다.

'이토록 선하고 고귀한 왕자와 사랑에 빠져있고, 또 언젠가는 하늘피리 소리를 듣게 될지도 모르니 더 이상 무엇을 바란단 말인가? 나는 더없이 행복하다!'

보름달이 여러 번 밤하늘을 비추어왔고 붕의 행복한 마음은 보름달만 큼이나 풍성해져가고 있었다. 보름달은 마치 존재의 신비를 품은 듯 영롱한 빛을 자아내고 있었다. 붕은 자연의 아름다움과 신비로움에 도취되어 홀로 오랫동안 밤바다를 날고 있었다. 그리고 잠시 휴식을 취하기 위해 해변에 착지했다. 그때 그녀의 눈앞에 하나의 정경이 펼쳐졌다. 보름달을 스치며 일렬로 날아가는 기러기 떼였다.

'저 새들은 이 깊은 밤중에 어디로 날아가는 것일까? 오랜 방랑생활을 마치고 엄마 아빠 새들의 품으로 돌아가고 있는 것일까?

그 때 한 기러기가 무리에서 이탈하면서 붕에게 날아와 정겹게 인사를 건넨다.

"아름다운 새여, 안녕? 이 어두운 밤중에 바닷가에서 빛을 발하는 물체가 있어 호기심에 그냥 지나칠 수가 없었답니다. 나는 그동안 세상의 끝에서 끝까지 날아다니면서 많은 아름다운 새를 보아왔답니다. 그러나 여태 당신처럼 내 눈을 부시게 하는 새를 본 적이 없습니다. 이는 분명 당신의 외모가 내면의 선(善)함과 아름다움을 반영하고 있기 때문일 것입니다."

"친절한 기러기님, 당신의 찬사에 감사합니다. 만일 제가 진정 아름답게 보인다면, 그것은 아마 제 가슴 속 행복이 빛을 발해서 일 것입니다."

"아, 행복! 그렇지요. 행복은 아름다움의 근원이지요. 그런데 당신은 어떻게 해서 그 하늘의 축복인 행복을 가지게 되었나요?"

"사랑입니다. 저와 왕자는 서로 사랑한답니다. 그 사랑은 제 가슴 깊은 곳에서 타오르고 있는 행복의 불꽃이랍니다."

"아, 진심으로 축하합니다. 근데 미안한 말이지만 왕자님과의 사랑으로 인한 행복이 도대체 영원할 것이라 믿습니까? 아무리 강렬한 불꽃이라 해도 비바람이 몰아치면 흔적도 남기지 않고 꺼져버린다는 사실을 모르고 있단 말입니까?"

"어떻게 가슴 속에 있는 사랑의 불꽃이 꺼질 수 있단 말인가요? 전 도저히 믿을 수 없습니다."

"오, 순진한 새여! 당신은 아직 어려서 사랑의 실체가 무엇인지, 삶의 실체가 무엇인지 모르고 있을 따름입니다. 세상에 영원한 것은 없다는 것을 아직 모르고 있을 따름입니다. 지금은 당신만을 영원히 사랑할 것 같은 왕자님이 자신의 삶의 의미를, 어떤 연유에서일지는 모르지만, 당신을 향한 사랑이 아닌 다른 어떤 것에 더 큰 비중을 두게 될지 누가 알겠습니까? 그럴 때 당신은 어떻게 될 것 같습니까?"

붕의 가슴이 불안해지기 시작한다. 바다 왕국에서 사랑하는 아버지를 잃은 후 세상에 영원불변한 것은 없다는 것을 이미 통감하지 않았던가? 그런데 왕자를 만나 사랑에 빠진 후 그만 그 사실을 까맣게 잊고 있었던 것이다.

"제 말의 뜻은, 왕자님께서 자신이 믿는 신보다 당신을 더 사랑하고 있는지 심각하게 생각해 봐야 한다는 말입니다. 그리고 또 한 가지 짚고 넘어가야 할 문제가 있습니다. 왕자님이 아직 당신의 실상을 보지 못해서 당신을 사랑하지만, 그가 당신의 실상, 즉 당신의 근본이 물고기라는 것, 그리고 당신이 추구하는 하늘피리 소리가 그가 믿는 하늘왕국의 음악 소리와 다르다는 것을 알게 될 때에도 그가 지금과 같이 한결같은 마음으로 당신을 사랑할까요? 지금은 세상의 모든 빛이 당신을 위해 빛나고 있는 것 같겠지만 그의 사랑의 불꽃이 꺼져버리는 날 당신의 아름다움과 행복은 한 순간에 빛을 잃게 될 것입니다. 그때에 당신은 차가운 암흑 속에서 날개를 접고 홀로 울게 될 것입니다."

기러기의 말에 붕의 마음이 점점 더 불안해진다.

"그는 이미 제가 이전에 물고기였음을 알고 있답니다. 그리고 우리의 사랑이 진실한데 어떻게 그의 신이 우리를 져버릴 수 있단 말입니까? 신의 본질은 사랑이 아닌가요? 사랑은 모든 것을 극복하지 않을까요?"

"오, 당신은 얼마나 순진한가! 신의 양면성을 아직 모르고 있군요. 신은 사랑이며 진리이지요. 하지만 신은 때론 자신의 진리를 위해서 피조물의 사랑을 희생시킨다는 사실을 아직 모르고 있군요. 자, 나는 이제 떠나야 합니다. 무리들에게서 너무 뒤처지게 되면 길을 잃을 테니까요. 마지막으로 한 마디만 더 하겠습니다. 당신이 아직 당신 자신에 대해서 모르는 것이 있는 것 같아서 말입니다. 나는 당신 내면에서 뿜어 나오는 빛의 근원이 왕자님과의 사랑에 있다고 보지 않습니다. 당신은 이미 이성 간의 사랑이 아닌, 그보다 더 위대하고 더 깊은 어떤 것을 체험했음이 분명합니다. 당신이 그것의 실체를 찾아내기 전까지는 절대로 행복할 수 없을 것입니다. 행운을 빕니다!"

마치 마법사와 같이, 아니 마치 하늘에서 내려온 신의 전령과 같이 기러기는 그렇게 붕에게 이해할 수 없는 말을 남기고 떠났다. 기러기와의 뜻밖의 만남이 있은 후 붕은 자신의 영혼 깊숙한 곳에서부터 어떤 형용할 수 없는 울림을 감지했다. 무엇일까? 이해할 수 없는 불안감이 그녀의 영혼 깊숙이 자리 잡고 꿈틀거렸다.

'붕, 염려하지 마. 왕자님의 사랑이 너를 행복하게 하고 있잖아? 뭐가 문제지?'

붕의 가슴 한 편에서 들리는 소리다.

'아니야, 그 기러기의 경고에 진실이 있어. 사실 그동안 내 가슴은 왕자님의 사랑만으로는 채워지지 않는 어떤 형용할 수 없는 외로움과 공허감을 감지하고 있었어. 처음 그에게 사랑을 느꼈을 때, 그의 가슴의 현(絃)과 내 가슴의 현(絃)이 공명(共鳴)했을 때, 난 더 없는 행복감을 느꼈었지. 그런데 이상하게도 사랑이 깊어갈수록 공허감은 더 깊어지고 늘 혼자라는 느낌이 나를 지배하고 있었어. 지난 번 보름달빛 아래에서 밀려오는 커다란 파도를 직면하고 있을 때 내게 일어났던 그 괴기한 체험 이후 내 외로움은 그 깊이를 더해 가고 있었어. 가슴 속 깊은 곳에 뚫린 구멍 사이로 시린 찬바람이 들어오는 것을 느끼곤 했었어. 그리고 그 시린 찬바람이 구멍 난 내 가슴 속을 헤집고 다니면서 어떤 소리를 울리곤 했었어. 그런데 그 소리는 이상하게도 내가 어릴 적 북쪽 바다 왕국에서 들었던 피리 소리 같이 들렸어. 내게 일어나고 있는 이 모든 일이 도무지 이해가 되지 않아.'

다른 한 편에서 들리는 소리였다. 자신의 가슴 속에서 울리는 이율배반적인 목소리에 붕은 무척 혼란스러웠다. 그러자 문득 한 기억이 떠올랐다.

－행복의 권리는 조건적이다. 너를 행복하게 해 줄 자유를 얻기 위해서는 그 자유에 버금가는 소중한 것을 버려야 한다.－

'아, 어찌 그동안 파랑새가 한 말을 잊고 있었단 말인가!'
붕의 가슴이 두려움으로 전율한다.

월홍(月虹)

왕자의 마음이 무거워져가고 있다. 왜 나날이 붕이 여위어 가고 있는지
알지 못해 안타까움으로 목이 타들어가는 것 같았다. 그녀의 찬란했던
날개가 빛을 잃어가고 순백으로 빛나던 가슴 털이 빠져나가고 있었다.
해맑고 선하던 푸른 눈동자는 영롱한 빛을 잃고 우울한 잿빛으로 변해
가고 있었다. 생기 있던 선홍색 부리도 점점 더 창백해져 가고 있었다.
그녀는 최초에 그가 보았던 아름다운 자태를 많이 잃어가고 있었다.

"내 사랑하는 붕, 많이 아파 보이는군요. 오늘 밤 나와 함께 신전에 올
라가 신에게 당신의 치유를 위해 함께 기도합시다."

왕자는 바닷가 높은 절벽 위에 있는 신전으로 붕을 안내했다. 밤하늘의
희미한 그믐달빛 아래에는 신전의 천장을 떠받치고 있는 열 개의 기둥이
유령 같은 그림자를 길게 늘어뜨리고 있었다. 그 열 개의 기둥에는 붕이
해독할 수 없는 글들이 새겨져 있었다. 스산한 분위기에 붕은 온몸이 떨
렸다.

"이곳은 성스러운 곳입니다. 우리의 조상 대대로 믿고 섬겨왔던 신이
거하는 곳이지요. 자, 우리의 신, 시조새에게 당신의 건강을 위해 기도합

시다. 우리가 간절하게 기도하면 신께서 하늘왕국의 음악을 들려주시고 당신의 병을 치유해 주실 것입니다."

붕은 그 신전이 어쩐지 낯설고 무섭게 느껴졌다. 그런 낯선 신전에서 자신의 병을 치유해달라는 기도가 선뜻 나오지 않았다.

"왜? 기도하지 않는 건가요?"

"음……. 음……. 너무 낯설고 떨려서 내 마음이 움직이지를 않아요."

그녀는 더듬거리며 겨우 입술을 움직였다.

"어쩐지 내 안위를 위해 기도하는 것은 이기적인 것 같아서 마음이 편치 않군요. 신에게 드리는 기도는 좀 더 고귀하고 위대한 의도로 해야 할 것 같아요. 이를 테면 세상의 모든 아픈 새들을 치유해 달라든가."

"오, 붕, 당신의 그 강한 자의식이 늘 문제요. 당신의 그 독립적인 성격 때문에 나는 늘 마음이 조마조마했소. 당신을 사랑하는 나를 믿고 한 번만이라도 내 말에 복종할 수는 없단 말입니까? 지난 번 밤바다의 일을 기억하시오? 당신이 내 말에 복종하고 해변에서 안전하게 나를 기다렸다면 홀로 밤하늘을 날다가 파도에 휩쓸려 죽을 고비를 겪지는 않았을 것입니다. 한 번만이라도 내 말을 믿고 따르면 좋지 않겠소? 나는 신에게 복종함으로서 자유와 행복을 느낍니다. 당신도 내가 신에게 복종하듯이 나와 내 신에게 복종하시길 바랍니다."

붕은 자신이 방금 들은 말이 왕자의 입에서 나왔다는 것을 믿을 수 없었다. 여태까지 그녀에게 왕자는 고귀한 새였다. 의롭지 않은 일을 볼 때 두려움 없이 당당한 모습으로 정의를 구현하던 왕자였다. 가엾고 힘없는 새들을 그냥 지나치지 못하는 따뜻한 마음을 가진 새였다. 자신이 가진 것을 불쌍한 새들에게 다 나누어주고도 모자라 하는 새였다. 자신에게 이익이 되는 것을 눈앞에 두고도 그것을 취하는 것이 옳은 일인지를 먼저 확인하는 새였다. 그녀는 왕자의 그런 고귀한 품성을 존경하고 사랑했지 않았던가?

"신은 사랑이라고 말씀하지 않으셨나요? 사랑이 어떻게 복종을 요구한단 말입니까? 사랑의 본질은 자유가 아닐까요? 저는 복종을 요구하는 신을 이해할 수가 없습니다."

붕의 목소리가 떨린다.

"측량할 수 없는 신의 크고 깊은 뜻을 우리 같은 작은 새의 머리로 어떻게 이해한단 말이요? 신은 머리로 이해될 수 없습니다. 다만 믿음으로 알게 될 뿐입니다. 당신은 근본이 물고기라 육지세계의 위대한 신을 이해하지 못하는군요. 이곳 복종의 왕국에서 믿는 신을 당신이 믿지 않는다면 나는 더 이상 당신과 함께 할 수 없습니다. 내가 비록 왕자이지만 내 근본은 내가 믿고 경배하는 신의 종에 불과하오. 내 삶의 목표는 오로지 신에게 복종하며 신에게 봉헌하는 것이요. 그런데 당신이 내가 믿는 신에게 복종하지 않겠다니 나로서는 참으로 감당하기 힘든 일이요.

자. 지금 이 자리에서 결단하시길 바랍니다. 내가 믿는 신을 믿겠소? 오, 붕. 당신은 내가 유일하게 사랑하는 여성 새입니다. 당신이 내가 믿는 신에게 복종한다면 우리는 신의 보호와 축복 속에서 우리의 사랑의 결실인 예쁜 아기 새들과 함께 이 서쪽바다 왕국을 다스리며 행복하게 살 수 있습니다. 제발 부탁이요. 왕자인 내가 이렇게 당신에게 애원하지 않습니까?"

감당할 수 없는 중압감이 붕의 가슴을 짓누른다.

"나는 평생 내 내면의 소리에 귀 기울이며 살아왔습니다. 그래서 사랑하는 어머니조차도 떠나야 했습니다. 물고기에서 새로 변형될 때 뼈가 뒤틀어지는 고통도 감수했답니다. 이 모든 시련을 견디어낼 수 있었던 것은 나를 고통에서 자유롭게 하고, 쉬지 못하고 헤매는 내 영혼에게 안식을 가져다 줄 하늘피리 소리에 대한 믿음 때문이었습니다. 그러던 중에 당신을 만나게 되고, 당신의 고귀한 품성과 사랑이 내 춥고 아픈 가슴을 따뜻하게 위로해주었답니다. 나는 행복했었답니다. 그런데 이제 내게 복종을 강요하면서 당신이 믿는 신을 믿으라 하시니…… 복종이 어떻게 사랑일 수 있단 말인가요? 복종은 억압이고 구속입니다.

당신의 신이 말씀하셨다고 하지 않았나요? 진리가 우리를 자유롭게 한다고? 그런데 진리이신 신께서 어떻게 복종을 요구한단 말입니까? 자유가 어떻게 복종을 통해서 얻을 수 있단 말입니까? 그리고 이제야 말이지만 나는 아직 이곳 '복종의 왕국'에서 하늘피리 소리를 들은 적이 없습니다."

"신은 복종하는 새에게만 하늘왕국의 음악을 들려주십니다. 당신이 신에게 복종하지 않고 당신의 자유의지만을 고집하는데 어떻게 하늘왕국의 음악을 들을 수 있단 말입니까? 그리고 한 번도 들어본 적이 없다는 하늘피리 소리가 도대체 어떤 소리인지 당신이 알기나 합니까?"

"나는 아직 하늘피리 소리를 온전히 듣지 못했기에 하늘피리 소리가 어떤 소리인지 확실하게 알지는 못합니다. 하지만 그 소리를 듣게 되면 그것이 하늘피리 소리라는 것을 알 수 있을 것입니다."

"오, 붕. 당신은 그 자유분방한 성품 때문에 실상을 보지 못하고 상상

속에서 허상을 좇고 있는 것이오. 우리 같은 새가 어떻게 우리 마음대로 하늘왕국의 음악을 들을 수 있단 말이오? 신의 은총 없이, 신의 허락 없이 우리가 어떻게 신의 음악을 들을 수 있단 말이오?"

"우리에게는 직관이라는 것이 있지 않습니까? 여태 알지 못하고 경험해보지 못한 것을 찰나에 알 수 있는 능력이 우리에게 있지 않습니까? 이 직관을 통해서 우리는 초월적인 하늘피리 소리를 듣게 되고 우리의 영혼이 자유로워질 수 있지 않을까요? 이 직관이야말로 우리에게 주어진 신의 은총이 아닐까요?"

"우리 같은 피조물에게는 오직 종의 신분으로서 신에게 복종할 때에만 자유가 주어집니다. 새가 신만이 누릴 수 있는 절대 자유를 구한다는 것은 곧 죽음을 의미합니다. 악마는 우리에게 늘 속삭이지요. 우리가 신의 경지를 알 수 있다고. 우리의 자유의지와 직관으로 절대자유를 누릴 수 있다고. 오, 사랑하는 붕, 제발 정신 차리세요. 당신은 악마의 간교한 덫에 걸려 있소. 절대적이고 무조건적인 자유는 오직 신만이 누릴 수 있는 특권일 뿐 우리 같은 피조물에게는 허락되어있지 않소. 우리는 다만 신의 은총 가운데서 제한된 자유만 누릴 수 있습니다."

"제한된 자유가 과연 진정한 의미에서 자유일까요? 왜 신께서는 자신의 피조물을 자신의 권한 안에 묶어 놓으려 하시는 걸까요? 신은 왜 우리에게 자신이 누리는 온전한 자유를 허락하지 않는 것일까요? 그는 피조물을 사랑하는 것이 아니라 군림하려 하는 것이 아닐까요?"

"당신은 마치 당신이 신이라도 된 듯이 말하고 있소. 당신의 생각은 신에 대한 반항이요. 반항은 곧 우리에게 불행과 죽음을 초래할 뿐이요. 제발 내 말을 믿고 나를 따라주시오."

붕은 가슴이 떨렸다. 자신의 생각을 계속 주장하면 왕자가 자신을 떠날 것만 같았다. 붕은 진정 그를 떠나보내고 싶지 않았다. 그가 없는 삶은 상상할 수가 없었다.

'붕, 너를 사랑하는 왕자가 네게 그토록 간절하게 복종을 요구하지 않니? 사랑은 어차피 구속이야. 그러니 일단 그에게 말해버려. 그의 신을 믿겠다고. 그의 신에게 복종하겠다고. 세월이 흐른 뒤 네 마음을 바꾸면 되지 않니? 그때 가서 그가 어떻게 하겠어? 이미 너는 아기 새들의 엄마가 되어있을 텐데. 그리고 혹시 누가 아니? 네가 결국은 그가 원하는 대로 그의 신에게 복종하면서도 행복을 누릴 수 있을지? 삶이란 처음부터 확실한 답을 갖고 시작하는 것이 아니지 않니? 살아가면서 차츰 삶의 진실을 깨닫게 되는 것이 아닐까?

삶은 모호함과 복합성과 다양성으로 이루어져 있지 않니? 그러니 누가 네 미래를 미리 운명적으로 정해놓을 수 있단 말이니? 네가 그렇게 사랑하는 왕자님의 부탁이 아니니? 승낙하렴. 그가 너를 떠나버리면 너는 영영 그를 다시 보지 못하고 홀로 남겨질 거야. 너는 과연 그 이별의 아픔과 홀로 남겨지는 고독을 견딜 수 있을 거라고 생각하니? 자신에게 정직하고 진솔해야만 행복하게 살 수 있는 것만은 아니라는 것을 아직 모르고 있는 철부지여! 진리와 자유와 행복은 네가 재단하는 대로 얻어지는 것이 아니라는 것을 너는 아직 어려서 모를 뿐이야. 자, 내 말을 듣고 그의 말에 순응해서 영원히 행복하게 살아가렴.'

그녀의 가슴은 그렇게 그녀에게 속삭였다. 얼마나 달콤한 유혹인가!

"내 영혼아, 한 마디만 하렴, 내 가슴이 말했듯이?" 그러나 영혼은 말이 없었다.

"왕자님, 당신은 내게 그 무엇과도 바꿀 수 없는 행복의 근원이랍니다. 당신을 잃게 되면 평생 당신을 그리워하며 텅 빈 가슴을 안고 살아 갈 것입니다. 하지만 나는 거짓을 말할 수 없습니다. 늘 진실만을 말해왔던 내 영혼의 소리가 지금은 들리지 않습니다. 당신을 떠나보낼 수밖에 없는 나를 이해해주세요."

비록 의연한 듯 왕자에게 자신의 결심을 말하고 있었지만 붕은 발아래 땅이 꺼지는 것 같았다. 자신이 끝이 보이지 않는 나락으로 떨어지고 있는 것 같았다.

"붕, 당신은 세상에서 가장 아름답고 선하고 고귀한 영혼이요, 내가 이 세상에서 가장 사랑하는 새요. 하지만 내게는 당신을 향한 사랑보다 더 귀한 사랑이 있소. 그것은 내가 믿는 신이요. 당신과 함께 내 여생을 함께 하지 못함은 내게 크나 큰 불행이요. 당신 없이 어떻게 살아가야 할지 솔직히 자신이 없소. 그러나 내 욕심으로 당신을 붙잡아 놓을 수는 없는 일이요. 내 개인적인 행복과 불행은 궁극적으로 문제가 되지 않소. 나는 나의 신이 원하는 삶을 살아야만 합니다. 당신이 자유의지의 날개로 날아가는 길에 신의 가호가 있기를 진심으로 빕니다. 안녕히, 내 사랑."

왕자는 그렇게 붕을 떠났다. 아니 붕은 그를 그렇게 떠나보냈다. 떠나간 사랑은 비가 되어 텅 빈 가슴을 적신다. 가슴이 시리다. 다른 새들은 보이지 않는다. 모두들 일찌감치 둥지로 돌아간 것일까? 어차피 그들이 빈 가슴을 채워줄 수는 없겠지만 그래도 오늘 같은 밤에는 그들이 곁에 있었으면 하는 마음이다. 적막감이 밀물처럼 밀려온다.

붕은 자신이 영원과 시간의 경계에서 아슬아슬하게 홀로 줄타기하고 있는 것처럼 느껴진다. 끝도 시작도 보이지 않는 텅 빈 흑암의 우주에 홀로 무중력상태로 떠 있는 미아처럼 느껴진다. 가슴에는 아득한 슬픔이 서리되어 내리고, 한기에 떨고 있는 영혼은 깨어진 얼음장 파편처럼 부서져 허공 속에서 흐느적거리며 녹아내린다. 더 이상은 결별의 아픔에 긁힐 수 없다며 가슴의 현(絃)이 절규한다.

"끼-이-익, 끼-잉."

왕자가 날아오른 밤하늘 희미한 그믐달 저 편에 회색빛 달무지개가 떠오르고 있다.

하늘피리 소리는 언제 들을 수 있는 것일까? 아니, 존재하기나 하는 것일까? 어디로 가야 그 소리를 들을 수 있단 말인가?

제 2 장

초록 공작

'오랜 세월 세상의 끝에서 끝을 날아다녔건만 아직 하늘피리 소리에 유사한 소리도 듣지 못했다.'

실의로 지친 붕의 날개에 힘이 빠져나가고 눈까풀이 천근만근 무겁게 내려앉고 있다. 붕은 주체할 수 없는 졸음으로 자신도 모르게 눈을 감은 채 하늘을 날고 있다. 그런데 비몽사몽간에 갑자기 눈 속이 환해지는 것 같았다. 의아한 생각에 눈을 떴다. 하늘에만 빛이 있는 줄 알았다. 그런데 자신의 날개 아래에 바다가 황금빛으로 출렁이고 있지 않은가?

사막이었다.

붕은 머리가 아찔했다. 사막의 지평선은 끝이 없었다. 나무도 없고, 풀도 없고, 꽃도 없고, 흐르는 강물도 없었다. 이글거리는 태양은 구름 한점조차도 허락하지 않겠다는 듯 홀로 거대하고 메마른 하늘을 독차지 하고 있었다. 숨이 헉! 하고 막혔다. 그동안 온 세상을 날아다녔지만 여태붕은 사막을 본 적이 없었다. 사막이라는 것에 대해서는 스쳐 지나가는 바람결에 언뜻 들은 적이 있을 따름이었다.

'도대체 이런 척박한 곳에 무엇이, 어떻게 살 수 있는 것일까? 생명이라고는 찾아볼 수가 없구나. 수 천 만년 죽음의 시간들의 흔적만이 첩첩히 쌓인 저 모래언덕은 마치 세상이 온통 자기 것인 양 느긋하게 배를 드러내고 누워 있구나!'

붕은 사막의 얼굴을 더욱 가까이 보고 싶었다. 사막의 냄새는 어떤지 알고 싶었다. 늘 새로운 세계에 대한 호기심이 많은 그녀가 모래언덕에 조심스럽게 내려앉아본다. 연약한 발바닥이 비명을 지른다. 사막이 뜨겁고 커다란 혓바닥을 널름거리며 눈 깜빡할 사이에 그녀의 가냘픈 두 발을 휘감았던 것이다. 깜짝 놀라 재빨리 날개를 퍼덕거리며 다시 사막 위로 날아올랐다. 뒤 늦게 따라 올라온 긴 꼬리가 화상을 입고 비명을 지른다.

이전에 한 번도 겪어보지 못했던 새로운 경험이었다. 한낮의 사막에서는 걸을 수도, 서 있을 수도, 앉아 있을 수도 없다는 것을 알게 되었다.

'참으로 불친절한 대지다. 첫 방문자에게 이렇게 한 치의 자리도 내어주지 않겠다니…….. 마치 고슴도치 같구나. 갑작스러운 침입자의 방문에 적의를 표하며 뾰족한 가시를 곤두세우며 쫓아버리는…….'

붕은 오랫동안 어느 누구와도 교감하지 못한 채 홀로 날아 다녔기 때문에 사막의 불친절함에 무척 마음이 상했다. 하지만 한편 사막이 가엾게도 느껴졌다.

'이처럼 누구도 사막을 가까이 할 수 없으니 사막은 그동안 홀로 얼마나 외로웠을까? 낯선 존재의 방문에 경계심을 표하는 것을 사막의 탓으로만 돌릴 수 없을지도 몰라. 어쩌면 사막이 내뿜는 적의의 화염은 수 천

만년 동안 쌓여왔던 외로움을 남에게 들키지 않으려는 자기방어적인 몸짓일 수도 있겠지. 수천만 년, 아니 누가 알겠어? 수억만 년 동안 친구 하나 없이 사막은 작열하는 태양의 열을 온통 홀로 받으면서 고통과 외로움의 내색 없이 저토록 자신의 위엄을 잃지 않고 버텨왔겠지. 한편 태양은 번득이는 날카로운 빛으로 수억만 년 동안 수억만 번 사막의 심장을 태워왔겠지.

왜 태양은 사막을 가만히 두지 않고 괴롭혀왔을까? 가여운 사막을 괴롭히며 쾌감을 느끼는 가학적 폭군? 아니, 잠깐만, 어쩌면 태양은 자신의 위대함을 알아주는 대상이 필요했는지도 몰라. 사막이야말로 가장 적합한 대상이었을테니까. 사막은 한 번의 저항도 없이 끝없이 넓은 가슴을 태양에게 내주어 왔을 테니까. 아니, 어쩌면 모래 외에는 아무 것도 없는 이 광활한 사막 위에 홀로 떠 있는 태양 역시 외로운 건 마찬가지였을 수도 있어. 어쩌면 태양은 사막에게 손을 뻗치며 말을 건네고 싶어 했는지도 몰라.

둘은 왜 여태 서로 친구가 되지 못했을까? 서로 너무 닮아서 가까이 할 수 없었던 것일까? 그래서 멀리 떨어진 채 서로를 바라볼 수밖에 없었던 것일까? 태양의 외로움이 더 클까? 아니면 사막의 외로움이 더 클까? 어쩌면 둘은 원래 하나였는지도 몰라. 하나의 거대한 외로움 덩어리……'

상념에 깊이 잠겨있는 붕에게 눈부시게 빛나는 물체가 느닷없이 나타났다. 붕은 어리둥절했다. 사막에는 신기루라고 하는 실체가 없는 환상이 종종 나타난다고 들은 적이 있었다. 그러나 그것은 신기루가 아니었다. 초록 공작이었다. 강렬한 붉은 태양 빛에 반사되어 거의 진홍빛 황금색으로 빛나고 있는 초록 공작이었다.

"아름다운 분이시여! 어찌 그토록 기품이 있으신지! 나는 엘레강스라 합니다. 여태 당신 같이 아름답고 우아한 새를 본 적이 없소. 어디로 가고 있는 것인지요?"

"안녕? 엘레강스, 당신은 그 우아한 자태에 적합한 이름을 가지셨군요. 서쪽바다 큰 새들의 왕국에만 공작들이 사는 줄 알았는데 이렇게 사막에서 공작을 보게 될 줄은 상상도 못했답니다. 제 이름은 붕이라 합니다. 저는 하늘피리 소리를 좇고 있답니다."

"하늘피리 소리라! 그렇다면 저와 함께 우리의 황금성으로 가십시다. 어쩌면 그곳에서 당신이 좇고 있는 그 음악을 들을 수 있을 지도 모릅니다. 관대하시고 친절하신 황금성의 왕께서는 세상의 귀한 손님들을 극진히 모신답니다. 황금성에는 세상에서 가장 뛰어난 예인들이 초대되어 매일 밤 아름다운 음악을 연주한답니다. 그들은 황금으로 만들어진 피리뿐만 아니라 갖가지 진귀한 현악기와 타악기로 아름다운 음악을 연주하지요. 그 뿐만이 아닙니다. 세상의 모든 기이하고 귀한 새들이 제각기 아름다운 노래를 뽐낸답니다. 어쩌면 당신이 찾고 있는 그 음악 소리를 들을 수 있을 지도 모릅니다. 그리고 그곳에는 나보다 더 우아한 공작들이 얼마든지 있답니다. 비록 당신보다 더 기품 있는 공작은 찾아볼 수는 없겠지만요. 여태 당신처럼 그렇게 긴 꼬리 깃을 지닌 공작을 본 적이 없습니다! 황금성은 당신을 기쁨으로 맞이할 것입니다."

엘레강스는 예의와 품위를 갖추고 있고 뛰어난 말솜씨를 가졌다. 그가 움직일 때마다 초록 날개와 꼬리가 햇빛에 반사되어 찬란한 빛을 발하고 있었다. 그는 자신의 아름다운 자태를 붕에게 보여주면 그녀가 감명을 받고 자신을 따라 황금성으로 함께 갈 것이라고 생각했다. 그래서 익숙한 솜씨로 용광로처럼 뜨거운 사막 위를 괘념치 않고 미끄러지듯 착지했다. 그리고 긴 꼬리 깃을 우아하게 펼쳤다. 부채모양으로 펼쳐진 꼬리 깃 위에는 일곱 가지 무지갯빛 비단실로 동그랗게 수놓은 듯한 무늬가 다투어 찬란하게 빛났다. 붕은 그의 황홀한 자태에 정신이 아찔해지는 듯했다. 그녀의 외로운 가슴이 환희의 탄성을 질렀다.

'보라, 우아하게 빛나는 그의 꼬리 깃 자태를!'

여태 자신이 꼬리 깃을 폈을 때마다 다른 새들이 경탄을 금치 못했던 기억이 떠올랐다. 하지만 막상 붕은 자신의 꼬리 깃이 펼쳐진 자태를 본 적이 없었다. 서쪽 바다 새 왕국에 있을 때도 어떤 연유인지는 모르나 꼬리 깃을 활짝 편 공작을 본 적이 없었다. 왕자 새가 하늘을 날 때 그 기품 있는 자태에 경탄을 금치 못했지만 그는 백로였지 공작은 아니었다. 초록 공작을 봄으로서 비로소 자신의 모습이 어떠하다는 것을 알게 된 기쁨과 놀라움은 이루 말할 수 없었다. 자신과 닮은 새를 만났다는 사실 하나만으로도 붕이 그를 따라 나설 충분한 이유가 되었다. 그런데 하늘피리 소리를 들을 수 있다니! 붕은 기쁨과 기대로 초록공작을 따라 나섰다. 둘은 함께 멀고도 먼 길을 날았다.

사막의 황금성

붕과 초록 공작이 황금으로 지어진 지붕이 둥근 커다란 성에 당도했다. 밖에서 볼 때는 사막의 광활함 때문이었는지 그리 커 보이지 않았는데, 막상 들어가 보니 상하좌우로 끝이 보이지 않게 큰 성이었다. 눈부시게 화려한 황금성은 사막의 모래바람과 뜨거운 태양을 차단하도록 만들어져 있었다. 성의 내부는 마치 맑은 밤하늘에 빛나고 있는 별들처럼 아름다웠다. 그리고 쾌적했다. 밖에서는 볼 수 없었던 온갖 희귀한 나무들과 꽃들로 가득 차 있었다. 시냇물이 성 안 한 가운데를 가로 질러 흐르고 있었다. 이름을 알 수 없는 아름다운 새들이 옥같이 맑은 시냇물 소리에 맞추어 춤추며 노래하고 있었다. 성 안에는 넘실되는 바다와 같이 생명이 춤추고 있었다. 죽음이 매 순간 홀로 외롭게 신음하고 있는 성 밖의 세계와는 판이하게 다른 세상이었다. 붕은 죽음의 땅에서부터 이토록 생명이 넘치는 세계를 창조해낸 황금성 왕의 위력에 감탄을 금할 수 없었다. 왕은 붕을 기쁨으로 맞이했다.

"우리 왕국에는 세상에서 가장 아름다운 새들로 가득 차 있지만 여태 이렇게 순결한 빛을 자아내는 새는 없었다. 그녀의 섬세하고 연한 가슴은 눈부신 은빛을 발하는구나. 가늘고 긴 목과 다리, 그리고 긴 꼬리 깃은 우아함의 극치를 이루는구나. 신비스러운 코발트 색 눈동자를 보라. 선홍색 동백 꽃잎 같은 부리를 보라. 머리 위에 앉아 은빛으로 빛나고 있는 왕관 모양의 꽃술 장식깃은 가히 그녀가 새 중의 새, 여왕 새임을 말해주고 있지 않은가!

목소리는 또 어떠한가! 그녀가 노래를 부르면 은쟁반에 옥이 구르듯 청아한 오색 소리가 나는구나. 이곳에도 아름다운 노래를 부르는 많은 새들이 있다. 그런데 이제 붕의 노랫소리를 들으니 그들의 노랫소리는 다만 시끄럽고 번잡스러운 소음에 지나지 않았음을 알게 되었다. 지극히 고요하고 청아한 그녀의 노랫소리는 듣는 우리로 하여금 하루의 일과를 마치고 사랑하는 가족의 품에 돌아와 느끼는 평안함과 행복감을 느끼게 하는구나. 소리를 크게 내는 것만이 좋은 소리가 아님, 고요한 소리를 낼 줄 알아야 진정한 음악인 것을 붕을 통하여 비로소 알게 되었다. 이제 붕을 귀빈으로 대우해서 황금성을 대표하는 새로 만들자."

왕은 기쁨에 넘쳐 진수성찬으로 붕을 극진히 대접했다. 어여쁜 많은 작은 새들은 노래와 춤으로 붕을 환영했다. 궁중악사들은 황금악기로 아름다운 음악을 연주했다. 하지만 붕에게는 이 모든 것들이 소란스러운 소음에 지나지 않았다. 그녀가 초록 공작을 따라 이곳 황금성에 온 이유는 오직 하나, 하늘피리 소리를 들을 수 있을까 해서다. 그러나 아무도 이 황금성에서는 자신이 원하는 것에 대하여 말하지 않았다. 자신이 좇고 있던 하늘피리 소리에 근사한 소리조차 들을 수 없었다. 그들은 하늘피리 소리에 대하여 들은 적도 없었던 것이다. 붕은 실망감으로 나날이 야위어 갔다.

"붕, 왜 이 멋진 황금성을 즐기지 못하고 있습니까? 이곳에서는 당신이 원하는 것을 다 얻을 수 있지 않습니까? 황금으로 가지지 못할 것이 없지 않습니까? 그리고 황금악기로 연주하는 음악은 이 세상 어느 음악보다도 더 아름답지 않습니까? 당신이 좇던 그 하늘피리 소리도 이 음악에 비할 수 있을까요? 자. 이제 그만 그 하늘피리 소리 따윈 잊어버리고 우리와 함께 영원토록 이 황금성을 즐깁시다."

초록 공작은 붕의 마음을 움직여 보려 애를 썼다. 그러나 그것은 헛된 일이었다. 황금성의 화려함에 길들여져 있는 그는 붕의 내면을 이해하지 못했다.

'내가 원하는 음악은 영혼을 울리는 소리야. 그런데 황금성의 음악은 감각적이며 기교의 극치를 이루는 소리에 지나지 않는구나. 난 이 황금성에서 행복하지 않다. 아니 무척 불행하다.'

하루가 가고 또 하루가 갔다. 며칠이, 몇 달이, 아니 몇 년이 흘렀는지 모른다. 그동안 그녀는 황금성에서 여러 번 탈주를 시도 했었다. 그러나 그것은 불가능한 일이었다. 황금성은 끝없이 넓은 사막 한가운데 있었다. 어느 생명체도 낮 동안 황금성을 탈출해 죽지 않고 사막을 빠져나갈 수 없었다. 밤에는 사막의 열기는 식어 있지만 어둠 속에서 방향감각을 잃어버리기 때문에 여태 탈출을 시도했던 어떤 새도 살아남지 못했다고 전해진다. 오직 극소수의 특권을 가진 새들만이 황금성을 자유로이 출입할 수 있는 비밀통로를 알고 있다고 들었다.

황금성은 붕에게 감옥이었다. 어느덧 붕의 아름다운 자태는 또 다시 그 빛을 잃어가고 있었다. 그녀의 텅 빈 가슴에는 또 다시 외로움이 얼굴을 묻고 쪼그리고 앉아 있었다.

보름달의 낯선 얼굴

깊은 밤, 붕은 황금성을 잠시 빠져 나와 홀로 사막을 날고 있었다. 황금성에서부터 너무 멀리 날지만 않으면 성으로 다시 돌아오는 것은 큰 문제가 아니었다. 그녀는 성 밖으로 나가 자연의 공기를 들이마시고, 자연의 냄새를 맡고, 자연의 소리를 듣고 싶었다. 성 안에서 매일 밤 벌어지고 있는 향연에 그녀는 질식할 것만 같았다.

왕은 시간이 흐름에 따라 그녀에게도 여느 새들과 같이 황금을 찬양하는 노래를 불러주기를 요구했다. 맨 처음 붕을 만났을 때 그녀의 고요하고 순수하고 청아한 노랫소리에 감명을 받았다는 사실을 왕은 점점 잊어버리고 있었다. 왕은 다시 원래의 물질적이고 향락적인 취향으로 돌아간 것이다.

'오늘 밤 유독 날갯짓이 버겁게 느껴져 높이 날 수가 없구나. 모두들 행복하다고 하는 황금성에서 나는 행복하지 않구나. 낮 동안 작열하며 자신의 위력을 한껏 뽐내던 태양은 이제 쉬고 있는 것일까? 태양이 끊임없이 스스로를 불태우고 있는 것은 기실 눈부시게 화려한 외양으로 내면의 외로움을 감추려는 제스처일지도 몰라. 이제 그 무거운 가면을 벗어놓고 잠시 쉬고 있겠지. 평안한 휴식이 되길, 외로운 태양. 내일 또 다시 그 가면을 쓰고 온종일 위대한 외관을 과시해야 할 테니까.'

천지 사방은 캄캄했다. 그러나 붕이 날기에는 큰 불편함은 없었다. 비록 아무 것도 보이지 않는 어둠 속이지만 그녀는 이미 익숙해져 있었다. 그동안 여러 번 황금성에서 가까운 거리까지는 날아보았기 때문이다.

'사막의 밤은 무서운 정적만이 흐르고 그 정적의 소리를 들어주는 어떤 존재도 없다. 자존(自存)! 어쩌면 사막은 세상에서 가장 외롭고 가난한 존재일지도 모른다. 자신 이외에는 아무 것도 가진 것이 없으니까. 하지만 그래서 어쩌면 가장 풍요롭고 충만한 존재일 수도 있겠지. 자신 이외에는 어떤 것으로도 채워질 필요가 없으니까. 자존의 미학. 그래, 홀로 존재함은 풍요롭고 아름다운 거야.'

사막에 빗대어 애써 스스로를 위로하고 있는 붕을 사막은 말없이 포근하게 안아준다. 어느덧 사막의 밤은 그녀의 유일한 친구가 되어 있었다. 그래서 그녀는 밤 동안 사막 위를 홀로 비행하는 시간을 가장 좋아하게 되었다. 밤의 사막은 낮의 죽음의 열기로부터 해방되어 있다. 사막은 고요하고 서늘해진 공기를 가능한 한 많이 허파 깊숙이 빨아들이려고 크게 심호흡을 하고 있다. 그녀도 따라서 크게 숨을 들이쉰다. 부드럽고 상쾌한 사막의 밤바람이 낮 동안 황금성 안에서 소음으로 뜨거워진 그녀의 머리를 식혀준다. 이내 가슴이 따뜻해진다. 세상이 고요하다. 그녀가 사막의 고요에 잠긴다.

그런데 사막의 밤은 그녀에게 신선한 공기와 마음의 평화만을 선사한 것은 아니었다. 오늘처럼 운이 좋은 밤에는 하늘에서 벌어지는 불꽃 향연을 음미할 수 있는 즐거움도 선사했다. 수를 헤아릴 수 없는 아름다운 별들이 끝을 가늠할 수 없는 둥근 밤하늘의 천정을 가득 채우면서 보란 듯이 제각기 서로 다른 빛을 뽐내고 있었다. 한 여름 소나기처럼 머리 위에 쏟아지는 찬란한 별들의 향연은 육지에서 볼 수 있는 가장 아름다운 광경이었다. 황홀감에 취해있는 그녀의 얼굴에 한 가닥 신선한 바람이 와 닿았다. 그 바람은 마치 누군가가 불어주는 피리 선율 같았다. 누가 이 깊은 밤 사막 한가운데에서 피리를 불고 있단 말인가? 그녀는 두근거리는 가슴을 진정시키며 주변을 둘러보았다. 그러나 아무도 없었다. 어둠 속에서 침묵하고 있는 겹겹 모래언덕만이 그 장엄한 존재감을 드러내고 있을 뿐이었다. 언젠가 스승이 하신 말씀이 떠올랐다.

−육지세계에서는 하늘을 볼 수 있단다. 그 하늘은 낮에는 빛나는 태양, 밤에는 영롱한 달과 수정처럼 맑게 반짝이는 무수한 별들로 장식되어 있단다. 그곳에서는 바람의 신선함을 느낄 수 있다. 그리고 그 바람이 들려주는 음악 소리는 바다왕국에서 듣는 그 어떤 음악보다 더 아름답고 신비롭다.−

'스승님은 그 깊은 바닷속에서 어떻게 육지세계의 아름다움을 꿰뚫어볼 수 있으셨을까? 보지 않고도 볼 수 있는 예지(叡智)능력은 어떻게 가능했을까? 나도 언젠가는 스승님의 지혜에 미칠 수 있게 될까?

다시 하늘을 쳐다본다.

'저 수많은 별들은 왜, 무엇 때문에, 그리고 무엇을 위해 저토록 빛나고 있는 것일까? 오늘 밤만큼은 외로운 나에게 위로와 기쁨을 주기 위해서 빛나고 있겠지? 저 별들은 내가 이 세상을 떠난 후에도 여전히 누군가의 머리 위에서 반짝이고 있을까? 아무도 바라보는 이가 없어도 여전히 빛날까? 하늘에 올라가신 어머니는 어느 별에 계실까?

찬란한 별들의 향연에 취해 추억과 상상의 세계에 젖어있는 붕의 바로 곁에 어둠을 뚫고 불쑥 커다란 둥근 물체가 나타났다!

곁눈질로 흘낏 본 그 물체는 강렬한 검붉은 황금빛을 발하고 있었다. 붕은 두려웠다. 그 큰 물체가 자신의 날개를 덮치려는 것 같았다. 될 수 있는 한 빨리, 그리고 멀리 그 물체를 따돌려야만 했다. 공포로 인해 날개가, 아니, 온몸이 얼어붙는 것만 같았다. 심장은 이내 자신의 박동 소리의 무게를 이기지 못하고 금방이라도 내려앉을 것 같았다. 그 물체는 붕의 곁에 바짝 붙어 그녀를 따라잡고 있었다. 공포의 무게에 눌린 날개로는 그 물체를 계속 앞질러 날 수가 없었다. 이윽고 알 수 없는 그 물체가 붕을 앞서더니 자신의 모습을 온전히 드러냈다.

'아! 보름달!'

그녀가 내지른 소리가 잔잔한 호수 위에 떨어지는 꽃잎처럼 사막의 정적 위에 고이 흩어지니 잠들어 있던 모래언덕이 깨어나 엷고 잔잔한 물결을 일으키며 퍼져나간다. 자신의 위력을 과시하려는 듯 이제 막 검은 사막에서부터 모습을 드러내며 떠오르고 있는 커다란 보름달을 직면한 그녀의 여린 가슴에 경외의 물결이 일어난다.

'먼 옛날, 내가 바다에서 육지로 들어 올려 지던 밤에도, 어머니의 영혼이 밤하늘의 별이 되던 밤에도, 사랑하는 왕자와 밤바다를 함께 날았던 밤에도, 그리고 또 얼마나 많은 밤에 저 보름달을 보았던가! 그런데 어째서 그 친숙했던 보름달이 지금은 생전 처음 보는 것 같이 낯설게 느껴질까?

여태 보름달을 이토록 가까이서 본 적이 없었다. 보름달이 이토록 크다는 것도 예전에 미처 몰랐었다. 보름달이 이토록 강렬하고, 신비롭고, 경이롭다는 것도 예전에 미처 몰랐었다. 월출이 일출보다 더 경이로울 수 있다는 것을 난생 처음 알게 되었다! 여태껏 천하무적 태양만이 그 작열하는 위력으로 세상에서 가장 강렬한 빛을 과시하는 줄만 알았었다. 하지만 보라, 달의 위력을! 뜨겁게 작열하는 차가운 달의 위력을, 그 본질적 양면성의 위력을!'

보름달은 그렇게 자신의 나신(裸身)을 적나라하게 드러내고 있었다. 칠흑 같은 어둠에 깊이 잠들어 있던 사막이 보름달이 자아내는 원초적 순수성에 놀라 괴성을 지르며 깨어난다. 이내 보름달은 강렬한 검붉은 빛으로 하늘과 사막을 물들이고 있다. 멀리 하늘과 사막이 맞닿은 지평선은 빛과 어둠의 경계를 잃어가고 있다.

이전에 붕은 보름달의 요요(寥寥)한 아름다움을 경탄했었다. 하지만 보름달의 요요한 아름다움은 늘 자신의 가슴 속 깊은 곳에 쪼그리고 앉아 있는 외로움의 현(絃)을 긁었었다. 그때마다 외로운 가슴은 슬픔의 선율로 울렸다. 그런데 이번은 달랐다. 전혀 달랐다. 맨 얼굴로 느닷없이 붕 앞에 성큼 다가온 보름달은 그 거대한 크기와 강렬한 빛으로 위력을 떨치며 그녀를 완전히 압도했다. 늘 가슴 속 깊이 쪼그리고 있던 외로움이 그 위력에 화들짝 놀라 순식간에 달아나 버렸다.

보름달과 붕이 서로 최초로 얼굴과 얼굴을 맞대며 만난 순간이었다. 그녀는 숨을 쉴 수가 없었다. 보름달은 그녀가 매 순간 내쉬는 자신의 숨보다 더 가까이 와 있었다. 보름달이 한 번 숨을 들이쉬면 자신이 한 순간에 보름달에게 빨려 들어가 녹아버릴 것만 같았다. 보름달은 그렇게 이전에는 한 번도 보지 못했던 모습으로 다가왔다. 보름달은 점 점 더 커져가고 있었다. 이내 광활한 밤하늘 전체가 보름달로 꽉 채워진 듯 했다. 무한(無限)히 크고, 깊게 느껴지는 보름달이 맨 얼굴을 내밀며 붕에게 말을 건네고 있었다.

"내게로 오라. 네 모든 것을 내게 던져라. 그러면 네게 영원한 안식을 주겠다."

우주의 원초적 선율이 울리는 것 같이 보름달의 음성이 붕의 영혼 깊숙이 울려 퍼진다. 붕은 두려움으로 떤다. 하지만 분명 두려움을 느끼고 있음에도 불구하고 그 신비스러운 물체에게, 그 경이로운 생명체에게 좀 더 가까이 가고 싶다는 강한 열망에 사로잡힌다. 그녀는 이 낯선 보름달의 얼굴을 직면하면서 느끼고 있는 자신의 복합적인 감정을 도무지 이해할 수 없었다. 그럼에도 불구하고 적합한 언어를 떠 올려보려 애를 쓴다.

'보름달의 얼굴은 결코 아름답다고 할 수 없다. 무섭다고 표현하는 것이 더 적합할 것 같다. 아니, 신비롭다는 표현이 맞는 것 같다. 아니, 그것도 적합하지 않아. 성스럽다함이 옳지 않을까? 아니, 그것도 딱히 적합한 표현은 아니야. 표현이 불가능해. 그것은…… 그것은 언어로 재현할 수 없는 어떤 초월적인 감흥을 불러일으키고 있다!'

그녀는 자신이 여태 이토록 자연을 마주하며 충격과 두려움과 경외감을 느껴본 적이 없었다고 생각했다. 절대적으로 낯설지만 또한 절대적으로 친숙하게 느껴지는 이 타자의 얼굴과의 조우는 붕의 자의식을 산산이 부서버렸다. 하지만 그녀는 다만 기억하지 못하고 있을 뿐이다. 언젠가 왕자와 서쪽바다 해변을 날고 있었을 때 가공스러운 파도의 위력에 압도되어 자신이 그 파도에 묻혀 적멸(寂滅)되고 싶었던 강렬한 충동을 느낀 적이 있지 않았던가? 그것은 성스러운 체험이었다. 자연의 그 무엇이 자신의 자의식을 이토록 송두리째 말살시키는지 붕은 그때도, 그리고 지금도 온전히 이해할 수 없었다.

붕의 귀에 어떤 소리가 들렸다. 보름달의 경이로움에 넋을 잃고 있느라 미처 감지하지 못했던 소리였다. 그것은 보름달이 자신을 잉태하고 있던 어머니 사막으로부터 분리된 것을 슬퍼하는 울음소리였다. 그것은 또한 어머니 사막이 자신의 분신이 떨어져나간 것을 애통해하는 울부짖음이었다. 그것은 지뢰(地籟), 대지가 부는 피리 소리였다. 그렇게 어머니 사막은 자신의 분신과의 이별의 아픔을, 그러나 동시에 새 생명의 탄생을 기뻐하며 울고 있었던 것이다.

사막과 보름달의 울부짖음은 그녀의 가슴 속 깊이 묻혀있던 지난날의 많은 이별의 아픔을 되살아나게 했다. 가슴이 북받쳤다. 슬픔에 젖어 온 몸에 힘이 빠져나가는 것만 같았다. 더 이상 날 수가 없었다. 날개를 접고 사막에 내려와 주저앉았다. 그리고 하늘 높이 조금씩 멀어져가고 있는 보름달을 쳐다보며 자신도 지뢰에 맞추어 노래를 불렀다. 가슴 깊은 곳에서부터 솟구쳐 울리는 음악이었다. 어머니 사막의 고통이, 어머니로부터 떨어져나간 보름달의 아픔이, 그리고 자신이 어머니와 이별하던 기억이 모두 함께 어우러지면서 울음을 운다. 애통한 이별의 삼중주가 밤의 정적을 깬다.

그런데 이별을 아파하며 울리는 음악은 밤의 정적만을 깬 것은 아니었다. 황금성에 잠들어 있던 작은 새들의 기억도 깨어나게 했다. 어릴 적 황금성의 사냥꾼들에게 잡혀올 때 하늘을 맴돌며 애통하게 울부짖던 어머니 새들이 기억난 것이다. 그들은 작은 입을 모아 가슴 깊은 곳에서 솟구치는 음률에 맞추어 슬피 울었다. 급기야 황금성의 왕이 그들의 울음소리를 듣게 되었다.

"붕, 네가 우리 왕국의 법을 무시했구나. 자연의 피리 소리를 연주하는 새는 황금성에서 추방된다. 이곳은 황금의 위대함을 찬양하는 음악만 연주해야 한다. 음악은 모든 새들에게 즐거움을 주어야 한다. 그런데 너는 아픔을 노래했다. 도대체 어린 새들에게 삶의 아픔을 되살리게 해서 좋을 것이 무엇이란 말인가? 향락만 누리고 살아도 짧은 우리의 삶이 아닌가? 그동안 잠들어 있던 작은 새들의 감성이 깨어나 이제 그들이 자연의 피리 소리를 듣게 되었으니 황금을 돌처럼 보게 될 것이다. 이제 그들의 자의식이 깨어났으니 황금성의 존립이 위태롭게 되었다. 그들은 나를 증오할 것이고 너를 이 황금성의 여왕으로 추대할 것이다. 너는 결국 내 황금성을 전복하려고 왔구나! 이제 너를 더 이상 귀빈으로 모시지 않겠다. 황금새장에 가두어 놓고 걷지도, 날지도 못하게 할 것이다."

"너그러우신 왕이시여, 제가 원하는 것은 결코 당신의 왕좌가 아닙니다. 저는 다만 황금과 향락만을 찬양하며 획일적인 음악 소리를 듣고 사는 황금성의 어린 새들에게 진정한 아름다운 음악 소리는 자연이 내는 피리 소리라는 것을 일깨워주고 싶었습니다. 외부에서 강요된 천편일률적인 소리가 아니라 각자의 고유한 소리, 각자의 내면에서 울리는 음악 소리에 관해 알려주고 싶었을 뿐입니다. 내면에서부터 울려나오는 소리는 듣는 이로 하여금 심금을 울린다는 것을 보여주었을 뿐입니다. 저는 다만 가슴으로 부르는 음악이 어떤 것인지를 그들이 알게 되기를 바랐을 뿐입니다. 황금 피리 소리는 우리의 귀를 즐겁게 할 뿐입니다. 그러나 자연의 피리 소리는 가슴 깊이 울려 퍼져 절망과 슬픔에 빠져 죽어가고 있는 삶을 소생시킵니다. 생명의 소리이기 때문입니다. 부디 믿어주십시오."

그러나 왕은 믿지 않았다. 아니, 왕은 이해하지 못했다. 아니, 왕은 붕이 두려웠다. 왕은 그녀를 황금새장에 가두었다. 번쩍이는 황금새장 안에서 붕은 슬픔에 젖어 목소리를 잃어버리게 되었다. 언젠가 왕자와 이별 한 후 오랜 세월 동안 노래를 부를 수 없었던 기억이 떠올랐다. 그 이후 자신의 잃어버린 목소리를 회복하느라 얼마나 긴 시간동안 가슴 속 깊은 곳에 흐르는 슬픔의 강을 건너왔던가? 시간은 많은 것들을 견디어내게 하는 힘을 지녔기에 붕의 가슴이 간신히 치유됐었다. 그래서 이제 겨우 다시 노래를 부를 수 있게 되었는데…….

얼마나 긴 시간이 흘렀는지 모른다. 붕은 그렇게 오랜 세월을 황금새장에 갇혀 살았다. 아니 살아온 것이 아니다. 매일, 매순간 그녀는 죽어가고 있었다. 마침내 그녀는 쓰러지고 말았다.

깊은 밤, 붕을 사랑하고 존경하던 작은 새들이 어둠을 타고 그녀에게 다가갔다. 아름답던 그녀가 처참한 몰골로 무너져 있는 모습에 그들의 작은 가슴이 미어졌다. 그들은 황금새장을 열어 그녀를 탈출시키려 했다. 하지만 그녀는 움직이지 못할 정도로 쇠약해져 있었다. 붕이 소생할 기미를 보이지 않자 두려움과 슬픔을 이기지 못한 작은 새들이 울기 시작했다. 그들의 가슴 속 깊은 곳에서부터 울리는 슬픔의 노래가, 사랑의 노래가 메말라 있던 붕의 심장에 흘러들어갔다. 꺼져가고 있던 그녀의 심장이 서서히 박동하기 시작했다. 외로움으로 텅 비어있던 그녀의 가슴이 이윽고 환희로 채워졌다.

'이제 그들도 깨닫게 되었구나. 황금을 찬양하는 노래에는 생명이 없다는 것을. 이제 그들도 대지의 피리 소리를 부를 수 있게 되었구나! 생명의 소리를 노래할 수 있게 되었구나!'

사랑의 자장가

이글거리는 태양의 열기와 매서운 모래바람으로 탈진해버린 붕이 작열하는 사막 위를 간신히 날고 있다. 작은 새들의 도움으로 비밀통로를 통해서 황금성을 탈출한 후 사막을 가로질러 날아오면서 얼마나 많은 낮과 밤이 흘렀는지 알 수 없다. 그동안 몇 번이나 사막에 추락해 죽을 고비를 겪었는지 조차도 기억나지 않는다.

'어리석은 나! 어쩌다 이 비정하고 가혹한 사막 한 가운데 이렇게 홀로 버려져 여태 방랑의 날개를 접지 못하고 있단 말인가? 바다 왕국에 그대로 있었더라면 지금쯤 여왕이 되어 사랑하는 어머니, 스승님, 그리고 친구들과 함께 행복하게 살고 있을텐데. 하늘피리 소리가 나를 고통으로부터 자유롭게 할 것이라고 믿고 육지에 올라왔건만……. 바닷속에서도 얼마든지 행복할 수 있지 않았을까? 사랑했던 왕자와 그의 신에게 복종했더라면 지금 쯤 예쁜 아기 새들과 함께 행복한 보금자리를 꾸미고 있었을 텐데. 하늘에 계신 아버지와 어머니가 무너져 있는 내 모습을 내려다보시면서 얼마나 마음 아파하실까?

어디선가 물소리가 들리는 것 같다. 주위를 둘러본다. 끝이 없을 것 만 같았던 사막이었는데 눈앞에 느닷없이 광대하고 깊은 협곡이 펼쳐져 있다. 거대한 폭포가 가파른 협곡을 타고 쏟아져 내리고 있고 폭포의 양쪽으로 울창한 숲이 보인다. 폭포에서 떨어지고 있는 물이 긴 물고랑을 타고 흐르고 있다.

'여기가 사막의 끝자락인가? 아니야, 신기루일거야. 작은 새들이 신기루의 위험을 경고했었지. 정신을 차려야 해.'

눈앞에 펼쳐진 광경을 반신반의하며 협곡으로 들어서자마자 갑자기 눈발이 날리기 시작했다. 이내 함박눈이 펑펑 쏟아졌다. 시야가 막히기 시작했다. 하늘은 온통 시커먼 구름으로 덮이고 사방이 순식간에 어둠에 잠기기 시작했다. 협곡이 완전히 어둠으로 덮이기 전에 한시라도 빨리 물가에 도달해야만 했다. 붕은 마지막 남은 힘을 다해 천 근 같이 무거워진 날개로 협곡 밑 숲속에 흐르고 있는 물가에 착지를 시도했다. 아니, 그것은 착지가 아니었다. 추락이었다. 몸의 어느 부분이 으스러지고 있건만 그 고통조차도 느낄 수 없었다. 붕의 의식 속에는 오직 물 이외에는 아무 것도 없었다. 숲속에 흐르고 있는 시냇물에 얼굴을 묻은 붕의 귀에 어릴 적 아버지 어머니가 불러주시던 '사랑의 자장가'가 들려오고 있다.

아득히 먼
저 신비의 나라
하늘피리 소리 들려오고.

내 품속에
잠들고 있는
내 사랑하는 곤의
여린 숨소리
하늘피리 소리라네.

잘 자라
내 아기
내 사랑스러운 아기.

'사랑하는 어머니, 아버지……. 이젠 저도 그리운 당신들에게로 갑니다.'

비록 신기루라 할지언정 그녀가 맛본 그 달콤한 물은 생의 마지막 순간을 행복하게 해주었다.

'이젠 끝났다.'

붕이 물가에 쓰러진다. 무거워진 눈까풀이 흐려진 두 눈을 덮을 때 하늘의 수많은 별들이 그녀의 가녀린 몸을 덮어주기 위해 쏟아지는 눈을 헤치며 다투어 내려오고 있다.

제 3 장

대지의 요람

그녀가 초라한 움막으로 돌아오고 있다. 아직은 숲속에서 산보를 즐길 만큼 기운을 회복하지 못한 것이 역력하다. 힘겨운 한 걸음 한 걸음을 내디딜 때마다 갈기갈기 찢어진 발바닥에 가시가 꽂히는 것 같다. 사막을 건너올 때 열풍으로 온몸이 화상을 입었었다. 연약한 다리와 발은 껍질이 다 벗겨지고 뭉그러져 차마 보기가 안쓰럽다. 협곡 사이 숲 속을 흐르는 물가에 추락할 때 꼬리와 날개가 나뭇가지에 걸리고 머리와 가슴이 바위에 부딪혔다. 몸의 어느 한 곳도 성한 데가 없다.

사막을 가로질러 이곳 숲 속에 추락한 이후 자신의 상처를 보듬으며 지내온 세월이 얼마인지 붕은 알 수 없었다. 그러나 상관하지 않았다. 그녀에게는 다만 쉴 곳이 필요할 뿐이었다. 감사하게도 숲은 지친 그녀에게 위로를 주었을 뿐만 아니라 자신의 삶을 되돌아볼 수 있는 성찰의 공간을 주었다. 그녀는 숲 속에서 자연과 함께 숨쉬며, 자연의 소리를 듣고, 자연의 정령과 소통하는 법을 체득하고 있었다. 여태 살아있을 수 있었던 것은 숲이 그녀에게 생명의 기운을 불어넣어 주었기 때문이다.

숲속 깊숙한 곳에 움막이 하나 있었다. 그곳은 오랫동안 버려져 있었던 것이 분명했다. 왜냐하면 그렇게 빈궁하고 초라한 곳에서 어떤 생명체도 목숨을 부지할 수 없었을 테니까. 그래도 그곳은 붕에게는 감지덕지였다.

'언젠가 이곳에 기거했던 생명체가 있었구나. 집 없는 떠돌이 새였을까? 나처럼 사막에서 길을 잃고 있다가 신기루로 생각했었던 이 협곡 숲 속에서 생명을 건졌던 것일까? 그 새는 어쩌다가 그리 됐을까?'

자신이 겪는 외로움의 여정을 다른 새들도 거쳤을 것이라고 생각하면서 애써 스스로를 위로해본다. 그들이 무슨 연유로 어떻게 이곳에 왔다가 떠났는지는 알 수 없지만 행복한 여생을 보냈기를 바라는 마음이다. 그들의 외로운 고투가 고마웠다. 그들이 없었다면 자신의 궁색한 몸이 쉴 곳도 없었을 것이다.

'내 곁에는 아무도 없구나. 참 외롭다. 그렇지만 언제 외롭지 않았던 적이 있었던가? 아! 북쪽 바다 왕국에서는 외롭지 않았었지. 왕자와 함께 했을 때는 외롭지 않았었지. 아니, 그때도 내 가슴 속 한 편에는 언제나 외로움이 자리 잡고 있었어. 하늘피리 소리에 대한 갈망은 늘 나를 외롭게 했었지. 새롭지도 않은 외로움이 오늘 새삼스럽게 힘들게 느껴지는 것은 웬 객기일까?

하늘피리 소리를 듣기 위해 얼마나 오랜 세월동안 다른 새들이 가지 않은 길을 날아다녔던가? 그 길은 뜨거운 사막의 모래바람 속 고난의 길이요, 어두운 밤바다를 홀로 바라보는 외로운 길이요, 숲 속 안개비에 젖어 길을 잃고 헤매다 가시밭에 걸려 날개가 찢기는 상처의 길이요, 광활한 벌판 한가운데서 마른하늘의 벼락과 천둥소리를 홀로 맞이하는 두려움의 길이요, 소낙비에 젖어도 둥지가 없어서 안식하지 못하는 길이었다.

도대체 이 길의 끝은 어디일까?

이따금씩 엄습해오던 절망감이 문득 또 다시 가슴을 덮친다. 여태 삶이 힘들게 느껴질 때면 마음에 하늘피리 소리를 그리며 기운을 되찾곤 했었다. 하지만 웬일인지 오늘 밤만큼은 그 하늘피리 소리를 생각하는 것조차도 아무런 위로가 되지 않았다. 모든 것이 까마득하게 잊혀져가고 있었다. 귓가에 바다왕국의 스승의 목소리가 들려온다.

—미래는 아직 정해지지 않았다. 그러니 현재의 외로움이 미래까지 지속되리라고 누가 장담할 수 있단 말인가? 미리 정해진 것은 아무것도 없다. 그래서 늘 움직여야 하고 변화해야만 살 수 있다. 새가 날기를 포기해보라. 새가 노래하기를 멈추어보라. 그때는 모든 것이 분명할 것이다. 죽음이다. 그러니, 붕, 포기하지 마라. 현재의 고난과 시련이 네 삶의 모든 것은 아니다. 희망의 날개를 접지 않는 한 반드시 내일은 또 다른 태양이 떠오를 것이다.—

스승의 위로와 격려의 말씀은, 그러나, 스쳐 지나가는 바람소리에 불과했다. 그녀에게 삶이란 더 이상 존재하지 않는 것 같았다. 그리고 그 사실에 연연해하지도 않았다. 그녀는 이제 다만 영면(永眠)에 들고 싶을 따름이다. 헐어버린 목에서 슬픈 노래가 흘러나온다.

별도 달도 없는 저 밤하늘
정적 속에 스산하고

나뭇잎 스치는 바람소리
적막감을 더하는데

숲 속을 흐르던 강물은
침묵 속에 울고 있고

대지는 적요의 요람 속에
곤한 몸을 뉘고 있구나.

잠시만 기다려라
내 영혼아

너 또한
곧 날개를 접을 테니.

　눈앞에 먼 옛날 바다왕국에서 행복했었던 어린 시절이 스쳐 지나가고
있다. '자유의 광장'에서 함께 노래 부를 때 느꼈던 아버지의 따뜻한 눈
빛, 우아하고 자애로운 여왕의 품격을 갖추시고 어린 딸을 자랑스럽게
내려다보시던 어머니, 함께 산호가지들 틈 사이에 숨어 술래잡기 했던
친구들, 행복했던 시절들, 아름다웠던 시절들……. 이제 다시 돌아갈 수
없는 그 시절들에 대한 기억은 붕을 더욱 더 비참하게 만들었다.
　'이 숲속 움막에서 홀로 신에게 기도하면서 지내온 세월이 얼마일까?

기억이 나지 않는다. 아니 구태여 기억해내야 할 이유도 없다. 어차피 내 삶은 여기에서 끝났으니까⋯⋯.' 언젠가 왕자가 했던 말이 떠오른다.

　－붕, 신은 모든 새들을 사랑하십니다. 가여운 새, 상처 입은 새, 착한 새, 악한 새, 추한 새, 아름다운 새, 의로운 새, 의롭지 못한 새, 행복한 새, 불행한 새, 모든 새들은 신의 피조물이며 신은 차별 없이 그들을 보호하고 인도하신답니다. 그런데 당신의 강한 자의식은 신의 평등한 사랑을 당신에게 닿지 못하게 하고 있습니다. 당신 자신의 안위를 위하여 기도하는 것은 이기적인 행위가 아닙니다. 당신도 다른 새들처럼 신의 사랑과 은총을 받을 자격이 있습니다.－

　'늦어버렸어. 그와 나는 이미 다른 길을 걸어온 거야. 되돌려 놓기에는 너무 늦어버렸어.'
　오랜 세월 묻어 놓았던 그에 대한 그리움의 장미 한 송이가 가슴 깊은 곳에 흐르고 있는 슬픔의 강물 위로 떠오른다. 장미가시가 가슴을 찌른다. 그녀의 짧고 나지막한 절규가 숲 속 밤의 적요를 깬다. 깨어진 적요의 편린들이 날아올라 일찌감치 잠자리에 들어 모습을 찾아볼 수 없었던 밤하늘의 별들에게 닿는다. 별들이 부스스 눈 비비며 일어나 제각기 하얀 망토를 걸치고 붕이 쓰러져 있는 움막 위로 솜털처럼 고요히 내려와 앉는다. 구멍이 뚫려 추운 냉기가 숭숭 들어오는 붕의 초라한 움막을 은하수는 그렇게 따뜻하게 감싸주었다.

설야(雪夜)

'여태 이처럼 따뜻하고 포근한 잠을 잔 적이 없었다.'

잠시 눈을 붙인 것뿐인데 마치 영원의 안식을 취한 듯했다. 붕이 기운을 차려 움막을 나오는데 눈앞에 펼쳐진 믿을 수 없는 광경에 넋을 잃는다.

세상이 온통 눈으로 하얗게 덮여 있었다! 대지는 눈부신 은빛 비단 숄을 두른 우아하고 너그러운 여왕의 자태로 붕을 맞이하고 있었다. 하늘에 휘영청 떠있는 보름달은 눈부시게 밝고 투명한 푸른빛으로 영롱하게 비치고 있었다. 아니, 그것은 푸르다 못해 은빛으로 빛나고 있었다. 은가루가 뿌려진 듯 신비스럽게 빛나는 밤하늘의 수많은 별빛들이 여름 소낙비처럼 사정없이 쏟아져 숲속을 환하게 비추고 있다. 앙상한 나뭇가지 위에 소복이 내려와 앉은 눈은 대기의 차가운 공기에 얼어붙어 눈꽃처럼 피어 있었다. 눈꽃들은 나뭇가지 위에 달려 있는 수많은 작은 얼음구슬 같았다. 얼음구슬들은 마치 나뭇가지 위에 날아와 앉은 작은 요정들처럼 겨울을 찬미하며 춤추고 있는 듯 보였다. 온 세상이 하얀 얼음 눈빛으로 빛나 마치 얼음왕국을 연상시키고 있었다.

자연이 빚은 눈부신 아름다움은 붕에게 생기를 불어넣었다. 그녀는 대지에 소복이 쌓여있는 눈을 세상에 더할 나위없는 보물인양 두 날개로 고이 쓸어안고 그 속에 얼굴을 묻어보았다. 상큼한 설향(雪香)이 코끝에 전해지니 정신이 수정처럼 맑아졌다. 해져 구멍 뚫린 날개깃 사이로 눈가루가 이른 봄날 여린 바람에 휘날리는 벚꽃같이 떨어져 내렸다.

붕은 쓸어안은 눈을 동그랗게 만들어 땅에 굴리기 시작한다. 아무도 밟지 않은 눈밭에 작은 눈덩이가 굴러가면서 가느다란 골을 만들고 그녀의 발자국이 그 뒤를 잇는다. 눈에 푹푹 빠지고 있는 두 다리를 움직일 때마다, 이제는 부러지고 해져버려 예전의 그 우아한 자태를 찾아볼 수 없는 꼬리 깃이 미운 행색을 하며 따라오고 있다. 꼬리 깃은 마치 쓰다버린 몽톡한 싸리 빗자루처럼 붕이 움직일 때마다 눈밭을 쓸고 다닌다. 하지만 비록 해진 싸리 빗자루임에도 불구하고 아무도 밟지 않은 눈밭에 나름대로 제법 흉하지 않은 눈 골을 만들고 있다.

'세상에 무용지물은 없구나.'

찬 공기가 무색하게 땀을 뻘뻘 흘리면서 밤 새 눈덩이를 굴리고 있는 붕을 좀 전에 별들이 설치는 바람에 선잠을 잤다며 부루퉁해 있던 보름달이 금세 재미있다는 듯 입가에 환한 미소를 띠며 내려다보고 있다. 마침내 네 개의 눈 새가 완성됐다. 아빠 새, 엄마 새, 그리고 예쁜 아기 새 두 마리.[5]

'아, 내게도 이제 행복한 가족이 생겼다!'

눈 새들을 만들어놓고 기뻐하고 있는 그녀의 눈앞에 믿을 수 없는 광경이 벌어진다. 영롱한 보름달빛을 받은 눈 새들이 살아 움직이는 듯하더니 날개를 펴고 하늘에 올라 둥글게 원을 그으며 춤을 추고 있지 않은가! 은빛으로 빛나는 왕자 새와 아기 새들이 행복에 겨워 날갯짓하니 세상이 온통 은빛으로 불타오르고 있는 것 같다. 그녀는 자신도 모르게 날개를 펴고 날아올라 그들과 어울려 춤을 춘다.

"사랑하는 붕, 당신은 지금 내가 얼마나 행복한지 모르실거요. 내가 당신을 처음 보았던 그 밤을 기억하시오? 당신이 절벽 끝자락 고목나무 가지 위에 앉아 초승달빛을 받으며 노래하던 그 밤을? 당신의 노래가 외로움으로 얼어붙어있던 내 가슴을 사랑의 기쁨으로 녹여주었던 그 밤을? 그때 나는 하늘에서 내려온 선녀가 피리를 부는 줄 알았다오. 오, 당신이 나를 떠난 후 나는 얼마나 그 행복했던 순간을 그리워했는지 모른다오."

"사랑하는 왕자님, 그때 제가 불렀던 노래는 외로움과 비탄에 젖은 울부짖음이었답니다. 하늘피리 소리는 듣지 못하고 상처로 얼룩진 삶을 마감하면서 제 생애 마지막이라 생각하며 불렀던 노래였습니다. 그것은 삶을 찬미하는 노래가 아니라 죽음을 갈망하는 노래였습니다. 어떻게 슬픔과 절망의 울음소리가 당신의 외로운 가슴을 따뜻하게 녹여주었단 말씀입니까?"

"바로 그것이요. 죽음 직전에 당신의 영혼은 아무 것으로도 채워져 있지 않았던 것이요. 영혼의 빈 공간에서 울린 절대 순수 음률이었던 것이요. 내 가슴과 영혼은 그때 내 왕국의 일로 번민하며 왕자만이 짊어져야 할 삶의 무게로 짓눌려 있었소. 그 외로움의 깊이를 어느 누구도 이해하지 못했소. 그런데 당신의 노래가 외로운 내 영혼에게 환희의 빛을 비추었던 것이요. 난 그때 우리의 영혼이 마치 보이지 않는 가교(架橋)로 이어진 것 같았다오. 이제 이렇게 당신과 함께, 그리고 예쁜 우리 아기 새들과 함께 행복한 날개를 펴며 춤추고 있으니 더 이상 무엇을 바라겠소. 사랑하는 붕. 이제 다시는 내 곁을 떠나지 말고 나와 영원히 함께 있어주시오."

"왕자님, 제 가슴은 한 번도 당신을 떠난 적이 없습니다. 어느 누구도, 그 무엇도 우리의 영혼을 이어주고 있는 이 가교를 끊을 수 없을 것입니다."

왕자와 붕이 두 아기 새들과 함께 빛나는 은빛 나뭇가지 둥지에 앉아 날개를 접는다. 왕자가 붕을 지극한 사랑으로 감싸 안고 비단결 같은 붕의 길고 연약한 목을 애무한다. 달콤한 망고 향내가 붕의 가슴에 적셔든다. 행복에 취한 붕이 왕자의 귓가에 사랑의 노래를 부른다. 왕자가 그 천상의 음률에 빠져든다.

시간이 멈춘다.

달콤한 행복에 젖어있던 붕의 눈 속이 갑자기 환해진다. 잠자는 파도를 일깨우는 새벽 폭풍처럼 영원 속에 멈춰있던 시간이 그녀를 흔들어 깨운 것이다. 문득 불길한 예감에 눈을 뜬다. 가교가 화염에 싸여있다. 놀란 그녀가 가교를 향해 날아간다. 그러나 이미 늦었다. 불꽃은 순식간에 가교를 덮치고 말았다. 깊은 협곡 사이를 이어주고 있던 아름다운 은빛 비단 가교가 볼 상 사납게 두 동강이 났다. 타고 남은 가교의 가장자리만이 시커멓게 그을어 처참한 모습을 드러내며 바람에 휘날리고 있다. 가교의 저 편 끝에 간신히 매달려있던 붕의 두 아기 새와 왕자 새가 천 길 낭떠러지 아래로 떨어지고 있다.

"오! 붕, 정녕 그 하늘피리를 불어야만 했소? 왜 나를 이렇게 져버리는 것이요? 끝내 우리 영혼의 가교를 끊어버리고 말았군요. 우린 이제 영영 다시 보지 못하게 되었소. 안녕히, 내 사랑."

왕자의 애절한 울부짖음이 날카로운 비수가 되어 붕의 심장을 도려낸다.

'꿈이었구나. 짧은, 행복한 꿈이었구나. 아니, 악몽이었어. 아직도 그의 절규가 들리는 것 같아. 내 가슴이 천길 만길 지옥 불길 속으로 떨어지고 있구나. 시린 가슴이 지옥 불로나마 데워질 수 있다면 무엇을 더 바라겠는가? 그래, 붕, 너는 사랑을 버리고 자유를 선택했었지. 네가 그토록 원했던 자유를 홀로 마음껏 누리게 되어 더없이 행복할 텐데 무슨 불평이지? 그래, 넌 자유를 선택했단 말이야. 하지만 그 자유는 하늘피리 소리를 들을 때 비로소 성취되는 것인데 넌 여태 그 하늘피리 소리를 듣지 못했잖니? 이제 너는 자유도 얻지 못하고 사랑도 버려버린 채 아무도 없는 이 숲속에서 홀로 차디 찬 가슴을 부여안고 이렇게 허망하게 생을 마감하고 있구나. 어리석고 불쌍한 영혼······.'

가슴이 또 다시 슬픔의 활에 긁힌다. 짧았던 행복의 환상에서 깨어난 붕은 이전보다 더 처절하게 가슴을 파헤치는 비애와 절망으로 눈밭에 쓰러진다. 그녀의 미약한 심장소리가 숲속 밤의 정적을 깬다. 감겨져가고 있는 눈앞에는 세상이 온통 은빛을 발하며 그녀에게 마지막 작별을 고하고 있다. 붕의 감긴 눈에서 은빛 얼음 진주가 떨어진다.

'안녕히, 내 숲속 친구들. 그동안 나와 함께 있어줘서 고마워.'

제 4 장

하늘새

'내가 아직 죽지 않았단 말인가? 방금 어떤 기척을 느꼈는데 이 깊은 숲속에 나 이외에 다른 생명체라도 있단 말인가?'

시린 가슴이 따뜻해지는 것을 느끼며 붕이 눈을 뜬다. 숲속 빽빽이 눈 덮인 나무 가지들 사이로 여린 보름달빛이 곱게 새어 들어오고 있었다. 그 빛을 뚫고 홀연히 어떤 물체가 보였다. 그 물체는 수정이나 얼음으로 빚은 듯 속이 투명하게 드러나 보였다. 그것은 연약하고 연약해서 하늘에서 눈송이가 내려와 닿아도 금방 깨어질 것 같았다. 그 물체는 자체 내부에서부터 신비스러운 빛을 발하며 숲을 대낮같이 환하게 밝히고 있었다. 눈(雪)에 반사되어 숲을 온통 은빛으로 덮고 있는 그 빛은 빛이라는 말이 무색할 정도로 그렇게 현란하게 빛나고 있었다.

이윽고 그 물체는 마치 무중력 속의 나비와 같이 그녀 곁에 사뿐히 날아와 앉았다. 소리 한 점 없이 내려와 앉는 그의 고요함은 적막한 밤 숲속의 고요와 더불어 고요의 절정을 이루고 있었다. 그 고요는 이내 음악이 되어 흘렀다. 슬픈 듯, 아픈 듯, 따뜻한 듯, 그 음률이 붕의 외롭고 시린 가슴을 휘감아 안았다.

그렇게 그의 자태는 고요했다. 이 세상 모든 고요를 다 모아 놓은 것 보다 더 고요했다. 그의 내면에서부터 울리는 고요에서 붕은 이루 말할 수 없는 강력한 생명력을 느꼈다. 그는 그렇게 자신의 존재의 내면을 투명하게 드러내고 있었다. 움직임 없는 절대적 고요는 하나의 예술품 같았다. 이 세상에서는 볼 수 없는 어떤 초월적 예술품!

이윽고 그의 고요가 우주의 고요로 변했다. 광활하다는 말은 우주의 절대적 크기를 표현하기에 적합하지 않았다. 끝이 없이 넓은 우주는 속이 텅 비어 있었다. 그리고 그 텅 빈 공간에서 눈부신 광채가 빛나고 있었다. 그 빛은 절대적 빛으로서 색깔이 없는 빛이었다. 그 빛이 붕의 심장을 관통했다. 환희의 피가 샘물처럼 솟구쳤다. 그런데 그 무한의 우주가 소리를 냈다. 여태 세상에서 들어본 적이 없는 음악 소리였다. 그것은 절대고요의 울림이었다. 그 선율은 지친 붕의 영혼의 현(絃)을 떨게 했다.

'아, 이 음률은? 정녕 이 음률은 하늘피리 소리가 아닌가?'

붕은 자신이 그 음률 속에 묻혀 소멸되어지는 것 같았다. 그것은 그 옛날 언제였던가, 밤바다 거대한 파도를 직면했을 때 자신을 그 파도에 던져 그 속에서 사라지고 싶었던 갈망과 유사했다. 가슴은 이제 더 이상 시리지 않았다. 무한한 우주의 절대 고요와 평화가 안개처럼 스며드니 가슴이 성스러운 불꽃으로 타오르고 있는 것 같았다.

그는 마치 무중력 속의 환영인 듯 소리를 내지 않고 지극한 눈으로 그녀를 바라보고 있었다. 사랑의 빛으로 가득한 눈이었다. 따스함이 그 자애로운 눈에서 흘러나와 그녀의 가슴과 영혼을 감쌌다. 붕은 자신과 세상을 잊어버린 채 오직 그 사랑의 빛에 안겼다.

시간이 얼마나 흘렀을까?

비릿한 피 냄새에 붕이 어리둥절히 깨어났다. 정신을 차리고 보니 그의 옆구리에서 붉은 선혈이 흐르고 있었다. 놀란 그녀는 가여운 마음에 심장이 떨렸다. 그러나 침착하게 그를 자신의 초라한 움막 안으로 인도했다. 붕은 부리로 자신의 가슴 솜털을 뽑아 그의 상처에 대고 피를 멈추게 했다. 그러던 와중에 그녀의 온몸이 그의 선혈로 물들었다. 그러자 놀라운 일이 일어났다.

반 쯤 부서져 있던 그녀의 가슴뼈가 온전한 모습을 되찾았다! 해어지고 문드러져 형체가 모호했던 날개와 꼬리에도 새 살이 돋아나기 시작했다. 꼬리 깃은 이전보다 더 길고 아름다워졌다. 털이 다 빠져나가고 살점이 떨어져나가 차마 보기에 민망한 머리와 목에 새 살이 돋아나고 그 위로 부드럽고 풍성한 솜털이 돋아나 은빛 비단같이 매끄러운 곡선을 그리며 빛나고 있었다. 볼썽사납게 부서져버린 머리 위의 꽃술 장식깃도 본래의 모습을 되찾아 이전보다 더 아름답게 빛나고 있었다. 반 쯤 깨져 창백했던 부리도 다시 원래의 선홍빛 색을 띤 아름다운 모양을 되찾았다. 잿빛으로 흐려져 있던 눈동자는 그 어느 때보다 더 깊고 맑은 코발트색으로 빛났다. 잃어버렸던 목소리도 되찾았다. 붕이 아름다웠던 옛 자태의 모습을 온전히 회복했다!

"하늘새여, 당신의 피가 제 상처를 치유했습니다. 당신이 불러준 노래가 제 영혼을 치유했습니다! 제가 그토록 갈망했던 바로 그 하늘피리 소리를 당신께서 들려주셨군요!"

붕이 놀라움에 탄성을 질렀다.

"붕, 내 사랑하는 자매여, 내 피가 네 상처를 치유한 것이 아니라 네가 내게 베푼 사랑이 네 상처를 치유한 것이다. 내 노래가 네게 생명을 줄 수 있었던 것은 그것이 하늘피리 소리라는 것을 인지할 수 있었던 네 영혼의 순수함 때문이었다. 가여운 붕, 하늘피리 소리를 좇느라 사랑하는 어머니도, 왕자도 져버리고 이렇게 상처만 받고 홀로 죽어가고 있었구나. 네가 여태 하늘피리 소리를 듣지 못한 것은 네가 소리를 좇고 있었기 때문이다. 내가 하늘피리 소리의 비밀을 알려주마. 하늘피리 소리는 소리가 없는 소리다."

"하지만 저는 방금 당신이 불러준 노래를 분명히 듣지 않았습니까? 그것은 분명히 소리가 있는 소리였습니다."

"그래, 네 말이 옳다. 네가 들었다는 내 노래는 분명히 소리가 있었다. 그러나 그것이 소리가 있는 소리로 들린 것은 네가 이미 소리 없는 소리를 들을 수 있었기 때문이다. 육신의 귀는 침묵의 소리를 들을 수 없다. 영혼의 귀가 열려야 비로소 침묵의 소리를 들을 수 있다.

순수하지 않은 영혼은 하늘피리 소리를 들어도 듣지 못한다. 맑지 않고 둔탁한 영혼의 현(絃)은 하늘피리 소리의 순수하고 섬세한 선율과 함께 울리지 못하기 때문이다. 하늘피리 소리의 울림과 순수한 영혼의 현(絃)의 울림이 공명(共鳴)할 때 비로소 침묵의 소리를 들을 수 있는 것이다. 침묵의 소리는 우주의 근원이며 모든 생명의 근원이다. 이 우주의 울림이 네 영혼의 현(絃)을 울려 너와 우주가 함께 울리게 되니 네가 생명을 다시 찾은 것이다.

더러운 물은 상처를 덧나게 할 뿐이다. 맑은 물만이 상처를 치유할 수 있다. 마찬가지로, 비어 있지 않은 소리는 소음에 불과해서 영혼에 혼돈과 갈등과 상처만 더할 뿐이다. 오직 순수한 소리, 비어 있는 소리, 침묵의 소리, 정적의 울림만이 생명을 줄 수 있다. 네가 나를 통해 이 소리 없는 소리를 들을 수 있게 된 것을 보면 그동안 네 영혼이 죽음을 경험하면서 정화(淨化)된 것이 분명하구나."

기쁨으로 사정없이 뛰고 있는 가슴을 진정시키며 붕은 하늘새의 말에 서서히 기억을 더듬는다. 황금성을 탈출하고 이곳 숲 속에 추락하기 전에 사막 한 가운데서 자신에게 일어났던 일을. 죽음과 맞닥뜨릴 때 들었던 죽음과 생명의 듀엣을, 사막의 침묵의 선율을.

사막의 비밀

마치 가을의 끝자락에 매달린 마지막 잎새와 같이 붕은 사막의 모래언덕에 추락하지 않기 위해 혼신의 힘을 다해 날고 있다. 하얀 날개가 사막의 열풍으로 온통 붉게 물들었다. 끝이 없어 보이는 광활한 사막에서 붕의 큰 날개와 긴 꼬리 깃의 존재감이란 찾아볼 수 없다. 저 멀리 날고 있는 붕이 사막과 구분이 되지 않는다. 이내 둘은 하나의 지평선을 긋는다.

사막에는 이제 무서운 정적만이 그 깊고 큰 아가리를 벌리고 먹이가 떨어지기를 기다리고 있다. 죽음으로 이르는 지옥의 문은 그렇게 광활한 가슴을 활짝 열고 득의만면하게 붕을 맞이하고 있다. 그녀는 목이 타는 갈증을 이기지 못하고 사막의 모래언덕에 추락한다. 뜨거운 열기로 온몸이 타들어가고 있는 것 같다. 마지막 의식의 끈을 놓지 않으려고 끝까지 버둥거린다. 결국 정신을 잃고마는 그녀를 모래바람이 덮친다.

붕을 삼킨 모래바다는 여린 바람에 휘날리는 가느다란 겹 비단 사(紗)처럼 엷은 황금빛 겹 물결을 일으키고 있다. 모래언덕에는 이제 어떤 생명체의 흔적도 없다. 모래바다는 자신이 창조한 위대한 죽음의 선율을 음미해줄 그 누구도 주위에 없다는 것에 전혀 괘념치 않는 듯 뜨겁게 달아오른 광대한 무대를 홀로 장악하며 침묵의 춤을 추고 있다. 그러나 기실 사막은 자아도취에 빠져있느라 자신의 머리 위에서 내려다보고 있는 태양의 존재를 미처 감지하지 못하고 있다.

얼마나 시간이 흘렀을까? 모래바다의 독무(獨舞)를 홀로 즐기고 있던 태양이 눈을 끔벅인다. 모래바닷속에서부터 떠오르고 있는 물체의 극미한 움직임을 간파했기 때문이다. 모래바다에 파묻혀 있던 붕이 다시 모래언덕으로 헤엄치듯 기어 올라오고 있다. 마치 늪에서 헤어 나오듯 사력을 다해 모래 언덕 위로 다시 올라올 수 있었던 것은 그녀가 원래 바닷속 물고기였기 때문일까? 기적이라 해야 할지, 신의 은총이라 해야 할지 도무지 가늠할 수 없다는 듯 태양은 눈 아래 벌어지고 있는 믿을 수 없는 광경을 신기로이 내려다보고 있다.

모래언덕 위에 올라와 쓰러져있는 붕의 눈앞에는 사막이 건조한 땀을 뻘뻘 흘리고 있다. 그것은 죽음의 냄새와 뒤섞여져 세상에서는 한 번도 맡아보지 못했던 냄새를 풍기고 있다. 죽은 사체들의 냄새가 하늘의 제왕 독수리들을 초대하듯 사막은 이제 그 달콤한 죽음의 향기로 붕을 유혹하고 있다.

"포기하라, 생에 대한 발버둥질을. 내게 항복해라. 그러면 내가 네게 영원한 안식을 주리라, 사체들이 썩은 냄새를 풍기며 삶의 사슬에서 풀려난 것을 축하하는 죽음의 향연으로 너를 초대하노라. 네가 그토록 원하던 것이 자유와 영원한 안식이 아니었더냐? 아름답고 고귀한 영혼이 담긴 네 몸을 내게 주라. 내가 너를 죽음의 왕국 여왕으로 맞이하리라."

이른 승리감에 취한 사막은 여유와 자만으로 그득한 회심(會心)의 미소를 지으며 그 큰 품으로 붕을 감싸 안는다. 멀리 아지랑이가 은빛 요정의 모습으로 붕의 죽음을 찬미하려는 듯 고혹적인 몸짓으로 하늘거리며 다가오고 있다.

붕은 그렇게 죽음의 늪으로 빠져 들어가고 있었다. 그런데, 꿈일까? 아니면 생시일까? 그녀의 눈앞에 아주 작고 까만 두 아기 악마가 나타났다. 그들은 날개 달린 아주 작은 개미 같아 보였다. 머리에는 각각 두 개의 작은 뿔이 돋아나 있었다. 한 아기 악마는 손에 삼지창을 들고 있고 다른 아기 악마는 활과 화살을 들고 있었다. 그들은 작은 날갯짓하며 붕의 얼굴에 올라타고서는 길게 고부라진 까맣고 뾰족한 손톱 끝으로 붕의 가냘픈 두 눈꺼풀을 끌어내리려고 애를 쓰고 있었다. 기력이 다해 꼼작하지 못하는 붕의 입가에 떨리는 듯 엷은 미소가 번진다.

'악마라기에는 너무 귀여운 모습이지 않은가? 모든 새끼들은 다 예쁘구나, 비록 악마의 새끼일지라도! 힘들고 고단했던 내 삶의 마지막을 이

렇게 작고 예쁜 아기 악마들이 장식해주는구나! 죽음은 어쩌면 하나의 코미디일지도 몰라. 슬픈 코미디……'

눈까풀이 납덩어리처럼 무거워지고 있는 눈앞에는 저 멀리 끝없이 펼쳐진 모래언덕 위로 석양이 아스라이 지고 있다. 어디서부터가 하늘이고 어디까지가 사막인지 분간이 되지 않는다. 코발트색 하늘은 마지막까지 자신의 빛을 포기하지 않으려고 가쁘게 숨을 몰아쉬며 검붉은 석양과 뒤엉켜져있다. 마치 하늘과 태양이 서로 마지막까지 사막을 포기하지 않으려고 씨름을 하고 있는 것 같았다. 이윽고 코발트색 하늘이 석양에게 패하며 피를 토한다. 하늘이 토해낸 검붉은 피가 사막을 물들인다. 마치 광대한 피의 바다가 광란의 춤을 추며 세상의 마지막을 장식하고 있는 듯했다. 그러나 승리의 기쁨도 잠시일 뿐, 사막을 차지했다고 득의만면하던 석양도 곧이어 마지막 기염을 토하면서 어둠 속으로 사라졌다. 그러자 눈 깜빡할 사이에 세상이 어둠 속으로 빨려 들어갔다. 어둠 속에서는 만물이 평등한 듯 석양도, 하늘도, 그리고 사막도, 모두 하나 되어 정적 속에 묻혔다.

석양도, 하늘도 무릎을 꿇으며 죽음의 피를 토해내던 그 처절한 패배의 절규를 마지막으로 이제 사막 위에는 아무런 소리도 들리지 않았다. 절대 정적과 어둠 속에 홀로 남은 붕, 하지만 외롭거나 두렵지 않았다.

'어째서 그토록 무섭고 괴기한 광경이 이토록 마음에 평화를 안겨줄 수 있는가? 저 끝을 가늠할 수 없는 사막과 하늘이 합일하는 광경을 어떤 언어로 표현할 수 있단 말인가? 무한을 어떻게 상상으로나마 재현할 수 있단 말인가? 꺼져가고 있는 이 마지막 생명의 불꽃이 저 무한 속에서 소멸되어 내 영혼이 영원한 안식에 들어갈 수만 있다면! 죽음을 체험한다는 것이 두려운 일만은 아니구나. 그것은 평화롭고 아름답게까지 느껴질 수 있는 체험이구나. 황금성은 사막의 정적의 울림을 황금과 소음으로 뒤덮고 장식해서 사막의 진실을 왜곡하고 있었구나!'

붕은 점점 더 희미해져가는 자신의 심장 박동 소리를 들으며 서서히 정신을 잃어가고 있었다. 영혼이 무한 속으로 빠져들어 가면서 동시에 그 무한에서부터 영원으로 높이 들어 올려지는 황홀경에 휩싸이고 있었다.

'가장 깊은 곳으로의 추락은 가장 높은 곳으로의 비상(飛上)과 동일한 경시인 것일까? 어떻게 죽음이 이토록 평안하게 느껴질 수 있단 말인가? 쉬지 못했던 내 영혼이 마침내 하늘 높이 고양되며 자유로워지는 느낌이다. 살아왔던 지난 한 순간만이라도 지금 같은 안락감을 느꼈더라면 좋았을 것을……. 내 삶이여, 쉬지 못하고 달려왔던 그 가쁜 숨을 이제 거두어라. 외로움이여, 내 오랜 친구여, 그동안 나와 함께 먼 길을 와주어서 고맙구나. 이제 내 영혼이 영원한 안식에 들려하니 너도 이제 쉬려무나. 오, 죽음의 아름다움이여, 죽음의 축복이여!'

사막은 이제 칠흑 같은 어둠과 정적 속에 잠기고 붕의 여린 숨소리만이 그 정적의 표면에 옅은 안개처럼 스며들고 있었다. 그런데 의식의 마지막 불꽃이 꺼져가고 있는 그 순간에 문득 어떤 소리가 들리는 것 같았다. 마치 샘물이 솟아오르는 소리 같았다. 붕은 모래바다가 물결치며 울리는 모래해일(海溢)의 음률이라고 생각했다. 그 외에는 그 허허사막에서 다른 어떤 소리가 들릴 턱이 없었기 때문이었다. 그러나 그것은 모래해일의 음률이 아니었다. 그것은 사막의 표면에서 들리는 소리가 아니었다. 붕은 숨을 죽이며 사막의 모래언덕에 바짝 귀를 대어보았다.

아! 사막의 심장이 뛰고 있는 소리!

어둠이 빛을 잉태하고 밤이 아침을 잉태하듯 사막의 침묵이 소리를 잉태하고 있었던 것이다!

'먼 옛날 동굴 속에서 정적이 소리를 잉태하고 있다는 것을 깨닫지 않았던가? 어찌 그동안 그 동굴의 비밀을 잊어버리고 보이는 것만이, 들리는 것만이 전부인 것으로 믿어왔단 말인가?

-변신의 고통 없이 새롭게 태어날 수 없다. 육신의 변형뿐만 아니라 의식의 변형이 있어야 한다. 의식의 변형 없이는 결코 하늘피리 소리를 들을 수 없다.-

북쪽 바다 왕국 스승의 목소리가 전광석화처럼 붕의 뇌리를 스친다.

"아!"

가슴이 감동의 물결로 일렁이고, 수정보다 더 맑아지고 공기보다 더 가벼워진 영혼이 지극히 높은 곳으로 올라간다.
하늘에 보름달이 은빛으로 빛나고 있다.

새 아침

"그래, 붕, 그때 그 사막에서 죽음을 체험하면서 네 영혼의 귀가 열린 것이다. 정화된 네 영혼이 비탄과 절망으로부터 자유로워지는 체험을 한 것이다. 그럼에도 불구하고 이 숲속에서 나를 볼 때까지 여태 이토록 무너져 있었던 것은 네 체험이 부분적이었기 때문이다. 네가 온전한 하늘피리 소리를 들을 수 있을 때까지 앞으로 몇 번이나 더 죽음에 이르는 고통을 감내해야 할지 모르겠구나."

어느새 새벽 여명이 밝아오고 있다.

"붕, 하늘피리 소리에 대한 비밀을 잊지 마라. 세상은 그 소리를 좇는 새를 핍박할 것이다. 너를 핍박하는 새들은 멀리 있는 새들이 아닐 것이다. 너와 가장 가까이 있는 형제자매 새들일 것이다. 그러나 그 핍박은 하늘피리 소리를 듣기 위해서는 반드시 치러야 할 대가임을 명심해라. 귀중한 것을 얻을 때는 하찮은 것을 얻을 때 보다 더 많은 대가를 치러야 한다는 것을 잊지 마라. 진리는 두 얼굴을 가졌다는 것을 잊지 마라. 환희와 고통의 두 얼굴.

기억하라, 네가 오늘 들은 하늘피리 소리는 단지 빙산의 일각에 지나지 않다는 것을. 훗날 너는 빙산의 전모를 보게 될 것이다. 나보다 더 위대한[6] 하늘피리 소리를 낼 수 있을 것이다. 그때 너는 완성된 하늘피리 소리를 낼 것이다. 그때 어떤 생명체가 있어 네 하늘피리 소리를 듣기를 청하면 거절하지 마라. 내 하늘피리 소리가 너를 치유한 것은 사랑에서 비롯되었다. 그러므로 너도 훗날 사랑으로 네 형제자매를 치유하라. 하늘피리 소리를 듣는 자는, 진리를 좇는 자는 자유를 얻을 것이다, 그러나 자유는 다른 생명체들에게 사랑을 실천할 때 완성된다는 것을 잊지 마라. 신의 은총이 함께 하길, 내 사랑하는 자매여."

말을 마친 하늘새는 홀연히 여명의 하늘을 날아오른다. 우아한 긴 꼬리가 펼쳐지며 고요한 새벽 하늘호수에 잔잔한 여운을 남긴다. 이윽고 하늘호수에 일었던 잔물결이 멈추자 하늘이 찬란한 빛을 발한다.

아침이다!

그녀의 가슴에 늘 웅크리고 있던 외로움과 슬픔이 아침햇살에 사라지는 물안개처럼 그 흔적을 찾아 볼 수 없게 되었다. 스승의 목소리가 들려왔다.

-새롭게 의미가 부여될 수 없는 고통이나 절망은 없다.-[7]

붕의 가슴이 환희와 자유의 불꽃으로 타오른다. 한 목소리가 고요한 아침을 울린다.

"네가 가야 할 곳을 내가 준비해 놓았다."

제 3 부

제 1 장

회색날개쉼터

어둡고 침침한 왜가리 마을이 술렁거렸다.

"저 새를 보라! 그녀의 목소리를 들어보라! 청아하고 아름다운 노랫소리는 마치 봉황의 울음같이 신비스러운 다섯 가지 선율로 울리고 있다. 그녀의 노랫소리가 우중충한 우리 회색마을을 온통 화사한 복사꽃 마을로 만들었다. 우리 마을에 전설의 신성한 봉황이 내려온 것이다!"

붕은 왜가리들의 찬사에 무척 송구했다. 봉황이라는 새에 관해서 들은 적은 있었으나 실제로는 존재하지 않는 상상의 새라고 알고 있었다. 기실 그녀는 자신의 모습을 한 번도 본 적이 없었다. 언젠가 왕자가 자신을 백색 공작이라 일컬었기에 자신이 공작을 닮았을 것이라고 생각한 적은 있었다. 그리고 사막에서 만났던 초록 공작도 자신을 공작이라고 지칭하지 않았던가? 그런데 이제는 봉황을 닮았다니?

붕은 자신의 정체성에 관해 어리둥절해 어찌할 바를 몰라 했다. 한편 마을의 왜가리들은 붕의 출현에 기쁨을 감추지 못하고 흥분으로 들떠있었다.

"그녀의 날개깃을 스치기만 해도 내 상처가 나을 것이다."

"그녀의 목소리에서 흘러나오는 아름다운 노랫소리를 들으면 내 지병이 치유될 것이다."

"평생 굽어져 있던 내 목이 한번 만이라도 펴져서 붕과 같이 기품 있고 우아한 자태를 자아낼 수만 있다면!"

왜가리들은 떠들썩하게 붕을 둘러싸며 서로 조금이라도 더 가까이 가려 실랑이를 벌리고 있다. 그러나 붕의 고귀한 자태에 압도되어 감히 접근하지 못하고 주변만 맴돌고 있었다. 그때 한 노쇠한 왜가리가 무리들 사이를 비집고 붕에게 다가왔다. 구부러지고 힘없이 길게 늘어져 덜렁거리는 목을 빼며 떨리는 목소리로 간신히 입을 열었다.

"신의 축복이 함께 하길⋯⋯."

하지만 더 이상은 목이 메여 말을 잇지 못했다. 기운이 딸려서 뿐만이 아니었다. 붕의 자태에 감동을 받아서이기도 했다. 붕은 그녀의 가여운 모습에 마음이 크게 움직여 가슴 깊은 곳에서부터 울려나오는 노래를 부르기 시작했다. 그러자 그 왜가리의 날개깃에 새 살이 돋아나기 시작했다. 그리고 이내 풍성한 가슴털이 돋아났다. 길게 늘어져있던 목은 탄력이 붙고 윤기가 흐르기 시작했다. 초점 없이 흐렸던 두 눈망울은 아침 이슬처럼 영롱하게 빛났다. 마치 젊은 새처럼 변형되었다! 그녀가 힘차게 날갯짓하며 하늘을 날아오르며 아름다운 노래를 부르기 시작했다. 주변의 모든 왜가리들이 놀라움과 기쁨에 환성을 질렀다.

"우와, 붕이 기적을 행했다. 그녀의 노랫소리는 치유의 능력을 지녔다. 그녀는 과연 신성한 봉황임에 틀림이 없다!"

붕은 당황했다. 자신도 방금 일어난 일이 믿기지 않았다.

"저는 결코 그 전설의 봉황이 아닙니다. 저는 아무 능력도 없습니다. 제가 기적을 행했다는 말은 천부당만부당합니다."

'회색날개쉼터' 마을의 우두머리 큰 왜가리도 이 놀라운 사건을 목격하며 붕과의 만남을 신의 은총으로 믿고 기뻐해 마지않았다.

"붕은 오동나무가 아니면 앉지 않고 대나무 열매가 아니면 먹지 않고 감로천의 물이 아니면 마시지 않는다고 한다. 그렇다면 붕은 전설적인 봉황임에 틀림없다. 우리가 그렇게 바라던 새를 신께서 보내주신 것이다. 그녀의 선하고 아름다운 자태에서 우리는 신의 선하심과 아름다움을 볼 수 있다. 그녀의 목소리에서 흘러나오는 아름다운 선율은 하늘왕국의 음악임에 분명하다. 이제 우리 마을은 신의 은총 속에서 신의 영광을 만천하에 드러낼 것이다. 이제부터 우리 마을의 이름을 '회색날개쉼터'가 아니라 '봉황날개쉼터'라고 명명하자."

"붕, 만세, 봉황날개쉼터, 만세!"

큰 왜가리가 붕을 마을을 대표하는 새로 공표하자 작고 어린 왜가리들과 노쇠한 왜가리들이 기쁨으로 탄성을 지른다. 그러나 마을의 장로 새들과 큰 왜가리의 짝은 붕이 몹시 눈에 거슬렸다.

"우리가 이 '회색날개쉼터'를 만들고 오늘날까지 지켜오느라고 온갖 고초를 감내하면서 모든 정성과 시간을 보냈는데, 어디서 느닷없이 듣도 보도 못한 애송이가 나타나서 어린 새들과 늙은 새들을 현혹시켜 우리 마을의 물을 흐리고 있다! '들어온 돌이 박힌 돌을 뽑아낸다'는 말이 바로 이 경우를 두고 하는 말이었구나. 붕은 신이 보낸 봉황이 아니라 악마가 보낸 마녀새임에 틀림없다."

그들은 모여서 어떻게 해서든지 붕을 몰아내기 위한 방법을 궁리한다.

삶의 기쁨도, 희망도 없던 작은 왜가리 마을은 붕의 출현 이후 매일 매일 일어나는 기적 같은 일들로 흥분은 가실 줄을 몰랐다. 어느 날 작고 어린 왜가리 한 마리가 나뭇가지에서 떨어져 가슴살이 찢어진 일이 있었다. 그 왜가리는 너무 아파서 울부짖지도 못하고 숨을 죽이고만 있었다. 붕은 가여운 마음에 작은 왜가리의 가슴에 자신의 길고 부드러운 두 날개를 접어 고요히 얹어놓았다. 그리고 어린 왜가리의 아픔을 함께 하며 가슴으로 노래를 불렀다. 그녀의 목소리에서 흘러나오는 청아하고, 아름답고, 따뜻한 노랫소리를 듣고 다른 어린 새들이 모여들었다. 그들은 붕의 목에서 흘러나오는 신비스러운 오색 음률에 취해 날개를 펴고 환희의 춤을 추었다. 이내 어린 왜가리의 상처는 흔적을 찾아볼 수 없게 되었다. 그 왜가리는 무슨 일이 있었느냐는 듯 다른 어린 왜가리들과 함께 날개를 펴고 춤을 추었다. 그들은 경외와 기쁨으로 서로에게 속삭였다.

"마을의 장로 새들이 말했듯이 붕은 하늘에서 내려온 봉황임에 틀림없어. 그렇지 않다면 어떻게 저렇듯 아름다운 천상의 노래를 부를 수 있단 말인가!"

"내 노래는 천상의 음악이 아니란다. 너희들도 얼마든지 나처럼 부를 수 있단다."

"어떻게 하면 당신처럼 노래할 수 있는지 알려주세요."

"그래, 내가 아는 한도에서 알려줄게. 우선 노래는 목으로 부르는 것이 아니라는 것을 알아야 한다."

붕은 자신의 말에 깜짝 놀란다. 먼 옛날 어릴 적 북쪽 바다 왕국에 있을 때 아버지께서 자신에게 하셨던 바로 그 말을 이제 자신이 어린 새들에게 전하고 있지 않은가? 문득 아버지가 그리워 가슴이 먹먹해진다.

"노래를 목으로 부르지 않으면 무엇으로 부른단 말입니까?"

붕이 어린 새들의 질문에 옛 생각을 떨쳐버리려고 얼른 대답한다.

"노래는 가슴으로 부르는 것이란다."

"어떻게 노래를 가슴으로 부른단 말인가요?"

"우선 잘 불러야겠다는 욕심을 비워야 한단다. 노래는 기교로 부르는 것이 아니란다. 진심어린 가슴으로 부르는 것이란다. 너의 의지, 너의 욕심이 아니라, 너의 순수한 가슴이 저절로 아름다운 소리를 낼 수 있게 해야 한단다."

작은 왜가리들은 여전히 붕의 말이 잘 이해가 되지 않았다. 붕은 그들을 시냇가로 인도했다.

"들어보렴, 시냇물이 흐르는 소리를. 물은 기교를 부리거나 애를 쓰면서 흐르지 않는단다. 물은 그저 있는 그대로 흐르지 않니? 그렇게 자연스럽게 흐를 때 절로 나는 소리가 바로 순수한 음악 소리란다. 흐르는 시냇물 소리는 듣는 새들의 아픈 가슴을 위로하고 치유해준다. 시냇물이 흐르면서 주변의 더러운 것들을 깨끗하게 정화하듯, 우리의 욕심으로 가득 찬 마음도 정화시켜주기 때문이다. 이렇게 마음을 정화시켜주는 음악을 자연이 부르는 소리라고 한다. 그것을 지뢰(地籟), 대지의 피리 소리라고도 한다. 너희들은 오늘 그 지뢰를 들은 것이다. 그러나 너희들은 한 걸음 더 나아가서 천뢰(天籟), 하늘피리 소리를 들을 수 있어야 한다."

"하늘피리 소리라구요?"

"그렇다. 하늘피리 소리!"

"그것은 어떤 소리인가요? 하늘에 계신 신께서 부시는 피리 소리인가요? 천사들이 부는 피리 소리인가요?"

"그렇다고도 말할 수 있고, 그렇지 않다고도 말할 수 있단다."

"그것이 무슨 뜻인가요? 어떻게 그런 모순되는 말씀을 하시나요?"

"그것은 오직 너희들이 스스로 깨달아야 이해할 수 있단다. 아무리 내가 말로 알려주어도 이해할 수 없을 것이다."

"그 하늘피리 소리를 듣게 되면 어떤 일이 일어나나요? 천지개벽이 일어나나요? 신의 나라가 이 땅에 이루어지나요? 아니면 우리 모두 하늘나라로 올라가나요?"

"내 사랑하는 어린 형제자매들이여. 그때 무슨 일이 어떻게 일어날 지는 너희들 스스로에게 달렸단다. 그러나 한 가지는 말해줄 수 있다. 하늘피리 소리를 들으면 너희들도 그 하늘피리 소리를 낼 수 있다는 것이다."

"그것이 어떻게 가당키나 한 말입니까? 하늘의 음악 소리를 어떻게 우리 같은 새가 낼 수 있다는 것입니까? 아무리 우리가 하늘피리 소리를 듣고 그 소리를 흉내 낸다 한들, 결국은 우리 자신의 노랫소리에 지나지 않지 않습니까? 거위는 거위의 소리 밖에 낼 수 없고 카나리아는 카나리아의 소리를, 종달새는 종달새의 소리를 낼 수밖에는 없지 않나요? 거위가 아무리 하늘피리 소리를 낸다고 해도 결국은 '꽤액, 꽤액' 하면서 우리 귀를 심히 거슬리게 하는 소리를 낼 뿐이지 않습니까? 거위가 하루아침에 아름다운 카나리아 소리를 낼 수는 없지 않습니까?"

"네 말에 한 점의 틀림이 없다. 너는 참으로 영특하구나. 바로 그렇다. 하늘피리 소리를 듣는다 하여 거위가 카나리아 소리를 낼 수는 없다. 거위가 하늘피리 소리를 듣는다 해서 한 순간에 카나리아로 변하지는 않기 때문이다. 그것이 바로 자연의 이치다. 만물은 각자의 타고난 성질에 따라서 살아야 하는 법이다."

"그런데 어째서 하늘피리 소리를 들으면 우리가 하늘피리 소리를 낸다고 하셨습니까?"

"하늘피리 소리를 들으면 각자의 내면 깊숙이 잠자고 있던 영혼의 소리가 깨우쳐진다. 그렇게 되면 거위는 거위의 영혼을 담은 소리를 내게 되고, 카나리아는 카나리아의 영혼을 담은 소리를 내는 것이지."

"거위가 하늘피리 소리를 듣고도 거위 소리밖에 낼 수 없다면 구태여 하늘피리 소리를 들을 이유가 무엇인가요? 듣기 전이나 들은 후에나 여전히 똑같은 거위소리밖에는 내지 못하는데요?"

"그렇지 않단다. 거위가 여전히 거위소리를 내는 것은 틀림이 없으나, 하늘피리 소리를 들은 이후에 내는 소리는 그 속에 하늘피리 소리를 담고 있단다. 그 소리에는 우주의 소리가 깃들여져 있단다. 하늘피리 소리를 듣는다 함은 우리가 우리 안에 이미 존재하는 우주의 원리 즉 진리를 깨닫게 됨을 뜻한단다. 그리고 그 깨달은 진리는 우리의 영혼을 자유롭게 한단다. 듣지 않았었니, '진리가 너희를 자유롭게 하리라' 라는 말을?"

붕이 이 말을 할 때 그녀의 얼굴에서 빛이 났다. 순간 어린 왜가리들은 붕에게서 여태 그들이 보아왔던 모습과는 전혀 다른 모습을 보았다. 순간적으로 변형된 붕의 모습은 그들이 평소에 그토록 경탄해마지 않던

'아름다운 모습'이 아닌 다른 모습이었다. 무섭기도 하고 엄숙한 모습이었다. 그 표현할 수 없는 어떤 모습에서 그들은 경외감을 느꼈다. 그리고 한량없는 마음의 평화를 느꼈다. 형용할 수 없는 감동이 그들의 가슴 깊은 곳에서 솟아올라 깊고 긴 여운을 남겼다.

"잠깐만요, 붉은머리피리새여, 그렇다면 붕이 회색날개쉼터에 있을 때 이미 하늘피리 소리를 냈다는 말인가요?"

문득 피리 부는 예인이 붉은머리피리새의 말을 막는다.

"아닙니다. 다만 그때까지는 붕이 하늘피리 소리가 어떤 소리이며 어떻게 새들의 삶을 바꾸는 가에 대해 '알고' 있었을 뿐이지 붕이 실제로 그 소리를 낼 수 있었다는 뜻은 아닙니다."

"하지만 좀 전에 하늘새가 내는 하늘피리 소리를 붕이 들었다고 하였고, 또 그 하늘피리 소리를 들은 새는 하늘피리 소리를 낼 수 있다고 말하지 않았나요?"

"네, 그렇게 말했지요. 하지만 한 마리의 제비가 날아왔다 하여 곧 여름이 되는 것이 아니지 않습니까?[8] 붕이 온전한 하늘피리 소리를 낼 수 있을 때까지는 가야할 멀고도 먼 길이 남아 있답니다."

"말을 막아서 미안하오. 내 지혜가 너무 얕았소. 부디 이야기를 계속해 주시오."

악마의 간계

"붕, 나는 네가 조금도 부럽지 않다. 어리석은 몇몇 어린 것들이 멋도 모르고 너를 따르고 부러워하니 네가 아주 기고만장하구나. 난 네가 나보다 더 행복하다고 생각하지 않는다. 아니, 나는 네가 무척 불쌍하다고 생각한다. 나는 이렇게 늙었지만 아직도 내 사랑하는 큰 왜가리와 둥지에서 사랑의 재미를 보고 있지. 넌 아직 사랑의 맛이 뭔지도 모르지? 네가 이렇게 우리 마을에 네 젊은 에너지를 쏟고 있는 것은 이 마을을 신의 음악으로 넘치게 하겠다는 같잖은 사명감 때문이 아니야. 넌 다민 네 성(性)적 욕망을 대체하고 있을 뿐이야. 내 눈을 속일 순 없어. 차라리 둥지를 함께 틀 짝을 찾아 행복하게 살지 그러니?"

붕은 어안이 벙벙했다. 왜 붉은 날개가 느닷없이, 차마 듣기 민망한 말들을 내뱉는지 도무지 이해할 수 없었다. 붕은 어떻게 반응해야 할지 몰라 그저 그녀를 바라보고만 있었다. 비록 놀라고 어리둥절했음에도 불구하고 붕의 자태에는, 늘 그러하듯이, 고요함과 고귀함의 무게가 실려 있었다. 예상과는 달리 붕이 흔들리지 않자 크게 당황한 붉은 날개는 더 거친 폭언을 퍼부으며 계속해서 비아냥거렸다. 아무리 모욕을 줘도 여전히 붕의 자태가 흐트러지지 않자 그동안 간신히 누르고 있던 열등감이 마침내 폭발한다.

"내가 하는 말이 무슨 뜻인지 모르는 것 같군. 다시 말해 줄 테니 잘 들어. 아직도 밤이 되면 내 사랑 큰 왜가리는 그 넉넉한 큰 날개로 나를 안아주지. 그는 달콤한 포옹을 하며 내 귓가에 사랑의 노래를 들려준단다.

남성 새의 품에 안긴 행복감을 너는 모르겠지? 가여운 것. 네가 아무리 잘났다 해도 결국은 여성 새야. 여성 새의 행복은 남성 새의 품안에 있다는 것도 모르는 풋내기 헛똑똑이!"

붕은 내심 크게 당황했다. 어째서 마을 우두머리의 짝이 되어서 그런 비천한 언어로 자신에게 폭력을 휘두르는지 도저히 이해할 수 없었다. 그러나 붕은 침착하게 대답했다.

"하늘새의 인도로 제가 이곳에 오게 된 것은 내 명예, 내 영광을 위해서가 아니었습니다. 짝을 짓고 둥지에서 아기 새들과 행복한 삶을 영위하는 것은 저에게 주어진 삶이 아니라고 생각합니다. 자신의 둥지를 갖는 삶이 나쁘다는 것이 절대 아닙니다. 모든 생명체는 자기 보존과 자기 행복의 권리를 신으로부터 부여받았으니까요. 하지만 제 행복은 '나'의 둥지가 아니라 '우리'의 둥지, '공동체'의 행복에 놓여 있습니다. 하늘새가 말씀하시지 않았습니까? '네 이웃을 네 몸과 같이 사랑하라'고? 저는 공동체를 사랑하며 사는 것에 충분히 만족하고 감사하답니다. 사실 우리의 성스러운 두루마리에도 그렇게 적혀있습니다. '하늘나라에서는 짝을 짓지 않는다. 우리가 이 세상에 살고 있는 이유는 다만 하늘나라에 가기 위함이다. 그러므로 그 준비를 위하여 이 세상에 살고 있는 동안은 짝을 짓지 않는 것이 최상이다. 허나 그것이 불가능한 형제자매들의 경우에는 짝을 짓게 하는 것이 현명하다.'9)고."

"성스러운 두루마리 어디에 그런 말이 기록되어 있단 말이냐?"

붕은 붉은 날개를 마을의 지성소(至聖所)로 인도했다. 지성소 한 가운데 놓여있는 제단 위에는 성스러운 두루마리가 접혀진 채 먼지로 하얗게 덮

여져 있었다. 붕이 조심스러운 날개 짓으로 그 두루마리의 먼지를 털어
내고 펼쳐서 그 말이 기록된 곳을 가리켰다. 붉은 날개는 얼굴을 붉혔다.
자칭 '신의 마을' 우두머리의 짝이 되어서 성스러운 두루마리에 기록된
말도 모르고 있었다는 것이 붕에게 탄로 났기 때문이다. 그 두루마리를
언제 마지막으로 읽었는지 조차 기억이 까마득했기 때문이다.

 둥지로 돌아온 붉은 날개는 분이 쉽게 풀리지 않았다. 비천한 생각과
폭언으로 붕의 마음에 흠집을 내어 좇아내려고 했으나 의외로 붕이 흔들
리지 않고 오히려 붕에게 자신의 무식이 탄로 난 것에 대해 그녀는 큰 수
치감을 느꼈다. 그리고 그 수치감은 이내 분노로 치달았다. 그녀는 묘책
을 강구해냈다. 그날 밤 그녀는 그동안 둥지 속에서 터득해 왔던 온갖 기
교를 다 부려 큰 왜가리에게 다시 한 번 둥지 속 쾌락을 맛보게 했다. 그
리고 온갖 감언이설을 그의 귀에 속삭이며 붕을 음해했다.
 "내 사랑이여, 붕은 겉으로는 순수해 보이지만 사실은 까마귀보다 속
이 더 시커멓답니다. 그녀는 당신 앞에서는 나를 존경하는 척하면서 당
신이 보이지 않을 때는 다른 새들 앞에서 나를 무식하다며 깔보면서 나
를 욕되게 하는 노래를 부르고 다닌답니다. 겉으로는 겸허하고 고귀해
보이지만 실은 아주 교만하고 천박한 새랍니다. 그녀를 우리 마을에서
내쫓으세요."
 "붕은 신이 우리 마을을 위해 준비해서 보낸 새요. 그동안 우리 왜가리
들은 작은 호수의 작은 섬에서 기거해왔소. 이제 우리도 섬을 벗어나 큰
육지에서 살아봐야 하지 않겠소? 우리에게는 그동안 우리 마을의 세력을

확장할 능력 있는 새가 없었소. 마을의 모든 새들이 그녀를 전설의 봉황이라고 믿고 있지 않소? 그러니 그녀는 우리에게 무척이나 유용한 새란 말이요. 이제 신의 때가 이르러 우리 마을이 거룩한 하늘왕국의 음악을 들을 수 있는 성지(聖地)로 거듭나게 될 텐데 어떻게 붕을 내친단 말이요?"

큰 왜가리가 자신의 편을 들지 않고 붕의 편을 들자 그녀의 눈은 분노와 질투의 불꽃으로 시뻘겋게 타올랐다. 그가 한 말이 질투의 화염에 싸여 있는 그녀에게 기름을 덧붙는 격이 되어버린 것이다.

"붕이 봉황이란 것은 터무니없는 헛소문에 지나지 않습니다. 늙은 왜가리들이 눈이 삐고 귀가 비틀어져 그녀를 과대평가한 것입니다. 내 눈에 붕은 다만 괴기한 모습의 기형 새에 지나지 않습니다. 내 귀에 그녀의 노랫소리는 비 내리는 한 여름 밤에 들리는 귀신이 곡하는 소리일 뿐입니다. 그녀가 부르는 괴음(傀音)으로 순진한 어린 왜가리들이 혼이 빠져나가고, 또 귀가 먹어버린 경우가 한두 번이 아니었다는 것을 아직 모르시는군요. 붕이 나타나기 전에는 내 노랫소리를 들으며 위로와 기쁨을 얻던 마을 새들이 이제는 붕의 마력에 빠져 제 노래는 들으려고 하지도 않습니다. 당신의 오랜 숙원이던 위대한 신의 마을을 설립하든 말든, 나와는 상관없는 일입니다. 나는 현재 우리가 살고 있는 이 작은 마을만으로도 충분히 행복합니다. 기존하고 있는 우리 왜가리 마을을 군림하며 권세를 누리고 있는 내 삶이 이미 나에게는 충분하단 말입니다. 붕입니까? 아니면 납니까? 둘 중에 하나만 택하시길 바랍니다!"

다음 날 큰 왜가리가 붕을 마주한다. 그는 붕과 눈을 맞추지 않았다. 아니 맞출 수가 없었다. 그녀의 맑고 선한 코발트빛 눈을 바라보며 자신이

하고 싶은 말을 할 용기가 나지 않았다. 그러나 다시 눈앞에 떠오르는 붉은 날개의 붉은 눈빛이 그에게 힘을 실어 주었다. 양심의 가책으로 떨리는 목소리를 짐짓 권위로 가장하며 목소리를 낮게 깔고 말했다.

"붕, 네가 정녕 내 아내를 음해하고 멸시했단 말이지?"

붕은 청천하늘에 날벼락을 맞은 것 같았다. 그러나 고요한 자태를 흩트리지 않고 자신을 변호하려 했다.

"신에게 맹세코 그런 일이 없습니다. 제발 그녀의 말만 듣지 마시고 제 이야기도 한 번 들어주십시오."

그러나 그의 마음은 이미 차갑게 식어 있었다. 붕에 관해 아내가 한 말이 진실이 아니라 해도 결심을 번복할 수가 없었다. 진실이냐 진실이 아니냐의 문제가 아니었다. 선택의 문제였다. 자신이 아내의 둥지에서 쫓겨나느냐, 아니면 붕을 마을에서 쫓아내느냐의 문제였다. 그는 결국 달콤한 아내의 둥지를 포기할 수 없었다. 마른하늘에 날벼락을 맞은 붕은 한 마디의 변명도 하지 못한 채 왜가리 쉼터를 떠나야만 했다.

'큰 왜가리와의 만남은 하늘새의 은총이었지 않았는가? 그와의 만남을 얼마나 기뻐했던가? 얼마나 그의 영혼의 순수함을 믿었던가? 그의 마을을 위해 내 모든 것을 던졌지 않았던가? 그런데 신(神)의 마을을 설립하겠다던 우두머리가 정녕 둥지 속 쾌락에 빠져 눈과 귀가 멀어버렸단 말인가?

번민에 빠져 있는 붕에게 그동안 붕을 존경하며 친구가 되어준 푸른 댕기머리라는 왜가리 형제가 다가온다.

"붕, 네 순수한 영혼이 이제 세속의 때에 절이고 절여진 더럽고 위선적

178

인 영혼의 실체를 본 것이다. 넌 우리 왜가리들이 너와 같은 품성을 지닌 것으로 착각한 것이다. 보지 않았니? 우리는 언뜻 보면 너와 유사하게 생긴 것 같으나 많은 점이 다르단다. 우선 우리는 너와 같이 순백의 몸을 지니고 있지 않다. 우리 몸은 잿빛으로 덥혀 있단다. 몸의 일부분만이 백색일 뿐이란다. 네가 부분을 보고 전체로 착각한 것이다. 우리는 너처럼 순수한 품성을 지니고 있지 못하다. 네가 우리의 실체를 믿을 수 없어서 괴로워하고 있구나. 네 아픔은 곧 어린 왜가리들의 아픔이 되는구나.

그러나 다시 한 번 생각해보면 어쩌면 이 모든 불행의 책임은 네 무지의 소산이라고 해도 과언은 아닐 것이다. 큰 왜가리를 마치 절대적으로 순수하고 선한 신처럼 믿었던 네 어리석음에게 책임을 돌려라. 그는 욕정과 권력의 화신인 '붉은 날개'의 두 다리 밑에서 얼이 빠져 춤추는 한낱 허수아비에 불과하다는 것을 네가 모르고 있었던 것이다. 그의 이름이 '수수깡'이었음을 잊고 있었니? 그는 영적인 품성을 갖춘 새가 아니다. 다만 수컷에 지나지 않는다. 속이 텅 비어있는 수수깡으로 만들어진 어리석고 추하고 늙은 수컷 허수아비!"

푸른 댕기머리의 말에 붕은 가슴이 떨렸다. 심장의 모든 피가 역류하는 것 같았다. 머리는 마치 번개를 맞은 듯 전류가 흐르고 있었다.

"그럴 리가, 그럴 리가 없습니다. 그는 순수하고 겸허한 영혼을 지닌 신의 종입니다. 그는 제게 주어진 하늘새의 은총입니다."

"붕, 현실에 눈을 뜨길 바래. 새는 새일 뿐이야. 새는 신이 아니다. 남성 새에게서 순전(純全)한 신성(神性)을 찾는 것은 낙타가 바늘구멍으로 들어가는 것보다 더 어려운 일이란다. 나도 그와 같이 짝을 짓고 둥지를 튼 남성 새라 짝 지은 남성 새의 동물적 근성을 잘 알고 있다. 성스러운 두루마리에도 경고하고 있지 않니? '짝을 짓지 않은 남성 새는 신의 일에 관하여 애를 쓴다. 어떻게 하면 신을 즐겁게 할 것인가를 궁리한다. 하지만 짝을 지은 남성 새는 세속적인 일에 관하여 애를 쓴다. 어떻게 하면 자신의 짝을 즐겁게 할 것인가를 궁리한다.' 고."[10]

붕은 머리가 아찔했다. 땅이 흔들리고 있는 듯했다. 길고 연약한 다리가 후들거렸다.

'붕, 네 영혼이 이토록 순수하여 세속의 험악함을 전혀 모르고 있으니 앞으로 네가 받을 상처가 걱정이구나. 하지만, 염려하지 마라. 내가 너를 보호하겠다. 네 아름다운 노랫소리로 왜가리 마을을 신의 은총이 가득한 마을로 만들어다오.' 라고 큰 왜가리는 늘 나에게 입버릇처럼 말하지 않았던가? 그런데 다른 새도 아닌 그가, 내가 그토록 믿고 존경하던 바로 그가 그 누구보다도 제일 먼저 내게 상처를 주었구나! 신의 사랑을 이 땅 위에 함께 실현해나갈 형제 새라고 한 점 의혹도 없이 믿었던 그가 아니었던가? 그와의 만남은 하늘새의 인도함이 아니었던가? 하늘새가 내게 들려주었던 하늘피리 소리를 그의 마을에 들려주려던 것이 내 삶의 목표가 아니었던가? 그런데 그렇게 믿었던 그가 이렇게 나를 져버릴 수 있단 말인가?

하얀 낮달

'모든 것이 제 자리로 돌아왔다. 아무 것도 변한 것이 없다. 하늘 새로부터 하늘피리 소리를 들었다 해서 내 삶이 변한 것은 아무 것도 없다. 내 가슴은 여전히 텅 비워져 있고 내 영혼은 여전히 안식하지 못하고 있다. 이렇게 무기력하고 무능한 내가 감히 어린 왜가리들에게 삶의 의미와 기쁨을 말하려 했었지. 이렇게 외로운 가슴이 감히 남의 외로운 가슴을 위로하려고 했었지. 아, 얼마나 우스꽝스러운 내 모습인가! 내게 새 생명을 주셨던 신이 그것을 다시 빼앗아 갔다. 나는 신에게 농락당한 것이다! 신에게 버림받은 영혼은 이제 무엇을 위해, 어떻게 살아가야 하나?

느닷없이 마른하늘에 뇌성벽력이 치고 천지가 뒤흔들린다. 홀로 높이 서 있던 나무 하나가 벼락을 맞고 몸통 한 가운데가 뚝 부러져 두 동강이 난다. 까맣게 타버린 속을 처참하게 드러낸 몰골이 차마 눈뜨고 볼 수가 없다. 마치 자신의 모습을 보는 것 같다. 슬프고 허탈한 마음에 고개를 들어 하늘을 쳐다본다. 희미한 낮달이 흐려지고 있는 하늘에 홀로 떠 있다.

사랑에 버림받아 본 적이 있는가?
순결한 가슴이 도려내져
저잣거리에 버려지고

지나가던 개들이
더러운 이빨을 드러내며

비천한 발로
짓밟아 뭉개었지.

가슴은 자기모멸감으로
천 갈래 만 갈래 찢어지고

울음소리를 내지 않으려고
멈추고 있는 숨 사이로
무너진 자존감은
신음소리를 흘렸지.

신에게 버림받아 본 적이 있는가?
순결한 영혼은
배신의 칼날에 난도질당하고
억 만개의 상흔의 파편은
흑암의 나락으로 내동댕이쳐
버려졌지.

절망의 수렁에서
허우적거리는 영혼
흐흐흐
헛웃음만 흘리고 있지.

신음소리라도
낼 수 있으면
그래도 축복인거지.

잿더미가 되어버린
꿈의 파편들은
차가운 바다에
검부러기같이 떠있고

창백하게 여윈
하얀 낮달은
잿빛 하늘에 매달려
떨고 있구나.

슬픈 시냇가

이른 새벽 홀로 시냇가에 서있는 붕이 차가운 물안개로 젖는다. 갑자기
우박이 쏟아지기 시작한다. 새벽부터 쏟아지는 우박은 하늘의 눈물인가?
아니면 하늘의 비웃음인가? 연약한 몸에 떨어지는 우박은 괘념치 않을
수 있다. 그러나 가슴에 떨어지고 있는 자괴감의 우박을 어떻게 감당해

야 할지 알 수 없다. 비정한 우박이 떨어질 때마다 여린 가슴의 현(絃)이 슬프게 떨고 있다. 회색 물안개 속을 뚫고 말똥가리 한 마리가 모습을 드러낸다.

"붕, 기운을 내서 나처럼 하늘 높이 날며 호연지기를 키워봐. 그 따위 '회색날개쉼터'의 미천한 왜가리 부부에게서 추방된 것이 뭐 그리 대수니? 너는 봉황이야. 어느 곳에서나, 또 누구에게나 네 아름다운 자태와 고귀한 성품, 그리고 아름다운 목소리로 삶의 기쁨을 선사할 수 있는 고귀한 새다. 삼라만상이 네게 펼쳐져 있고 하늘과 땅과 바람과 물과 꽃과 나무들이 네 고귀한 자태를 칭송하고 있지 않니? 회색날개쉼터에서의 일을 마음에 두지 말고, 그 무엇에도 얽매이지 말고, 유유자적하게 네 아름다운 노랫소리로 세상의 모든 새들에게 기쁨을 주면서 살아가길 바래."

그러나 붕의 귀에는 그녀의 친절한 찬사와 위로의 말이 다만 허공을 스치는 바람에 지나지 않았다.

'한 번도 본 적이 없는 그 전설적인 봉황이 비록 나라고 한들 그것이 지금 내게 무슨 의미가 있단 말인가? 만일 내가 봉황이라면 왜가리 부부의 배척에도 눈 하나 꿈쩍하지 않고 의연했어야 하지 않았을까? 그런데 내 모습을 보라. 얼마나 무너져 있는가? 신에 대한 믿음이 저버렸는데 세상의 그 무엇이 내 영혼의 공허를 메워 줄 수 있단 말인가?

붕이 좌절과 상념의 긴 시간에서 깨어났을 때 말똥가리는 어디로 갔는지 보이지 않고 그녀가 남긴 슬픈 여운만이 이제 막 새벽안개가 걷히고 있는 시냇가에 감돌고 있었다. 붕은 회색날개쉼터의 추억을 되새기며 천천히 시냇가를 날고 있다. 이윽고 추억을 뒤로 하고 막 하늘로 날아오르려 하고 있다. 그러나 어린 작은 왜가리들에게 하늘피리 소리에 관해 일러주었던 그 행복했던 기억 때문에 쉽게 날아오르지 못하고 있다. 애잔한 슬픔이 가슴을 적신다.

'이제 그 예쁜 어린 새들의 모습을 더 이상 보지 못하겠지. 신이 그들과 함께 하시길……'

그때 어디선가 들려오는 슬픈 선율이 그녀의 가슴을 울린다.

'아, 이것은 언젠가 사막의 황금성을 떠날 때 작은 새들이 이별을 슬퍼하며 불렀던 바로 그 선율이 아닌가?

"붕, 사랑하는 자매여, 안녕히, 우리는 당신을 그리워할 거예요. 열심히 노래 연습을 해서 언젠가는 당신이 우리에게 가르쳐준 그 하늘피리 소리를 낼 거예요. 그때 우리 다시 만나요. 신의 축복이 함께 하시길!"

그것은 시냇물에 작고 가녀린 발을 담그고 이른 아침 찬 공기에 옹기종기 모여서 서로의 체온으로 몸을 데우면서 떨고 있는 회색날개쉼터의 어린 왜가리들의 합창이었다. '아, 그들이 자연이 부는 피리 소리를 내게 되었구나. 그들이 이제 가슴으로 노래를 부를 수 있게 되었구나!'

제 2 장

붉은 박쥐

"얼마 만에 돌아온 고향인가!"

북쪽 바다 작은 새 왕국에 돌아온 붕의 가슴이 뭉클해진다.

'내 어릴 적 친구 까마귀는 지금쯤 위풍당당한 여왕이 되어있겠지? 그녀가 내 이 초라한 모습을 보면 어떻게 반응할까? 나를 무척 좋아했던 붉은머리피리새는 아름다운 목소리로 그동안 얼마나 많은 새들을 행복하게 해주었을까? 그녀가 무척 보고 싶다. 나를 보면 반가워할까? 아니야, 아무도 만나지 않는 것이 좋겠어. 내가 다시 나타남으로서 그들의 삶에 파문을 일으키고 싶지 않아. 고향에 돌아와 홀로 쉴 수만 있다면 그것으로 족할 뿐이야.'

어느덧 성문 어귀에 다다랐다. 그런데 보기에도 민망할 정도로 아주 초라한 행색의 박쥐가 피를 흘리며 쓰러져 있는 것이 눈에 띄었다.

"오, 가여운 분, 당신은 누구십니까? 어떤 연고로 이렇게 길가에 쓰러져 있습니까?"

기진맥진해 있던 박쥐가 기척에 간신히 눈을 뜬다. 외눈이었다. 그런데 황급히 눈을 감는다. 눈앞에 빛나고 있는 오색찬란한 빛이 눈을 부시게 했기 때문이다. 박쥐는 그 빛나는 물체가 하늘에서 내려온 하늘새라고 생각했다. 정신이 아득하고 혼미해지고 온몸이 사시나무 떨듯이 떨렸다. 이젠 죽은 목숨이라는 생각이 들었다. 자신이 그동안 저지른 잔악무도한 행위를 심판하러 하늘새가 내려온 것이라는 생각에 공포로 목이 조였다.

그런데 다시 정신을 차려 눈을 떠보니 눈앞에는 조금 전의 그 찬란했던 광휘는 사라지고 꼬리가 길고 머리에 왕관 모양의 꽃술 장식깃이 돋아나 있는 고귀한 자태의 하얀 새가 자신을 측은한 눈빛으로 내려다보고 있었다. 그런데 더 자세히 보니 그 새는 고귀한 자태에 어울리지 않게 무척 초췌한 행색을 띠고 있었다.

"오! 당신은…… 붕이군요. 어릴 적엔 나보다 그리 크지 않았는데 이제는 나보다 큰 새가 되었군요. 나를 기억하지 못하시오? 옛적에 당신을 사모했던 나르시스요."

시간 속에 묻혀있던 기억이 되살아났다. 무척 오래 전 일이었다. 나르시스는 여느 박쥐와 달리 몸통이 까마귀만큼이나 큰 왕 박쥐였다. 특히 귀가 컸는데 그 큰 귀 때문이었는지 청각이 무척 발달해서 음악적 감성이 남달리 뛰어났었다. 또한 큰 날개를 펼쳐 춤추듯 날아다닐 때는 그 압도적인 예술성에 다른 박쥐들이 모두 숭배하지 않을 수 없었던 박쥐였다. 붕은 그의 뛰어난 음악성을 무엇보다 존경했던 기억이 되살아났다.

"그래, 그동안 어떻게 지내셨나요? 그리고 어쩌다 이런 몰골을 하고 길에 쓰러져 있습니까?"

"나는 그동안 나를 멸시하고 떠나 버렸던 당신에게 복수할 일념으로 살아왔소!"

반가운 마음으로 다가갔는데 느닷없이 퍼붓는 그의 폭언에 붕은 가슴이 떨렸다. 그러나 평정심을 잃지 않고 차분하게 말했다.

"내가 당신을 버렸다는 것은 사실이 아닙니다. 난 자유를 원했고 하늘피리 소리를 선택했을 따름이었습니다."

"그래, 그동안 그 잘난 하늘피리 소리를 듣고 자유로운 새가 되었소? 어찌 자유로운 새의 몰골이 이리도 초라하단 말이요? 차라리 그때 나를 선택했었더라면 당신과 내가 지금 이런 처참한 꼴로 다시 만나게 되지는 않았을 것이요. 우리의 만남은 운명의 신에 의해서 예정되었던 것이었소. 그런데 당신이 그 운명을 거슬렀기 때문에 우리 둘은 벌을 받아 지금 이렇게 불행한 재회를 하게 된 것이요."

"그런가요? 당신이 믿는 그 운명의 신이 우리 삶이 이렇게 바닥을 칠 때 다시 만나게 했단 말인가요? 나는 운명을 믿지 않습니다. 우리는 자유의지로 각자의 길을 선택 했을 뿐입니다. 그리고 이제 돌이킬 수 없는 그 선택의 쓴 결과를 맛보고 있을 뿐입니다. 오, 가여운 당신, 그 오랜 세월, 조금도 달라지지 않았군요. 그때나 지금이나 세상에 대한 분노로 울부짖고 있군요."

붕은 진심으로 그를 위로하고 있었지만 나르시스는 그녀로부터 동정을 받고 있다고 생각해 자존심이 크게 상했다. 그래서 갖은 오기와 허세를 부리면서 자신이 지난 세월 동안 얼마나 위대하고 영광스러운 삶을 살아 왔는지를 역설했다.

붕을 떠난 이후 그는 그를 따르던 박쥐들과 힘을 합해 흡혈박쥐들에게 빼앗겼던 왕국을 다시 찾았다고 했다. 한동안 그의 새로운 왕국은 번성했다고 했다. 그러나 또 다시 흡혈박쥐들의 잔당에 의해 그의 왕국이 전복되어 이처럼 도망 길에 올랐다고 했다. 그 와중에 두 날개는 심하게 훼손되었고, 한쪽 눈이 실명되었다고 했다. 그는 그동안 오직 적들에게 복수의 칼날을 휘두르며 살아왔고 적지 않은 적들이 그의 칼날에 피를 흘렸으며, 복수의 잔에 넘쳐흐르는 피를 하루도 빠지지 않고 마셨다고 했다. 흡혈박쥐를 퇴치하다가 자신이 흡혈박쥐가 되어버린 것이었다. 그래서 그 이후 그는 '붉은 박쥐'라는 별명을 갖게 되었다고 했다. 지금 자신이 패배적 삶을 살고 있는 것은 모두 그 극악무도한 흡혈박쥐들 때문이라고 역설했다. 자신을 축출했던 모든 박쥐들은 지옥에나 떨어져야 한다며 증오와 분노의 화염에 싸여 씩씩거렸다. 오직 자신만이 선하고 옳고 나머지 박쥐들은 모두 악하고 틀렸다며 악을 쓰고 있었다.

그렇게 나르시스는 상처 입은 날개를 퍼덕이며 극심한 자기연민에 빠진 채 피해의식과 패배의식으로 울부짖고 있었다. 그러나 그의 자기연민은 새삼스러운 일이 아니었다. 그는 그 옛날에도 그러하였다. 모든 것을 자기중심적으로 생각했고, 자신의 불행을 세상의 탓으로 돌렸었다. 그의 이름이 괜히 '나르시스'는 아니었던 셈이다.

'천성이 변한다는 것은 참으로 어려운 일이구나! 그러나 고양이가 생선가게를 그냥 지나치지 않는다 하여 어찌 고양이를 나무랄 것인가?'

비록 아직도 자기연민의 늪에서 헤어나지 못하고 있지만, 그래도 한 때는 박쥐들의 왕으로서 존경받던 그였다. 이제는 그 영광의 날개가 부러져 홀로 길바닥에서 죽음을 눈앞에 두고 마지막 숨을 가누고 있는 그였다. 붕은 착잡한 심정에 사로잡혔다. 붕의 심기가 흔들리는 것을 눈치 챈 나르시스는 그녀에게 죄책감을 덮어씌우기로 결심한다.

"당신이 나를 떠나지 않았었다면 나는 지금쯤 당신과 함께 착하고 행복한 삶을 누리고 있었을 것이오. 그러나 내 순수했던 가슴이 당신의 이기심으로 참혹하게 짓밟혀버린 후 나는 당신이 상상도 할 수 없을 만큼 사악한 존재가 되어버렸소. 보시오, 이 가슴에 아직도 뚜렷이 남아있는 상흔을. 그동안 나는 당신이 내게 남기고 간 이 상흔을 보면서 당신에게 복수를 다짐하며 살아왔소. 내 이 불행이, 나로 인해 상처 입은 수많은 박쥐들의 불행이, 이 모든 불행이 당신으로 인해 일어났으니 이제 당신이 그 모든 책임을 져야 하오."

붉은 박쥐의 상흔을 보는 붕이 경악으로 전율한다. 비록 붉은 박쥐 스스로 행한 자해였으나 그 일차적 원인은 자신에게 있었다는 생각에 붕은 심한 자책감을 느낀다. 그러나 그녀는 애써 마음의 중심을 잃지 않고 고요하고 차분하게 위엄을 갖고 말한다.

"시간은 모든 것을 변화시키지요. 그것은 보편적 진리입니다. 그러나 시간이 우리를 어떻게 변화시키는지는 우리 자신에게 달렸다고 생각합니다. 새에게 날개가 있는 이유는 스스로 자유롭게 하늘 길을 날아가기 위함이라고 믿습니다. 운명에 복종하는 존재가 아니라 스스로 운명을 만들어가는 존재란 말입니다. 당신은 새가 아님에도 불구하고 날개가 달린 이유를 생각해본 적이 없습니까? 새처럼 자유롭게 날기 위함이 아니었을까요? 제가 제 자유의지로 제 길을 선택했듯이 당신 또한 당신의 자유의지로 당신의 길을 선택했으니 당신의 현재의 불행은 궁극적으로 당신의 책임이라 생각합니다."

"흥, 당신은 예나 지금이나 늘 나보다 지혜롭군. 내가 지금 이 시점에 이 꼴로 무너져 있는데 당신의 그 잘난 훈계나 듣게 되었소? 그래, 당신의 그 잘난 자유의 날갯짓이 얼마나 당신을 행복하게 만들었소? 당신이나 나나 무너져있는 지금의 모습에 다를 바가 무엇이란 말이요? 나를 떠나 행복할 수 없을 거라고 말하지 않았소? 나를 버린 당신에게 내렸던 내 저주의 위력이 이제 증명된 셈이요!"

붕은 고개를 떨어뜨렸다. 더 이상 말을 이어갈 수 없었다. 회색날개쉼터에서 받은 상처로 인해 꽃잎 하나 떨어져 닿아도 부서질 만큼 그녀의 가슴은 연약해져 있었다. 아주 작은 위로의 말도 한량없는 신의 은총으로 느껴질 만큼 그녀의 외로움은 깊어져 있었다. 그런 연약한 가슴이 증오와 분노의 날을 세운 나르시스의 독설로 기어이 갈가리 찢어져 버렸다. 차마 비명도 지르지 못하고 복받쳐 오르는 슬픔을 가라앉히느라 그녀의 얼굴이 일그러졌다.

붕에게 근거 없는 비난과 폭언을 퍼부었지만 내심 붉은 박쥐는 붕의 내면에서부터 뿜어져 나오는 형용할 수 없는 고요함과 고귀함에 압도되어 속으로 심하게 떨고 있었다. 그는 옛적에도 늘 그랬듯이 지금도 붕의 내면의 선(善)함과 아름다움에 위압감을 느끼고 있었다. 붕의 고귀함이 자신의 비천함을 더욱 더 적나라하게 드러냈기 때문에 붉은 박쥐는 열등감으로 마지막 발광을 해 본 것이었다. 그런데 놀랍게도 자신의 비난과 폭언이 붕에게 확실하게 먹혀들어가고 있지 않은가! 붉은 박쥐는 내심 쾌재를 불렀다.

'역시 선하고 고귀한 것들은 다루기가 쉽단 말이지. 나같이 조야하고 미천한 것의 속을 전혀 이해하지 못한다니까? 식물의 열매만 먹고 살던 내가 복수의 화신으로 변한 후 벌레를 잡아먹고, 나방을 갈기갈기 찢어 씹어 먹고, 동물의 피를 빨아먹는 흡혈박쥐가 되어버렸다는 것을 붕은 아직 눈치 채지 못하고 있지. 감로수가 아니면 마시지 않고 오동나무 열 매가 아니면 먹지 않는 붕의 청정한 영혼이 어떻게 내 속에 흐르고 있는 검고 뜨거운 피를 이해하겠어? 그러니 그녀의 품격에 눌리지 않은 척하 면서 내가 먼저 윽박지르면 된다니까! 결국 목소리 큰 놈이 이기는 것이 세상의 이치니까! 붕이 심약해진 틈을 타서 단번에 밀어붙여야 이 게임 에 승산이 있을 거야. 어디 보자, 네 선의 위력이 내 악의 위력보다 더 큰 지.'

간계한 붉은 박쥐의 예상은 과연 적중했다.

'신에게 버림받은 영혼이 이제 이 세상을 위해서 할 수 있는 일이 무엇 인가? 세상에 버림받아 무너져 있는 한 가여운 생명체에게나마 힘이 될 수만 있다면 그것으로 족하지 않겠는가?'

붕은 슬픔과 절망에 빠진 채 아무 말 없이 정성을 다해 붉은 박쥐의 상 처를 돌본다. 마치 그를 돌보는 일이 자신에게 남아있는 유일한 존재의 의미인 것처럼.

"오, 당신은 역시 사랑의 화신이요. 옛날에도 그리하였듯이 신이 내게 보내신 최상의 선물이요."

붉은 박쥐는 붕에게 찬사를 건넨다. 그러나 그의 내심은 달랐다.

'역시 붕은 예나 지금이나 변함이 없군! 선한 천성이 어딜 갔겠어! 비 록 지금 내 눈앞의 붕은 초췌한 몰골을 하고 있지만 형용할 수 없는 기품과 위엄, 그리고 아름다움의 광휘가 그녀의 내면에서 뿜어 나오고 있다. 아까 그녀를 처음 보았을 때 하늘새로 착각할 정도였지! 그동안 하늘피리 소리를 좇아 날아다녔다더니 역시 순수함과 고귀함의 깊이가 여느 새와는 다르군! 이제 붕이 그동안 축적해놓은 내공을 모두 내 것으로 만들 절호의 기회가 내게 주어진 것이다!'

붉은 박쥐는 비굴한 회심의 미소를 지으며 자신의 상처를 돌보고 있는 붕에게 느닷없이 달려들었다. 더럽고 썩어빠진, 그러나 아직은 날카로운 이빨로 붕의 목을 사정없이 물어뜯어 피를 빨았다. 연약하고 긴 목에서 붉은 선혈이 흘러내려 하얀 가슴을 붉게 물들였다. 붉은 박쥐의 상처를 보살피는 데 몰두하고 있던 붕은 무방비 상태에서 급습을 당하자 경악과 공포로 소리도 지르지 못한 채 얼어붙어 버렸다. 한 번의 저항의 몸짓도 없이 붉은 박쥐에게 피를 다 빨린 붕이 힘없이 쓰러졌다.

떨어지는 순결한 백합꽃잎을 품안에 안으며 대지가 통곡한다. 세상의 모든 꽃들이, 나무들이, 나비들이, 벌레들까지도 경악과 두려움과 슬픔으로 비명을 지른다. 하늘의 모든 별들이, 그리고 붕이 그토록 경외하던 보름달조차도 그 빛을 잃는다. 붉은 박쥐는 피를 다 빤 후 마치 제왕이라도 된 듯 검은 두 날개를 한껏 펼친다. 상처로 꺾였던 날개가 그 어느 때보다 더 생기 있게 펴지고 온몸에 기운이 넘쳐흐른다.

'오! 은총이 가득하신 신이시여, 다 죽어가는 나에게 절묘하게 때를 맞추어 붕의 보혈로 제게 새 생명을 주시고 아울러 복수의 기회까지 주시는 군요! 당신의 놀라운 능력을 찬양하옵나이다. 당신은 과연 선한 새에게나 악한 새에게나 공평하게 햇빛을 내려주시며, 의로운 새와 의롭지 않은 새를 차별하지 아니하시고 공평하게 비를 내려주시는 사랑의 신이시며, 정의의 신이십니다. 아멘!'[11]

붉은 박쥐는 신을 비웃으며 "끼익끼익" 소름끼치는 승리의 노래를 부른다. 그의 외눈은 교활함과 증오의 불꽃으로 이글거린다.

"이제 네 피가 고갈되었으니 너는 말라비틀어진 나무 껍데기에 불과해. '눈에는 눈, 이에는 이!' 복수의 피 맛은 세상 그 어떤 맛보다 더 달콤하지! 역시 악의 위력은 선의 위력보다 더 큰 법이야!"

쓰러져 있는 붕을 뒤에 둔 채 붉은 박쥐는 의기양양하게 날아간다. 문득 그가 날아가던 날갯짓을 멈춘다.

'아니, 잠깐 기다려, 붕은 왜 저항하지 않았을까?'

붉은 박쥐는 그제야 비로소 자신이 붕의 마지막 남은 피 한 방울까지 남김없이 빨아먹을 동안 그녀는 한 번의 저항도 하지 않았다는 것을 깨닫는다.

'아! 망할 것! 니가 끝내 내게 악의 정점을 찍게 했구나. 네 그 바닥을 알 수 없는 선(善)함이 결국 나를 이겼구나. 나를 이렇게까지 비참하게 무너뜨릴 수 있단 말인가!'

붉은 박쥐는 분노와 수치심과 자기모멸감의 소용돌이에 휘말려 들어간다. 작은 외눈이 불안에 떨며 그 소용돌이의 핵 속을 들여다본다. 소용돌이의 밑바닥에는 악취를 풍기며 썩어 문드러져가고 있는 자신의 영혼이 쪼그리고 앉아서 이제 막 곪아 터져 나온 고름덩어리를 핥으며 '낄낄'거리고 있었다. 붉은 박쥐는 절망과 자기혐오의 불꽃에 휘감겨 비명을 지르며 동굴 속으로 빛의 속도보다 더 빠르게 날아 들어간다. 두려움과 수치심을 어느 누구에게도 들키지 않기를 바라는 마음에서. 그를 기다리고 있던 박쥐 오합지졸들이 환호성을 지르며 반긴다.

"보라, 우리의 위대한 왕, 붉은 박쥐를! 그는 마지막 전장에서 적들에게 큰 상처를 입고 장렬하게 죽음을 맞이했었다고 들었다. 그런데 지금 이처럼 늠름한 모습으로 우리에게 다시 돌아오지 않았는가? 위대한 붉은 박쥐, 만세!"

붉은 박쥐는 이후 아무 말도 하지 않았다. 아니, 아무 말도 할 수 없었다. 무서운 침묵과 절망의 수렁 속에서 허우적거리는 수많은 밤이 흘러 갔다.

"신이여, 자비를!"

꺼져가는 그의 신음소리가 어두운 동굴 속에 차가운 외마디 되어 울렸다.

"너는 신이 네게 내리신 마지막 은총을 악으로 갚았다. 이젠 선하고 전지전능하시다는 신도 너를 감당치 못할 것이다. 이제 네 그 썩어 문드러진 영혼은 내 것이다."

만면에 희색을 띤 악마의 깊고 음침한 목소리가 동굴 속에 소름끼치게 메아리쳤다.

제 3 장

먹황새

강가 높은 고목나무 가지 위에 홀로 고요히 앉아 새벽의 묵상에 깊이 잠겨 있던 먹황새가 기척을 느끼며 눈을 뜬다. 눈 아래에는 날기는 고사하고 걷는 것조차 힘에 겨워하는 어떤 새가 긴 꼬리를 땅에 질질 끌며 걸어오고 있었다. 아니, 배를 땅에 대고 기어오고 있었다. 피범벅이 되어 있는 그 새는 자신이 앉아 있는 고목나무 바로 아래까지 와서는 급기야 쓰러졌다.

'가여운 새, 온몸의 피가 고갈되었구나. 어쩌다 이토록 처참한 몰골이 되었을까? 그런데 자세히 보니 고귀한 자태가 예사롭지 않구나, 마치 전설의 새, 봉황을 연상케 하는구나.'

먹황새는 강가로 날아가 긴 부리에 한 가득 물을 담아 붕의 목 속 깊숙이 넣어주고 삼키게 했다. 그러나 기척이 없자 뾰족한 부리 끝으로 자신의 오른쪽 다리를 쪼아 피를 낸 후 긴 부리에 피를 담아 붕의 목에 넣어 삼키게 했다. 그래도 좀처럼 소생할 기미가 없자 그의 얼굴색이 어두워진다. 그는 다시 왼쪽 다리에서 피를 받아 붕의 목에 넣어 삼키게 했다. 그러고 나서 자리를 뜨지 않고 지켜본다.

붕이 눈을 떴을 때는 산봉우리 너머로 해가 뉘엿뉘엿 지고 있었다.

"오, 마침내 정신을 차렸구나!"

먹황새의 얼굴이 반가움과 안도의 기색으로 빛난다. 붕의 눈앞에는 커다란 검은 망토를 두르고 위엄을 갖춘 새가 자비의 눈으로 자신을 내려다보고 있었다.

'내 어릴 적 친구 까마귀, '질투'를 제외하고 이토록 몸이 검은 새는 처음이다. 그러나 까마귀와는 비교가 되지 않게 그 자태가 우아하고 아름답구나! 긴 부리와 둥근 눈언저리와 긴 다리는 선홍색을 띄고 있다. 마치 생명을 상징하는 듯하다. 검은 색을 띤 머리와 몸, 그와는 대조를 이루는 백색 복부, 극과 극이 한데 어우러져 아름다운 조화의 극치를 이루는구나. 순결함과 지혜로움의 자태를 동시에 지녔구나! 어쩐지 그의 기품에서 북쪽 바다 왕국 스승님의 모습을 보는 듯하다. 하얀 복부를 제외한 검은 몸은 마치 흑진주처럼 깊고 은은하구나. 흑진주가 백진주보다 더 깊고 영롱한 빛을 자아내는 줄 미처 몰랐구나!'

"제 목숨을 구해주셨군요. 이 은혜를 어떻게 갚아야 할까요?"

"은혜에 대해서는 괘념치 마라. 상처 난 몸을 빨리 회복하고 네 그 큰 날개로 가던 목적지를 향해 다시 훨훨 날아가면 그 뿐이다. 그런데 어떤 연고로 이렇게 처참한 몰골로 쓰러지게 되었는지, 네 이야기나 들어보자꾸나."

"저는 원래 북쪽 바다 왕국의 물고기였는데 하늘피리 소리를 염원하여 사랑하는 어머니를 저버리면서까지 육지로 올라와 새가 되었습니다. 하늘피리 소리는 제 가슴의 갈망이요, 삶의 목표였습니다. 그 소리를 좇아

온 세상을 날아다녔으나 상처만 받고 이렇게 무너져 있습니다. 한 때는 하늘피리 소리를 들었다고 믿은 나머지 다른 새들에게 그 소리에 관하여 알려주려고 기쁨의 날개를 펴기도 했었습니다. 하지만 이제 하늘피리 소리라는 것이 허상에 지날지도 모른다는 불안감으로 번민하고 있습니다. 하늘피리 소리를 듣기 위해서 사랑하는 어머니를 저버렸다는 죄책감과 통한이 저를 죽음의 문턱에 들어서게 하고 있습니다."

붕의 눈에서 흐르는 뜨거운 눈물에 먹황새의 마음이 흔들린다. 그는 깨달은 새로서 관조적 삶을 살기 때문에 세상의 일에 동요되는 새가 아니다. 그러나 흔들리지 않는 육중한 바위 같은 마음이 측은지심으로 동요한다. 그는 그녀에게 도움이 될 만한 말을 해주어야겠다는 생각으로 묵직한 입을 연다.

"세상은 하나의 거대한 '의지' 덩어리로 형성되어 있다.[12] 이 '의지' 덩어리는 삶에 대한 맹목적 욕망으로 치닫고 있지. 그 의지덩어리는 끊임없이 살려고 몸부림치며 욕망의 홍수와 같이 목적도 없이, 의미도 모른 채, 그저 닥치는 대로 자기 앞을 막거나 거스르는 모든 것들을 가차 없이 무너뜨리고 쓸어버리지. 이 욕망 덩어리인 생(生)은 고통 그 자체일 뿐, 아무것도 아니다.

생각해보면 네 고통은 네 무지의 소치이다. 마치 삶이 무슨 의미나 목적이 있는 양 믿었던 것이겠지. 네 그 무지는 무모하고 근거 없는 믿음과 희망으로 투영된 허상에 불과할 뿐이다. 이 세상에 영원한 것은 없다. 무상함과 눈물이 나날의 양식일 뿐이다. 삶의 희로애락은 생노병사(生老病死)라는 강물을 따라 덧없이 흘러가다 암초에 부딪혀 침몰하는 나룻배와 같은 것이다. 언제 떨어질지 모르는 풀끝의 이슬 같은 것이다. 모두 잠시 스쳐 지나가는 바람이요, 구름에 불과하지. 결국 남는 것은 아무것도 없단다. 삶은 그렇게 허무한 것이다. 그러니 너무 삶에 대한 열정을 갖거나 의미를 부여하는 어리석은 짓 따위는 하지 않는 것이 좋을 것이다.”

“비록 이 세상 모든 것이 허상이요, 무상(無常)할 뿐이어서 삶이 고통의 연속에 지나지 않는다 할지라도 하늘나라에서는 고통 없이 안식을 누리며 영생을 누릴 수 있지 않을까요? 하늘의 신은 고통으로부터 자유로워 영원한 안식 속에서 불멸의 삶을 누리지 않습니까? 우리 삶이 연못 위에 잠시 떠다니는 개구리밥 같은 신세에 지나지 않는다 할지라도 그렇기에 우리는 더욱 더 하늘나라 신과 같은 영원불멸한 삶을 추구해야 하지 않을까요?”

붕은 먹황새의 허무주의적 발언이 안타까워 반론을 제기한다. 먹황새는 그윽한 눈길로 붕을 내려다보며 얼굴 가득히 인자한 미소를 지으며 말을 계속한다.

“하늘나라 신이 영원한 안식과, 자유와, 불멸의 삶을 누린다고 누가 말해주더냐? 설혹 그렇다 하더라도 우리 같은 새가 어떻게 하늘의 신처럼 살 수 있단 말이냐?”

“북쪽 바다 왕국의 제 스승님께서 그렇게 말씀하셨습니다. 하늘피리 소리를 들으면 우리 같은 필멸의 존재도 신과 같이 고통 없이 영생을 누릴 수 있다고 분명히 말씀하셨습니다. 지혜로우신 분이시여, 당신은 그렇게 생각하지 않으십니까?”

“네가 이미 네 스승의 말을 믿고 있는데 내가 그것에 대해 어떻게 왈가

왈부하겠느냐? 우리는 각자의 인연에 따라 각자의 믿음을 갖게 되고, 그 믿음에 따라 살아갈 뿐이지. 그 믿음이 옳고 그른 것은 오직 자신의 삶을 통해서 스스로 깨달아야 할 뿐이다. 나는 다만 삶의 실체가 고통이라는 것을 말했을 뿐이고, 그 고통은 생에 대한 욕망의 의지에서 기인된다는 것을 말했을 뿐이다."

먹황새의 말에 붕은 깊고 어두운 수렁 속으로 끝없이 가라앉고 있는 것만 같았다. 온몸에 기운이 빠져나가고 있었지만 간신히 호흡을 가다듬고 정신을 차렸다. 먹황새의 기품에서 그의 삶에 대한 지혜와 통찰력의 깊이를 느꼈기 때문에 삶이 고통에 지나지 않을 뿐, 그 이상도 그 이하도 아니라는 말을 전적으로 부인할 수는 없었다. 그러나 이대로 물러설 수가 없었다. 자신이 믿고 있는 하늘피리 소리가 실체가 있다는 것, 그리고 하늘에는 불멸의 신이 존재한다는 것에 대한 확신을 얻어야만 했다. 붕은 어떻게 해서든지 먹황새의 입에서부터 자신이 듣고 싶어 하는 말을 들어야겠다는 생각에 집요하게 질문을 계속한다.

"고통으로부터 자유로워 질 수 있는 방도는 전혀 없는 것인가요?"

"아, 방도야 있지."

"그 방도를 제게 알려주실 수 없나요?"

"물론 알려줄 수 있고 말고. 네가 그 방도를 알고 나서 실행할 수 있을지 여부는 차치하더라도 말이다. 그 방도란 일체의 의지와 욕망을 버리고 무심(無心)한 상태에서 직관과 묵상을 통해 관조(觀照)적 삶을 영위하는 것이다."

붕은 먹황새의 말이 언뜻 이해가 되지 않았다.

"무심(無心)해져야 한다니! 그게 무슨 뜻인가요?"

"긍정적이든 부정적이든, 일체의 관심에서 벗어난다는 뜻이다. 욕망이던, 두려움이던, 불안이던, 슬픔이던, 절망이던, 환희이던, 희망이던, 마음이 일으키는 이 모든 상념에서 벗어나 무관심해져야 한다는 뜻이다. 행복을 갈망하는 마음조차도 온전히 비워야 한다는 뜻이다."

"행복은 우리 삶의 궁극적 목표가 아닌가요? 행복이 부재한 삶을 왜 살아야 하나요? 제가 하늘피리 소리를 좇았던 연유는 그 소리가 저를 행복하게 할 것이라는, 저를 자유롭게 할 것이라는 믿음 때문이었습니다."

"그래, 그러하냐? 그래서 네가 그 하늘피리 소리를 들었느냐? 그래서 자유롭게 되었느냐? 그래서 행복해졌느냐? 자유롭고 행복한 새의 몰골이 어찌 이리 궁핍해 보이는가?"

"…… 저는 하늘피리 소리를 들은 적이 있었습니다. 그 소리는 제 가슴에 무한한 환희를 주었습니다. 저는 그때 분명 제 영혼이 자유로워지는 것을 느꼈고 행복했습니다."

"그런데?"

"그런데 지금은 그 하늘피리 소리라는 것이 도대체 실체가 있었던 것인지, 심한 회의에 빠져 있습니다."

"그래서, 지금은 행복한가?"

"아닙니다. 지극히 불행합니다."

불행하다고 말하고 있는 자신을 보며 붕은 새삼 경악과 두려움으로 전율한다. 회색날개 쉼터에서 받은 상처가 채 아물기도 전에 마치 기다리고 있었다는 듯 저승사자와 같은 모습으로 자신의 영혼을 갈갈이 찢어놓

앉던 붉은 박쥐가 다시 떠올랐다. 절망과 비애의 파도가 또 다시 가슴을 덮친다.

"그것 보아라. 네가 말하는 행복이라는 것이 어찌 한 순간 쏟아지다가 그쳐버리는 한 여름의 소나기 같단 말이냐? 행복을 좇고 있는 한 절대로 행복해질 수 없다. 행복하고자 하는 열망은 마치 밑 빠진 독과 같아서 채우고 또 채워도 절대로 채워지지 않는다. 우리 같은 필멸의 존재는 그 고약하고 간교한 열망이 쳐놓은 무명(無明)의 덫에 걸려 죽을 때까지 헤어나오지 못하고 고통스러워하는 것이지."

잠시 말을 중단한 먹황새는 눈을 감은 채 깊은 생각에 잠긴다. 이윽고 붕의 눈 속을 깊이 들여다보면서 하던 말을 잇는다.

"그런데, 혹시 네가 그 고통의 덫에서 벗어나지 않으려는 것은 아니냐?"

먹황새의 눈빛에 압도된 붕은 가슴이 떨린다. 그러나 침착하게 대답한다.

"지혜로우신 분이시여. 어찌 그런 당치 않는 말씀을 하시는지요? 저는 평생을 고통에서 벗어나려고 하늘피리 소리를 좇고 있었습니다."

"내 말뜻은, 네가 네 자신도 모르는 사이에 고통을 즐겨 왔을 수도 있다는 것이다."

"세상에 어떤 생명체가 고통을 즐긴다는 말씀입니까?"

"고통은 우리 삶을 확인시키는 가장 확실한 체험이 아니겠느냐? 고통이 끝나면 우리 삶도 끝나는 것이니까. 고통의 끝은 곧 죽음이니까. 그래서 죽지 않으려고, 생에 대한 갈망으로, 삶을 최대한 지연시키기 위해서 우리는 고통을 지연시키려 하는지도 모르지. 그리고 그 고통의 지연을 견딜 수 있는 최선의 방법은 고통을 회피하지 않고 오히려 고통을 즐기는 것이 아니겠느냐? 우리는 이렇듯 생(生)에 대한 의지와 욕망의 날개를 접지 못한 채 고통의 쾌락에 탐닉하고 있는지도 모르지 않겠느냐?"

"세상에! 그런 어리석고 부조리한 생각이라니!"

붕이 고개를 절레절레 흔드는 모습에 먹황새가 그윽한 미소를 짓는다.

"그래, 네가 그토록 확실하게 고통의 쾌락[13]을 부정하고 있으니 이젠 고통에서 벗어나는 방도에 대해 생각해보자꾸나."

"네, 부디 말씀해주십시오."

"고통에서부터 벗어나 자유로운 삶을 살려면 관조적 삶을 살아야 한다."

"관조적 삶이라구요? 그것은 어떤 삶인가요? 그것은……."

이때 어디선가 풍겨오는 향기에 붕이 하던 말을 잇지 못한다.

"이 향기는 무엇인가요? 아, 내 지친 몸과 마음이 한 순간에 녹는 것 같습니다."

"이제야 비로소 네가 백합 향기를 맡다니!"

"백합이라구요? 어디에 백합이 있단 말씀입니까?"

"바로 네 곁에 지천으로 피어있는 백합을 어디에서 찾고 있느냐?"

붕이 놀라 둘러보니 먹황새와 자신이 백합꽃이 만발한 들판 한가운데 있었다. 아름다운 백합꽃들의 자태와 향기에 정신이 아찔해진다.

"제가 왜 진작 이 백합꽃들을 알아차리지 못했을까요?"

"그래, 왜 진작 몰랐을까? 들어보아라. 이 백합꽃 향기를 진작 맡지 못한 것은 네가 망상의 향기에 취해있었기 때문이다. 우리 모두는 손에 잡히지 않는 헛된 망상을 좇느라 바로 곁에 있는 실체의 아름다움을 보지 못하고 느끼지 못하는 것이다. 조금만 눈을 돌려보면 이렇게 아름다운 백합꽃을 음미할 수 있는데도 말이다. 이 들판의 백합꽃들은 네가 그들의 존재를 인지하건 인지하지 않건 상관없이 자신의 꽃을 피우고 향기를 낸다. 상상할 수 있겠니? 만일 백합꽃들이 네가 자신들의 아름다움과 순결함을 알아주지 않았다 해서 실망하거나 분노하는 몸짓으로 애써 피운 꽃들을 마구 흔들어 망가뜨리는 것을? 백합은 주변을 탓하지도, 주변에 흔들리지도 않은 채 늘 자신의 순결한 자태와 향기를 지닌다. 그것이 관조적 삶이다."

붕은 먹황새의 통찰력과 지혜에 깊은 감동을 받는다.

"그렇군요. 제가 백합꽃 향기를 맡기 이전이나 이후에나 그들은 변함없이 자신의 향기를 지니고 있었군요. 자신의 향기와 자태를 제게 알려야겠다는 의지와 열망으로 꽃을 피운 것이 아니었군요. 아, 자신의 의지와 열망에 초연할 수 있는 관조적 삶이란 이토록 아름다운 삶이군요!"

먹황새가 너털웃음을 터뜨린다.

"순진한 새여, 관조적 삶은 아름다운 삶이 아니다."

"아름다운 삶이 아니라니요?"

자신이 터트린 너털웃음에 붕이 머쓱해하자 그가 안쓰러운 마음에 얼굴색을 고치고 진중하게 말한다.

"관조적 삶은 숭고(崇高)한 삶이다."

순간 붕의 가슴이 덜컹 내려앉았다. 그리고 사정없이 뛰기 시작했다. 이상하게도 이전에 한 번도 들어본 적이 없는 '숭고(崇高)'라는 말을 어쩐지 이해할 수 있을 것만 같았기 때문이다. 어쩐지 '숭고'라는 것을 언제 어디선가 체험했었던 것만 같았다. 숨을 들이쉴 때마다 허파 속 깊이 들어와 있는 공기와 같이 그렇게 '숭고'는 자신의 영혼 깊숙이 늘 자리 잡고 있었던 것만 같았다. '숭고'라고 말하는 먹황새의 음성이 마치 우주의 심연에서부터 울려나오는 음률처럼 들렸다. 우주의 심장과 자신의 심장이 공명(共鳴)하고 있는 것 같이 느껴졌다.

"숭고란 무엇인가요?"

뛰는 가슴을 간신히 진정시키고, 빨라지고 있는 호흡을 가라앉히며 붕이 되묻는다.

"숭고한 삶이란 무한(無限)을 직관하는 삶이며 궁극적으로 우리의 영혼을 자유롭게 하는 삶이다."

"제 질문의 요점은 숭고한 삶이 어떤 삶이냐는 것이 아니라 '숭고'가 도대체 무엇인가 하는 것입니다!"

먹황새가 숭고가 무엇인지를 바로 말해주지 않고 변죽만 울리고 있다고 생각한 붕은 조바심이 나서 목소리를 높인다.

"우선 격동하고 있는 네 마음을 가라 앉히거라. 그렇게 흥분하고 조급해있는데 어찌 관조적 경지의 숭고를 이해할 수 있겠느냐?"

먹황새의 고요한 기품에 압도된 붕이 다소곳해진다. 먹황새가 이윽고 입을 뗀다.

"숭고[14]는 선(善)함도, 아름다움도 초월한 경지다. 숭고는 우리의 삶 속에서 체험할 수 있는 모든 체험의 경계를 무너뜨린 후 그 틈 사이로 야기되는 혼돈을 통해 사물을 새롭게 인식하는 직관이다. 즉, 혼돈의 직관이다."

"혼돈의 직관이라구요?"

붕은 목에 무엇이 걸린 듯 말을 제대로 이어가지 못하고 있다. 머릿속은 마치 벼락을 맞은 듯 강력한 전율이 흐르고 있다. 언젠가 자신이 체험했던, 그러나 설명할 수 없고 이해할 수 없었던 그것! 바로 그것을 먹황새가 말해주고 있지 않은가!

"숭고는 우리를 압도하는 어떤 절대적 힘을 가진, 그래서 우리가 감히 거역하기 어려운 그 무엇에 의해 일어나는 감정이다. 무한하게 거대한 크기나 절대적인 위력 앞에서 우리의 모든 상상과 언어가, 그리고 이미 익숙해져 있는 인식과 오성과 감성과 판단 등이 한 순간에 무너지고 흩어지는 체험이다. 이런 절대적 혼돈의 체험은 우리에게 전대 공포와 동시에 절대 황홀감을 느끼게 한다. 이 같은 숭고체험은 영혼이 찰나적으로 무한(無限)을 체험하면서 자유의 경지로 승화될 때 그 절정에 이른다.[15]

붕은 흥분으로 정신을 차릴 수가 없었다. 먹황새가 하는 말이 이해되는 것 같기도 했기 때문이었다. 그러나 다시 혼란스러워졌다.

"영혼이 승화되어 자유로워지는 체험은 궁극적으로 미적 체험이 아닐까요? 어째서 아름답지 않다고 하십니까?"

"네가 구태여 미적체험의 범주에 숭고체험을 넣고 싶어 하니……. 그래, 그럼 편의상 숭고체험을 미적체험의 정점이라고 해두자꾸나. 구태의연한 의미에서의 미적체험이 아니라 그것을 해체하고 초월한다는 의미에서만 말이다."

먹황새가 한숨을 돌리고 난 후 다시 그 육중한 입을 연다.

"비록 지금 내가 네게 숭고에 대하여 말하고 있지만 기실 숭고는 궁극적으로 재현(再現)될 수 없다. 숭고는 스스로를 제시(提示)할 뿐이다."

"그렇다면 우리는 언제 어떻게 스스로를 제시하는 숭고를 체험할 수 있나요?"

"우리는 그것을 미리 알 수 없다. 왜냐하면 숭고는 우리의 의지와 무관하게 느닷없이 자신의 모습을 드러내기 때문이다. 마치 우리가 전혀 기대하고 있지 않을 때 우리에게 내리는 신의 은총처럼. 우리는 다만 숭고가 자신의 모습을 드러낼 때 찰나적 직관으로 체험할 뿐이다. 기실, 숭고에 대해 지금 네게 말하고 있는 나는 이중의 실수를 범하고 있다. 내가 체험한 숭고도 내 언어로 표현할 수 없는데 하물며 그것을 체험하지도 않은 네가 내 불완전한 언어를 통해 어떻게 그 실체를 알 수 있겠느냐?"

붕은 깊은 사색에 잠긴다. 이윽고 심호흡을 크게 한 후 짐짓 침착하게 말을 시작한다. 그러나 목소리가 흔들리는 것으로 보아 속으로는 무척 떨고 있음이 여실하다.

"언젠가 자연의 압도적인 크기와 위력 앞에서 제 자신이 무(無)가 되는 체험을 몇 번 한 적이 있었습니다. 밀려오는 거대한 파도 앞에 홀로 있었을 때, 제 머리 바로 위에서 떠오르는 커다란 보름달을 직면했을 때, 끝이 없는 사막에서 죽음을 직면했을 때, 그리고 눈 덮인 숲속에서 하늘새를 만났을 때! 이 모든 체험은, 두려움과 동시에 황홀감을 느꼈던, 그 이해할 수 없었던 양가적 체험은, 저와 세상이 하나가 되어 제 존재가 적멸(寂滅)되는 체험이었습니다.

그때는 그 체험의 의미를 제대로 간파하지 못했는데 이제와 생각해보니 그것은 성스러운 체험이었던 것 같습니다. 그때의 체험에 비추어보니 나와 우주의 근원이 무(無)로 체험되는 것이 숭고체험이라는 것을 조금은 이해할 수 있을 것도 같습니다. 어쩌면 숭고체험은 성스러운 체험과 같은 것이 아닐까요?"[16]

"그것은 네 스스로 깨닫고 판단해야 할 문제인 것 같구나."

"하지만 이해되지 않습니다. 궁극적으로 무(無)를 체험하는 것이 숭고체험이라면 도대체 그 숭고가 우리의 삶에 무슨 소용이 있단 말입니까? 삶은, 생명은 무(無)가 아니라 유(有)가 아닙니까? 생명은 끊임없이 살아 움직이는 것이 아닙니까? 무(無)는 생명의 부재가 아닙니까? 숭고가 기껏 생명을 부정하는 것이라면 그것이 어떻게 진리라 할 수 있습니까? 생명이 없는 진리가 무슨 진리일까요?"

"그래, 네 말이 맞다. 그러나 더 깊이 생각해보자꾸나. 무(無)는 생명의 부재가 아니라, 부조리하게 들리겠지만, 모든 생명의 근원이다. 다시 말하자면 무(無)에서부터 유(有)가 발생했다는 말이다.[17] 무(無)는 생명의 근원이요, 우주의 무궁무진한 에너지의 근원이란다. 네가 말하는 생명이란 끊임없이 자기 생성과 소멸의 변화를 일으키는 이 우주 에너지의 활동이다.

내 속에 있는 이 우주 에너지가 나를 생성하고 나를 소멸하며, 네 속에 있는 우주 에너지가 너를 생성하고 너를 소멸하고, 우리 속에 있는 우주 에너지가 우리를 생성하고 우리를 소멸하고…… 이렇게 우주 에너지는 영원무궁토록 모든 개체 속에서 생성과 소멸의 변화를 일으키며 스스로를 구현한다. '나'라는 하나의 주체는 '우리'를 형성하고, '우리'는 세상을 형성하고, '세상'은 우주를 형성하지. 이 모든 생성과 소멸의 변화는 우주의 법칙이며, 무(無)가 유(有)의 형상으로 자신을 드러내는 과정인 것이다. 즉 영원불변한 진리가 변화하는 개체를 통해서, 그리고 그 개체 속에서 자신을 드러내는 것이다. 결국 모든 것은 무(無)에서 유래한 것이다. 관조적 삶은 존재의 근원인 무(無)를 체험하는 숭고한 삶이다.

"그렇다면 나뿐만 아니라 삼라만상, 존재하는 모든 것은 숭고한 것인가요?"

"그렇단다. 주체인 나뿐만 아니라 객체인 자연과 세계도 그 본질은 숭고하다. 왜냐하면 모든 것은 우주 에너지의 현현(顯顯)이기 때문이다. 하지만 만일 주체가 객체의 숭고함을 인지하지 못한다면 그래도 그 객체는 여전히 숭고한 것일까? 아니면 더 이상 숭고하지 않은 것일까?"[18]

"숭고는 영원한 것인가요? 숭고가 진리의 본질인가요?"

붕은 먹황새의 숭고에 대한 한 차원 깊은 질문에 상관할 마음의 여유가 없다는 듯 자신 속에서 봇물 터지듯 솟아오르는 질문을 감당하지 못하고 그의 질문을 간과한다. 먹황새는 붕의 그런 조급한 마음을 조금도 나무라지 않는 듯 얼굴 가득 온화한 미소를 지으며 붕의 질문에 답한다.

"숭고와 진리는 둘이 아니다. 그리고 진리의 본질은 영원하다고 할 수도 없고 영원하지 않다고도 할 수 없다. 진리는 다만 그 본질이 비어 있을 뿐이다. 네가 그 비어 있는 본질을 영원하다고 부르든지 영원하지 않다고 부르든지 그 본질 자체와는 전혀 상관이 없다. 이 숭고의 진리를 깨닫게 될 때 우리 영혼이 자유로워지면서 아타락시아[19]를 체험하게 된다."

"아타락시아라니요? 그것은 무엇인가요?"

"욕망에 의해 빚어진 모든 갈등과 동요와 혼란으로부터 자유로워질 때 마음은 절대 고요와 평정에 들어가면서 지극한 열락을 느끼게 된다. 이 열락이 바로 아타락시아이다. 영혼이 절대자유를 체험하는 경지이지."

"그것은 좀 전에 말씀하셨던 '고통의 쾌락'과는 다를 것 같습니다만."

"그렇다. 아타락시아는 고통 속에서 쾌락을 느끼는 것이 아니라 고통으로부터 완전히 자유로워지는 '평정심의 열락'이다."

"제가 어떻게 하면 아타락시아를 체험할 수 있을까요?"

"네 고통의 근원을 없애야 한다."

"제 고통의 근원이 무엇인지요?"

붕의 질문에 먹황새가 또 한 번 너털웃음을 터뜨린다.

"하하하! 네가 여태 고통에서 헤어나지 못한 이유를 알겠구나! 여태 너를 고통스럽게 하는 것이 무엇인지도 모르면서 고통에서 헤어나려 발버둥 쳐 왔단 말이냐? 그래, 좋다. 우리 함께 알아보자꾸나. 네가 가장 갈망하고 추구하는 것이 무엇이냐?"

"하늘피리 소리입니다."

"왜 하늘피리 소리를 갈망하느냐?"

"좀 전에 이미 말씀드렸듯이 하늘피리 소리가 저를 고통에서 자유롭게 하고 불멸의 존재로 만들어 영원한 안식과 자유와 행복을 가져다 줄 것이라고 믿었기 때문입니다."

"그래, 네 스승께서 말씀해주셨다는 그 하늘피리 소리를 네가 들었다고 했었더냐?"

"네, 어느 눈 덮인 밤 숲속에서 하늘새가 들려주는 하늘피리 소리를 들은 적이 있습니다. 그때 분명히 제 영혼이 승화되어 자유로워지는 것을 체험했고 세상이 줄 수 없는 희열과 안식을 느꼈습니다. 그 체험이 바로 불멸의 삶을 말해주는 것이 아닐까요?"

"그러하냐? 불멸의 존재의 실체를 필멸의 존재인 내가 어떻게 알 수 있겠느냐? 네가 그것을 네 나름대로 체험하고 이해한다니, 그럼, 그렇다고 하자꾸나. 진리는 어느 누구도 어느 누구에게 '이러하다, 혹은, 저러하다' 라고 말해줄 수 있는 것이 아니다. 스스로 깨달아야만 한다. 스스로 깨닫지 못한 진리는 아무짝에도 쓸모가 없다. 내가 이 시점에서 네게 조언할 수 있는 것은 네가 그토록 갈망해오던 그 '하늘피리 소리'에 대한 집착을 한 번 버려보라는 것이다. 어쩌면 하늘피리 소리라는 것은 기실 존재하지 않는 환영이요, 환청일 수도 있지 않을까?"

"저는 분명히 하늘새가 불어주는 하늘피리 소리를 들은 적이 있습니다. 환청일 수가 없습니다."

혼란 속에서 번민하고 있음에도 불구하고 하늘피리 소리가 실제로 존재한다는 것을 애써 주장하고 있는 붕을 측은하게 바라보며 먹황새가 말을 잇는다.

"오해하지 마라. 내가 하늘피리 소리를 환청이라고 단정 짓지는 않았다. 그것은 네 스스로 깨닫고 결정할 문제다. 너는 분명히 들었다 해도, 들은 것이 아닐 수도 있다는 것을 말했을 뿐이다. 가여운 새여, 네가 여태 이토록 번뇌 속에 허덕이는 것은 네 본연의 모습을 온전히 알지 못했기 때문이다. 하늘피리 소리는 진리와 예술의 일치의 경계에서 울리는 소리다. 먼저 진리를 깨닫도록 해라. 네 자성(自性)을 깨닫도록 해라.

자, 이제 나는 가야 한다. 하늘을 보아라. 어느새 달이 중천에 떠있구나. 기억해라, 저 보름달을."

"무슨 뜻입니까?"

"보름달이 왜 둥근지, 달의 순환성의 비밀을 알라는 뜻이 아니겠느냐?"

"달이 차면 왜 기우는지, 달이 품고 있는 비밀을 알라는 뜻이 아니겠느냐?"

붕이 하늘을 쳐다본다. 은빛 보름달이 밤하늘을 훤하게 비추고 있다. 언젠가 사막에서 마주 대했던 보름달이 생각났다.

'그때 그 보름달은 내게 말을 걸어왔었지. 그 보름달만큼 낯설면서도 친숙하게 다가온 달은 그때 이후론 본 적이 없었지…….'

깊은 상념에 젖어 있던 붕이 문득 정신을 차려보니 먹황새가 막 날개를 펴고 있었다.

"잠깐만요. 마지막으로 한 가지만 더 말씀해주십시오. 당신은 이미 깨달음을 얻고 관조적 삶을 영위하며 세상의 일에 초연하신 분이신데 어찌하여 저 같은 미물에게 당신의 귀한 피를 아낌없이 나누어주셨습니까? 제가 죽어가든 말든 상관하시지 말았어야 하지 않았을까요?"

"깨달음에 이르면 세상의 일에 초연하게 되는 것은 사실이다. 허나 죽어가는 생명을 보고서도 모른 척 지나쳐 버린다면 도대체 그 깨달음이 무슨 소용이란 말이냐? 모든 죽어가는 생명을 가엾게 여기는 마음이 깨달음의 완성이 아니겠느냐? 불행한 아름다운 영혼[20]이여, 부디 안식에 이르는 길을 찾기를 바란다."

제 4 장

강가에서

'달의 비밀이라니! 머리가 온통 뒤범벅이 되어 버렸다! 먹황새는 혼란스러워하는 나를 더욱 혼란스럽게 했다. 이제 나는 어떻게 해야 하나? 모든 것을 다시 시작해야 하나? 그러나 어디서부터 어떻게 해야 한단 말인가? 집착과 강박관념이 되어버린 하늘피리 소리를 어떻게 해야 놓아버릴 수 있단 말인가? 어떻게 해야 진리와 자성을 깨닫는단 말인가? 어떻게 해야 달의 비밀을 알아낸단 말인가? 하늘피리 소리를 좇느라 애젊은 열정의 불꽃은 헛되이 다 타버렸고, 육신과 영혼은 지칠 대로 지쳐 무너져 버렸는데, 어떻게 다시 시작한단 말인가? 결국 내 삶은 이렇게 실패로 끝난 거야.'

강가에는 어둠이 낮게 깔리고 있었다. 갑자기 번개가 번득이며 하늘이 쪼개지는 듯한 천둥소리가 났다. 절망과 번민의 늪에 빠져있던 붕이 정신을 차렸다. 눈앞에는 갑자기 내린 큰 비로 강물이 범람하고 있었다. 강물은 자신의 앞길을 막고 있는 모든 것들을 단숨에 쓸어버릴 기세로 빠르게 밀려오고 있었다.

'먹황새가 말하던 의지덩어리 같구나! 오직 살겠다는 의지 하나로 자신의 앞을 가리는 것은 무엇이든 쓸어버리는 욕망의 홍수. 쓸어버리고 난 후에는 무엇이 남는가? 남는 것은 아무 것도 없다. 오직 살려는 몸부림 외에는. 생(生)에 대한 욕망의 의지덩어리는 저 범람하는 강물처럼 끝도 없이 생의 급류에 휩쓸려 버둥거리며 흘러갈 뿐이다. 이유도, 목적도 모른 채…… 의미도, 목적도 사라져버린 내 삶, 더 이상 살아서 무엇 하겠는가?

붕이 강물에 막 몸을 던지려 하는데 눈앞에 한 광경이 펼쳐졌다. 작고 볼품없는 썩은 통나무 조각이 강물에 휩쓸려 떠내려 오고 있었다. 그 통나무 조각 위에는 무엇인가 까만 것들이 뭉쳐져 있있다. 그 까만 덩어리는 급물살에 빠져 죽지 않으려고 통나무 조각에 필사적으로 매달려 있는 수많은 아주 작은 개미들이었다. 자신이, 아니 그 어떤 생명체도 그 급물살을 이겨낼 수 없다는 생각이 미처 머릿속에 떠오를 겨를도 없이 붕은 재빨리 강물의 흐름을 따라 날았다. 그러나 막상 급물살에 떠내려가고 있는 통나무 조각을 따라 잡기란 여간 힘든 일이 아니었다. 혼신의 힘을 다해 통나무 조각에 닿을 듯 말 듯 낮게 날고 있는데 아차 하는 순간에 긴 꼬리 깃이 물살에 잡혀 버렸다. 뒤뚱거리며 물살에 휩쓸리지 않으려고 안간 힘을 쓴 보람도 없이 급물살은 그녀를 삽시간에 덮쳐버렸다. 마치 물 속 깊은 곳에서 오랫동안 굶주리고 있던 이무기가 수면 위로 솟아오르면서 순식간에 먹이를 덮치는 것 같았다.

물살이 거칠게 솟아올랐다 내렸다 할 때마다 붕이 물 위로 떠올랐다 가라앉았다 했다. 마치 붕과 이무기가 한데 어울려 한바탕 씨름을 하고 있는 것 같았다. 어디에서 그런 힘이 생겨난 것일까? 삶의 의미를 잃어버리고 자신의 몸 하나도 제대로 추스르지 못하고 있던 좀 전의 무기력했던 그녀와는 완연히 다른 모습이었다. 이윽고 붕이 물 위를 퍼덕거리며 올라오고 있었다. 일개 새에게 패한 당혹감을 감추기라도 하려는 듯 허겁지겁 도망치는 이무기처럼 강물은 무엇이 그리 급한지, 그리고 어디로 가고 있는지 알기나 한 건지, 가던 길을 재촉하며 황급히 흘러가고 있었다.

기진맥진한 붕이 다시 물에 잠겼다. 의식이 희미해져가고 있는 그녀는 이제 이렇게 자신의 삶이 끝나는 가 싶었다. 그때 어떤 목소리가 들리는 것 같았다.

―지극히 작은 자 하나에게 베푼 것이 곧 나에게 베푼 것이다.[21]―

그 목소리에 붕이 의식을 되찾는다. 몸속에 어떤 알 수 없는 기운이 힘차게 돌고 있다. 사력을 다해 물 위로 퍼덕거리며 날아오른다. 떠내려가고 있는 통나무 조각의 위치를 파악한 뒤 재빨리 따라잡아 발톱으로 그것을 낚아채 무사히 강둑에 내려앉는다. 안전한 강둑에 오른 개미들은 숨을 가눌 틈도 없이 어디론가 쏜살같이 사라져버린다. 개미들만 혼비백산한 것은 아니다. 붕도 정신이 없다.

혼신의 힘을 다해 구해준 개미들이 눈 깜빡할 사이에 사라져버리는 것을 보고 붕은 어안이 벙벙하다. 문득 홀로 남겨진 가슴이 허전해진다.

'목숨을 구해준 대가를 바라는 것은 아니야. 위험을 무릅쓰면서까지 자신들의 생명을 구해주었는데 고맙다는 말 한마디쯤은 남기고 갈 수 있지 않았을까?

-기억하라, 은혜의 마음을 가진다는 것은 세상에서 가장 힘든 일이라는 것을!-

　스승의 말씀이 그녀의 뇌리를 스친다. 그러나 허전한 마음은 좀처럼 가시지 않는다.
　'스승님이 말씀하셨던 삶의 진리를 이제 나도 모르는 바 아니야. 하지만 머리로 아는 것과 그 앎을 행하는 것은 같지 않구나. 현명하신 스승님은 어떻게 지식과 행동이 일치하셨을까?'
　문득 그가 그리워진다.
　'이젠 그분도 하늘나라로 가셨겠지. 어머니, 아버지의 좋은 친구가 되어 계실거야. 모두들 가시고 나만 홀로 남았구나. 어른이 된다는 것은 참 외로운 일인 것 같아. 기실 개미들에게 인사치레를 받겠다는 것은 아니었어. 다만 어떤 연유로 그런 위험한 일을 겪게 되었는지 잠시라도 대화를 나누고 나면 내 외로움이 덜어질 것 같았을 뿐이야.'

　-네 속에 외로움이 자리하고 있는 한 어느 누구와 함께해도 외로움은 가시지 않을 것이다. 먼저 네 외로운 속을 비워라. 그러면 홀로 있어도 외롭지 않을 것이다.-

　먹황새의 음성이 들리는 것만 같다.
　'채워져야 할 외로운 속을 오히려 비우라니? 난 다만 작은 위로가 필요했을 뿐이야. 나에겐 그것마저도 허락되지 않는단 말인가?'

216

붕은 다시 심란해졌다. 그러나 마지막 남은 힘을 다하여 다시 한 번 더 마음을 추스르려고 안간 힘을 썼다. 그러자 좀 전의 개미들이 머리에 떠올랐다.

'나는 개미만도 못한 존재였구나! 보잘 것 없는 미물도 통나무 조각에 매달려 필사적으로 자신의 생명을 지키려했는데 나는 내 생명의 소중함을 잊어버리고 스스로 목숨을 끊으려 하지 않았던가?'

부끄러운 마음에 주위를 둘러보았다. 자신의 삶이 무가치하고 무의미하다고 생각했던 어리석은 속마음을 혹시라도 누가 읽어 버리지 않았을까 하는 조바심이 났다. 그리고 마치 다시 살아남아야 할 이유라도 발견한 듯, 한 가닥 자신의 삶에 의미를 두려 애써본다. 심란했던 마음이 진정되는 것 같았다. 다시 주위를 둘러보았다.

아무도 없었다.

세상은 방금 전 무슨 일이 있었냐는 듯 정적 속에 싸여있다. 다시금 감당할 수 없는 적막감이 가슴에 밀려온다.

'나는 이렇듯 철저히 홀로 버려져 있는데 내 생명의 존엄성을 깨달은들 무슨 소용이 있단 말인가?'

재차 세상에 홀로 버려졌다는 외로움과 비탄에 젖은 붕은 이전보다 더 깊이 절망의 수렁으로 빠지고 있다. 문득 좀 전의 통나무조각이 발에 밟힌다.

"통나무 조각아, 너는 어쩌다가 썩어 문드러져 볼품없는 모양새로 드러누워 이렇게 내 발에 밟히는 신세가 되어버렸니? 너는 세상을 향해 할 말도 없니? 나는 할 말이 너무 많은데……. 아니, 실은 나도 할 말이 없구나. 이제 우리 둘은 세상에 아무 짝에도 쓸모없는 물건이 되어 이렇게 버려져 있구나. 자신도 행복하게 하지 못했고 남에게도 소용없는 존재, 차라리 이 세상에 없느니만 못하구나. 통나무 조각아, 잘 있어."

붕이 다시 강물에 몸을 던지려는데 또 하나의 광경이 눈앞에 펼쳐진다.

강 건너편에 전갈과 거북이가 서로 말을 건네고 있다. 잠시 후 거북이가 전갈을 등에 업고 붕이 있는 쪽으로 건너오고 있다. 거친 물살을 헤치면서 아슬아슬하게 붕이 있는 곳까지 무사히 도착했다. 붕이 안도의 한숨을 내쉰다. 그런데 미처 숨도 제대로 가다듬지 못하고 있는 거북이를 전갈이 느닷없이 독침으로 쏘아버렸다. 눈에 맞은 독이 삽시간에 온몸으로 퍼지자 거북이는 경련을 일으키며 버둥거리다가 나자빠졌다. 온몸이 마비되어가는 거북이는 눈도 뜨지 못한 채 경악과 슬픔으로 간신히 긴 목에 달린 작은 입을 열었다.

"내가 너를 업고 강을 건네줄 때 혹시라도 네가 나를 네 독침으로 쏠까 두려워서 내가 미리 네 약조를 받아 놓지 않았었니?"

"그래, 그랬었지. '나를 구해줄 생명의 은인인 너를 어떻게 죽이겠니? 절대 그러지 않을 것을 약속할게' 라고 했었지."

"그런데, 왜, 너는 그 약속을 어겼니? 은혜를 원수로 갚다니! 어떻게 이럴 수가!?"

"거북아, 전갈은 천성적으로 다른 생명체와 접촉될 때 자신을 방어하기 위해 독침을 쏘게 되어 있단다. 나는 다만 내 천성을 거스르지 못했던 거야."

"그래, 그렇구나. 우리는 다 각자의 천성을 따라 살아갈 뿐이지. 전갈아, 너무 괴로워하지는 마."

거북이 숨을 거둔다.

'가여운 거북, 남의 말을 믿어버리는 착한 심성으로 인해 죽어가는구나. 전갈을 원망하기는커녕 오히려 그를 위로하면서……'

전갈은 일말의 양심의 가책도 느끼지 않는 듯 숲 속으로 자취를 감추어 버린다. 붕은 다시 홀로 강가에 남는다. 배를 하늘에 드러내고 죽어 나자빠져 있는 거북이가 마치 자신의 모습같이 느껴진다. 측은하고 허망해서 가슴이 조여 온다.

'왜 선한 존재는 늘 악한 존재에게 당하기만 할까? 선한 삶이 행복이 아니라 고통만을 준다면 도대체 세상에 선하게 살아야 할 이유가 어디 있단 말인가?'

– 선한 일을 행하면서도 충분히 불행해질 수 있다. 우리가 선하게 살아야 하는 이유는 선(善)이 우리를 행복하게하기 때문이 아니라, 선이 이미 우리 안에 내재하기 때문이다. 그러므로 행복하기 위해서, 혹은 자신의 이익을 위해서 선을 행한다면 그것은 우리의 본성을 거스르는 행위요, 자연의 이치에 어긋나는 행위이다. 자신을 이롭게 하겠다는 마음 없이, 무심(無心)한 상태에서 선을 행한다면 우리는 고통에서 자유로워지면서

행복해진다. 행복은 선(善)한 삶의 목적이 아니라 결과라는 것을 잊지 마라.[22]–

먹황새의 목소리가 허망한 가슴에 울려 퍼진다.

이 새를 보라!

붕은 먹황새의 지혜에 미치지 못한 자신이 한없이 부끄럽고 초라하게 느껴진다. 가슴이 시리다. 망연히 강 건너 산 너머로 뉘엿거리는 석양을 바라본다. 퇴색되어가고 있는 자신의 빛을 끝까지 놓지 않으려는 검붉은 노을의 몸짓이 애처롭다. 그러나 그 몸짓도 잠시, 이내 어둠이 거대한 괴물처럼 저벅저벅 하늘을 밟으며 다가오고 있다. 운명처럼 다가오는 어둠에 짓눌린 노을이 마지막 잿빛 숨을 내뿜으며 무너진다. 그런 노을이 애처로운지 땅거미가 숨을 죽이며 강물에 젖고 있다.

> 지고 있는 저 태양은
> 내일이면 다시 떠오르련만
> 지고 있는 내 꿈은
> 언제 다시 떠오르려나.

가거라

220

내 꿈아

영영 돌아오지 마라.

접어라

내 영혼아

네 지친 날개를.

　마침내 하늘피리 소리에 대한 염원을 포기해버린 붕은 밀려오는 슬픔
과 아픔을 견디지 못하고 쓰러졌다. 잠시 후 정신이 들었다. 속이 뒤틀리
는 고통 때문이었다. 가시덤불 같은 것이 소용돌이치면서 속을 마구 후
벼 파고 있는 것 같았다. 하늘이 빙글빙글 돌고 땅이 꺼지는 것 같았다.
너무 고통스러워서 소리도 지를 수 없고 숨도 쉴 수 없었다. 마침내 고통
이 극에 달하니 붕이 의식을 잃어가고 있었다. 그런데 바로 그 순간 정신
이 번쩍 들었다. 형용할 수 없는 쾌락이 의식과 무의식의 틈새를 비집으
며 불꽃처럼 타오르고 있지 않은가?
　'아! 먹황새여! …… 아! 얼마나 역겨운 내 모습인가!'
　붕이 토악질을 해냈다. 그러자 가시 돋친 시커먼 밤송이 같은 덩어리가
역한 냄새를 풍기면서 튀어나왔다. 그것은 붕을 비웃기라도 하는 듯 한
참을 깔깔대며 땅에 뒹굴었다. 그러곤 봄 햇살에 얼음 녹듯이 사라져버
렸다.
　그러자 이상하게도 마음이 평온해졌다. 고통도, 쾌락도, 그 어떤 감각
도 더 이상 느낄 수 없었다. 마치 자신이 통째로 사라져 버린 것 같았다.

자신뿐만 아니라 자신을 둘러 싼 세상 모두가 순식간에 사라져 버린 것 같았다. 자신이 다른 차원의 세상에 와 있는 것 같았다. 그러자 끝없이 펼쳐진 칠흑 같은 텅 빈 우주 한가운데 세 개의 물체가 잿빛을 발하며 무중력 상태로 떠있는 것이 보였다. 거북이의 사체와, 썩은 통나무 조각과, 자신의 사체였다.

"저것 봐, 우아하고 아름답던 붕도 죽으니 별 수 없잖아? 죽어 나 자빠져 배를 드러내고 있는 저 몰골 좀 보소. 붕은 선하고 아름답기 때문에 죽어도 썩지 않을 것 같지 않았던가? 그런데 굼벵이들이 득실거리고 악취를 풍기면서 흉측하게 부패되어가고 있는 저 몰골은 여느 새와 다를 바 없지 않은가? 조만간 거북이 사체나 썩은 통나무 조각이 그리되듯이 한갓 먼지가 되어 바람에 날려 흩어지겠지.

자, 우리 이제 모두 붕의 죽음을 애도합시다! 살아있는 모든 생명체는 결국 죽어 없어지는 것이요, 삶이란 눈이 녹으면 흔적도 없이 사라지는 눈 위의 기러기 발자국에 불과하다는 것을 노래합시다. 불멸의 하늘피리 소리를 좇는다며 잘난 체 하던 붕도 결국 죽음 앞에서는 별 수 없었다는 사실을 우리 다 함께 별나게 노래합시다. 그토록 영원불멸할 것을 원했으니 썩어가고 있는 사체나마 영원하기를 축원하는 춤을 춥시다."

세상의 모든 새들이 함께 입을 모아 목청 높여 조소의 노래를 부르며 애모(哀慕)의 춤을 추면서 한바탕 놀이판을 벌리고 있는 데 갑자기 우주가 굉음을 내며 폭발한다. 붕이 소스라치게 놀라 깨어난다. 얼마나 긴 시간이 흘렀던 것일까? 아니, 그것은 찰나에 불과했다. 천둥소리는 그렇게 그녀를 깨웠다. 그러나 그 천둥소리는 하늘에서부터 온 것이 아니었다. 자신의 내면에서부터 온 것이었다. 붕은 영원같이 느껴졌던 긴 잠에서 깨어난 것 같았다. 그녀는 안절부절 못한 채 강가에 서서 빙빙 맴돌고 있었다. 몇 번이나 그렇게. 마치 영겁이 지난 듯했다.

'어리석은 나! 그동안 나는 하늘피리 소리를 좇고 있었기 때문에 다른 새들과는 달리 죽지 않을, 아니 설혹 죽더라도 썩지 않을 특별난 존재라는 착각 속에 살고 있었구나!'

가슴이 뻥 뚫리는 듯했다. 웃음이 터져 나왔다. 그러나 그 웃음이 허탈감인지 자유로움인지 알 수 없었다. 어쩌면 허탈감과 자유로움의 경계에서 터져 나온 웃음일 수도 있겠다. 아니, 어쩌면 둘은 궁극적으로 차이가 없는 것이 아닐까? 이때 붕의 눈앞에 또 하나의 광경이 펼쳐진다.

먼 옛날, 북쪽 바다 왕국, 자유의 광장에서 아버지와 함께 노래연습을 할 때 바닷속 모든 생명체들이 자신의 노래에 맞춰 춤을 추던 기억, 자신을 사랑해주었던 바닷속 친구들, 지혜로운 스승과의 깊은 대화, 사랑했던 어머니와 이별하며 가슴 저려했던 순간, 북쪽 바다 왕국에서 새가 되어 첫 비상의 날개를 펴고 자유의 냄새를 맡았던 그 가슴 뛰던 감격의 순간, 행복의 파랑새와, 진리의 비둘기와, 꿈꾸는 갈매기와의 고귀했던 만남의 시간들, 질투로 자신을 음해하고 배신했던 친구 까마귀, 사랑했던 왕자, 사막의 황금성에 남겨 두고 온 어린 새들, 눈 덮인 숲속에서 하늘

223

새와 함께했던 찬란했던 축복의 시간, 질시와 모함으로 회색 날개쉼터에서 자신을 몰아냈던 왜가리 부부, 자신의 마지막 피 한 방울까지 빨아먹은 복수의 화신 붉은 박쥐, 관조적 경지에 이르러 세상일에 초연했으나 죽어가는 한 생명에게 측은지심을 느껴 자신의 피를 나누어 주었던 고귀한 먹황새!

주마등처럼 눈앞을 스치며 지나가는 추억 속의 모든 장면들이 칠흑 같은 어둠과 절대 정적의 광활한 우주 한가운데서 일시에 폭죽처럼 터진다. 폭죽의 무수한 편린들이 우주 저편에서 소리 없이 소용돌이치고 있는 거대한 블랙홀 속으로 삽시간에 빨려 들어간다. 깊고 오랜 정적이 흐른 후 그 블랙홀은 거대한 거미 한 마리를 토해낸다. 그 거미가 자신의 몸속에서부터 비단실을 뿜어내어 거대한 나선형의 거미 그물망을 짜고 있다! 붉은 머리에서 발끝까지 온몸에 흐르는 전류를 느끼며 탄성을 지른다.

'아! 우주의 원리여! 거미는 자신의 몸에서 배출한 비단실을 씨줄과 날줄로 엮어서 거미 그물망을 만든다. 씨줄과 날줄은 거미로부터 나왔으니 거미의 일부분이요, 그 속에는 거미의 본질이 들어있다. 마찬가지로 삼라만상은 우주가 방사(放射)한 씨줄과 날줄로 엮어진 우주의 유기체적 그물망이다. 그러므로 삼라만상은 우주를 이루는 부분이요, 우주의 본질이요, 우주 그 자체다.

아! 천상천하 유아독존(天上天下 唯我獨尊)의 진리여! 모든 개체는 우주의 부분으로서, 그리고 우주 그 자체로서 동등한 가치를 지닌다. 모든 생명체는 동등하게 존귀하다!

아! 천성을 어쩌지 못하고 자신의 생명을 구해준 거북이를 죽이고 만 전갈에게 축복 있으라, 죽임을 당해도 착한 천성으로 전갈을 원망하지 않았던 거북이에게 축복 있으라, 자기연민의 덫에 걸려 내게 복수했던 붉은 박쥐에게 축복 있으라, 두려움과 어리석음의 연약한 천성을 어쩌지 못하고 내 영혼을 무너뜨렸던 왜가리 부부에게 축복 있으라, 자신이 믿는 신을 나보다 더 사랑해서 나를 떠나야만 했던 왕자에게 축복 있으라, 질투심에 눈이 멀어 내게 상처를 주었던 까마귀에게 축복 있으라, 타고난 아름다운 목소리로 나를 위로해줬던 붉은머리피리새에게 축복 있으라, 비록 버려져 아무도 그 존재감을 알아주지 않으나 수많은 개미들의 생명을 구했던 썩은 통나무 조각에게 축복 있으라, 비록 미물이라 할지라도 자신들의 생명을 쉽게 저버리지 않았던 개미들에게 축복 있으라, 자식을 위해 자신들의 생명과 안위를 버린 북쪽 바다 왕국의 선(善)한 내 아버지 어머니에게 축복 있으라, 지혜로운 스승님께 축복 있으라! 하늘 피리 소리의 비밀을 알려주었던 하늘새와 먹황새에게 축복 있으라!

아! 모든 생명체들에게 평등하게 축복 있으라! 선한 생명에게도 악한 생명에게도 평등하게 축복 있으라! 아름다운 생명에게도 추한 생명에게도 평등하게 축복 있으라! 이 세상에 귀하고 미천한 것이 어디 따로 있으랴! 소용 있고 소용없는 것이 어디 따로 있으랴! 우주의 유기체적 그물망에서 끝없이 생성하고 소멸하는 삼라만상에게 평등하게 축복 있으라!

아! 내게도 축복 있으라! 나 또한 우주 그물망을 이루는 한 부분이다.

부분이 없으면 전체도 없다. 내가 없으면 우주는 온전하지 않다. 나는

우주의 부분이요, 곧 전체다!'

붕은 자신이 무한한 우주를 품은 것 같았다. 아니 무한한 우주가 자신 속에 들어있는 것 같았다. 우주와 자신이 하나였다! 바로 그때 그녀의 내면 깊숙한 곳에서부터 울리는 소리가 있었다.

하늘피리 소리였다!

먼 옛날 북쪽 바다 왕국에 있을 때 꿈속에서 희미하게 들었던 바로 그 음률이었다! 그것은 늘 자신의 내면에서 울리고 있었던 소리였다. 존재의 근원에서 울리는 소리, 우주의 음률이었다. 만물이 생성되기 이전의 소리요, 지금 생성되고 있는 소리요, 앞으로 무궁무진하게 생성될 소리였다! 무지(無知)의 어둠 속에 묻혀 있던 자성(自性)이 마침내 빛을 발하는 소리였다!

'아, 나의 어리석음이여! 그동안 하늘피리 소리가 진리와 예술의 일치의 경계에서 울리는 소리라고 해서 그것이 최상으로 아름답고 선한 음률일 것이라고 믿어왔구나! 우주의 본질은 아름답지도 선하지도 않다. 우주의 본질은 '숭고'하다. 숭고한 우주의 부분이면서 동시에 전체인 모든 개체 또한 숭고하다. 하늘피리 소리는 이 개체의 자성(自性)이 울리는 소리, 숭고한 음률이다!'

그 순간 그녀의 몸이 순식간에 팽창하면서 눈부신 빛을 발한다. 어릴 적 꿈속에서 거대한 빙산이 폭발하면서 온 세상을 밝히던 바로 그 빛이다! 태고의 빛이다. 대지가, 하늘이, 바다가, 우주가 놀라 그 깊은 태고의 잠에서 깨어난다. 한 개체의 깨달음의 빛이 우주를 밝힌 것이다. 붕의 내면에 늘 잠재하고 있던 자성(自性)이, 숭고(崇高)가 마침내 완성된 것이다. 붕이 날개를 편다.

'아타락시아!'

붕이 날아오르는 하늘이 거대한 은빛 불꽃으로 타오른다.

붕의 비상

북쪽 바다에 6월의 해풍이 불기 시작한다.[23] 하늘이 온통 은빛으로 불타오르고, 바다가 요동치면서 검붉은 열기를 내뿜는다. 기암 같은 검은 재들이 바다를 뚫고 하늘을 비웃듯이 높이 치솟는다. 마치 세상의 종말이 온 것 같다. 그러나 그것은 종말이 아니라 새로운 세상의 시작이었다.

은빛 날개를 펼치며 바닷바람을 받아 날아오르는 붕이 긴 숨을 내쉬며 크게 한 번 울음을 운다. 마치 화산이 용암을 분출할 때 터져 나오는 소리 같다. 태고의 혼돈이 자신을 드러내며 내지르는 소리 같다. 태고에 만물이 생성될 때 일어났던 혼돈의 역동적 에너지가 다시 폭발하는 소리 같다. 그것은 우주가 자신을 드러내는 소리요, 만물의 생명을 일깨우는 소리요, 모든 소리의 근원이다. 어떤 생명체도 감히 들을 수 없는 소리다. 아니, 그것은 소리가 아니다. 절대 정적의 울림이다!

북쪽 바다 왕국의 새들이 두려움과 경악으로 기겁을 한다. 어릴 적 붕을 놀리며 괴롭히던 참새와 메추리가 작은 덤불숲에서 폴짝거리며 날아다니다가 하늘을 가로막고 비상하는 붕의 날갯짓이 일으키는 강풍을 맞아 땅바닥에 내동댕이쳐진다.

"어떻게 해서 그토록 작았던 새가 저토록 거대한 새가 될 수 있단 말인가? 아, 우리는 그녀를 얼마나 놀려댔던가? 이제 우린 어떻게 되는 것일까?"

두려움으로 그들의 작은 날개깃이 파르르 떤다.

둥지 속 쾌락에서 아직 깨어나지 못하고 있던 왜가리 부부는 붕의 울음소리에 귀가 먹어버린다. 거대한 공포의 폭풍이 삽시간에 그들의 존재의 뿌리를 통째로 뽑아버린 것이다.

"이 소리는 바로 태초에 만물이 생성될 때 울렸다는 시조새의 울음소리가 아닌가? 아, 신성한 새가 우리와 함께 있었는데 질시와 두려움으로 눈이 멀었던 우리는 그녀를 쫓아내버렸지 않았던가? 아, 이제 우린 죽은 목숨이다!"

빛나는 왕관을 쓰고 높은 왕좌에 앉아 많은 수컷 까마귀들을 희롱하며 짐짓 우아한 몸짓으로 군림의 맛을 차례차례 하나씩 하나씩 즐기고 있던 까마귀 여왕은 하늘이 무너지는 듯한 붕의 울음소리에 기절초풍해서 왕좌에서 굴러 떨어진다.

한편 붉은머리피리새는 춤추며 노래한다.

"만세, 내 친구, 붕, 마침내 네가 해냈구나. 언젠가는 네가 해낼 것이라고 난 믿고 있었어! 이제 우리 북쪽 바다 새(鳥)왕국이 네 영광스러운 빛을 보았으니 영원토록 행복하고 번성할거야!"

붕과 작별했던 시냇가에서 오늘도 그녀가 들려주었던 음률을 기억하며 열심히 노래 연습을 하고 있던 회색날개쉼터의 어린 왜가리들이 붕의 울음소리를 듣고 귀가 열린다.

'붕, 사랑하는 자매여, 마침내 우리에게 온전한 하늘피리 소리를 들려주셨군요!'

천지가 진동하고 하늘이 은빛 광휘로 덮인 것을 보고 서쪽바다 복종의 왕국 왕자가 문득 어떤 강렬한 예감에 이끌려 하늘을 쳐다본다. 그것은 하늘을 덮고 날아가는 붕이었다.

"그래, 붕은 아름다운 새가 아니었어. 나는 그것을 예전에 감지했었지. 그녀는 늘 나보다 더 크고 더 깊고 더 위대한 새였어. 이제 붕은 마침내 자신의 자성(自性)을 깨치고 자기의 본연의 모습을 완성시킨 것이다. 붕, 당신에게 신의 축복이 함께 하길. 마침내 당신이 그토록 좇던 자유를 얻었으니 이제 영원한 안식에 이르기를!"

행복의 파랑새가 환희에 차서 노래한다.

"아, 얼마나 멋진 감격의 순간인가! 작고 어린 새가 마침내 위대한 새가 되었구나! 붕, 마침내 네가 그토록 갈망했던 자유를 얻었구나! 이제 그 모든 시련과 고통을 뒤에 두고 날아가려무나. 네 본향으로. 이제 네 이름을 지어주마. 너는

'숭고새(崇高鳥)'다."

붕이 경외와 탄식과 후회와 축하의 탄성을 뒤에 두고 남쪽바다로 날아
간다. 북쪽 바다 왕국 붕의 어릴 적 친구들이 거대한 바닷속을 휘젓는 소
용돌이에 심상치 않음을 감지하고 해일을 타고 물 밖으로 올라온다. 붕
이 큰 울음을 울며 비상하는 것을 보고 기쁨의 환성을 지르며 물 밖으로
뛰어 오른다.

"하늘피리 소리다! 마침내 우리가 하늘피리 소리를 들었다!

만세, 우리의 아름다운 곤!

만세, 우리의 숭고한 붕!"

하늘 못

삼천 리나 되는 물결을 치면서 회오리바람을 일으켜 타고 하늘 높이 솟
구쳐 오른 붕이 구만리장천을 날아 남쪽바다 하늘 못에 도달한다. 하늘
못을 내려다보는 그녀가 큰 충격에 빠진다. 일체의 미동도 없는 아득하
게 큰 하늘 못의 정적이 자신을 기다리고 있었다. 그런데 붕을 충격에 빠

뜨린 것은 절대정적만이 아니었다. 그렇게 무한히 넓고 깊은 정적의 하늘 못이 어떤 형상으로 가득 차 있었던 것이다.

자신의 모습이었다!

먼 옛날 어릴 적 물고기였을 때 꿈속에서 보일 듯 말 듯 자신에게 말을 건네려했던 바로 그 어둠 속 물체였다! 마침내, 그리고, 최초로 붕이 자신의 모습을 본 것이다. 칠흑 같던 밤하늘이 서서히 수평선 위로 떠오르는 일출에게 그 자리를 내어주고, 깊고 어둡던 하늘 못이 은빛으로 빛난다. 붕의 영혼이 절대 평정의 무중력 상태에서 지극한 희열로 빛난다.

자유의 고양!

절대정적의 하늘 못에 침묵의 소리가 울려 퍼지고 태초의 어둠이 빛을 발한다.

숭고한 빛의 선율이다.

제 4 부

오상아(吾喪我)24)의 노래

인간의 피리 소리를
들은 적이 있는가?
만개의 고통의 파도를
가라앉히는 소리.

대지의 피리 소리를
들은 적이 있는가?
존재의 심연에서 울리는
생명의 소리.

하늘피리 소리를
들은 적이 있는가?

비어있는
우주의 정적의 소리
비어있는
내 영혼의 소리.

제 1 장

꿈속의 얼굴 II

멀리 어렴풋이 안개 속으로 사라지는 어머니의 뒷모습이 보인다. 가슴이 저려온다. 달려가 어머니의 치마폭에 얼굴을 묻는다. 어머니의 체취가 물씬 풍겨온다. 왈칵 울음이 터져 나온다. 머리를 들어 그리운 어머니의 얼굴을 보려는데 삽시간에 어머니는 사라지고 형체를 알 수 없는 무서운 얼굴이 하늘을 가득 메우고 있다. 기겁을 하고 뒤로 물러서는데 그 무서운 얼굴은 세상에서 한 번도 들어본 적이 없는 신비롭고 황홀한 음악 소리를 남기며 찬란한 빛에 휘감겨 하늘 높이 날아오른다.

"또 같은 꿈을 꿨다!"

소년은 오늘 새벽에도 매일 밤 반복되어 오던 꿈에서 깨어난다. 두려움으로 선뜻 일어날 수가 없다. 옆으로 누워 무릎이 얼굴에 와 닿도록 동그랗게 구부린 채 두 손으로 머리를 감싸며 떨고 있다. 너덜너덜하게 구멍이 뚫린 얇은 웃옷 저고리 사이로 앙상한 등이 드러난다. 식은땀이 등줄기를 타고 내린다. 소년은 꿈을 풀이해보려고 애를 쓴다. 그러나 그럴 시간이 없다. 식은땀을 닦아낼 시간조차도 없다. 빨리 자리를 털고 일어나야만 한다. 오늘도 힘들고 바쁜 하루가 그를 기다리고 있기 때문이다.

적공(笛工)[25]의 탄생

고아의 서러움과 외로움을 세상은 위로해주지 않았다. 아침은 혹독한 세상살이가 시작되는 죽음의 시작이었다. 낮의 어둡고 음울한 시간 동안 그의 존재감은 누구에게도 인지되지 않았다. 천대와 멸시 그리고 분주하고 소란한 군중 속의 외로움 외에 그가 가진 것은 아무 것도 없었다. 그러나 밤은 꿈의 세계가 열리는 생명의 시간이었다. 고요하게 빛나는 밤은 모두 그의 것이었다. 비록 아무도 따뜻하게 안아주지 않았지만 비가 오나 눈이 오나 바람이 부나 늘 자신을 쉬게 해주는 집이 있으니 소년은 그것으로 감사했다.

오늘도 소년은 허기진 배를 움켜잡고 집으로 돌아온다. 마을 밖에 홀로 서 있는 큰 버드나무가 두 팔을 활짝 펴고 그를 맞이하고 있다. 버드나무 밑에 누워 밤하늘의 보름달을 쳐다보면 따스함이 온몸에 스며든다. 세상에서 가장 넓은 정원과 가장 높은 천정을 지닌 집에 돌아와 누우니 세상에 부러울 것이 없다.

보름달이 뜨면 소년은 행복했다. 보름달은 고픈 배를 채워주는 맛있고 커다란 떡이 되어주기도 하고 추위에 떨고 있는 몸을 따뜻하게 데워주는 화덕이 되어주기도 했다. 그러나 이 모든 것보다 보름달을 좋아하는 이유는 보름달이 외로운 자신에게 말을 건네주기 때문이었다. 그런데 밤하늘에는 보름달만 있는 것은 아니었다. 은하수도 있었다. 은빛 비단 이불 같은 은하수는 그의 몸을 따뜻하게 덮어주었다. 그러면 대지는 포근한 요와 안락한 베개가 되어주었다.

밤은 낮의 번잡한 소리를 잠재웠다. 홀로 밤의 적막함과 함께 하면 하늘의 별과 달, 그리고 대지의 나무들과 꽃들이 숨을 쉬는 소리가 들리곤 했다. 대지는 그에게 어떤 음악을 들려주는 것 같았다. 때론 그 음악 소리의 정체를 알아보려고 숨을 죽여 보기도 했다. 그러나 늘 너무 피곤해서 그저 대지가 불러주는 음악 소리를 자장가 삼아 잠에 곯아떨어지곤 했다. 가끔 여느 때보다 조금 덜 피곤할 때는 숨을 죽이고 대지의 소리를 제대로 들어보려 하곤 했다. 그것은 어떤 피리 소리 같기도 했다. 그러나 확실히 알 수는 없었다. 대지가 부는 피리 소리? 어린 마음에 하나의 큰 화두가 던져졌다. 그러던 어느 날 그가 진짜 피리 소리를 들었다고 생각한 적이 있었다.

'이토록 맑고 청아한 소리가 정녕 이 세상에 존재한단 말인가? 영겁의 전생에서부터 이제 막 현생에 태어난 듯, 영원한 꿈속에서 길을 잃고 헤매고 있던 내 영혼을 깨우는 이 수정같이 맑은 소리! 내 영혼이 하늘로 올라가는 것만 같은 이 소리, 이것은 분명히 하늘이 부는 피리 소리다!'

어제의 힘든 하루에 지쳐 있던 곤한 몸은 아직 일어나지 말라고 때를 쓴다. 그러나 이미 이른 새벽의 계곡물처럼 맑아져 버린 정신은 소리의

정체를 알아보라고 그의 몸을 부추긴다. 그것은

새벽을 깨우는 종달새의 노랫소리였다!

이른 새벽에 버드나무 위에 앉아 울음 우는 종달새 노랫소리는 전날의 외롭고 곤한 마음을 적셔주는 청량수와 같았다. 어린 가슴이 기쁨으로 뜀박질했다.

'그래, 일용할 양식이 없어도, 입을 옷이 마땅치 않아도, 머리를 받쳐주는 편안한 베개가 없어도 나는 충분히 행복할 수 있다. 음악은 내 가슴과 영혼의 양식이요, 하늘을 날아오를 수 있는 천사의 날개옷이요, 왕의 황금침소보다 더 포근한 처소이다. 나는 이제 살아 있는 동안 이 세상에서 가장 아름다운 피리 소리를 낼 것이다. 그래서 세상 모든 사람들의 슬픔을 위로하고 그들에게 삶의 기쁨을 선사할 것이다.'

소년은 문득 늘 자신을 품어주는 버드나무를 쳐다보았다. 물이 올라 있었다. 어느새 봄이 온 것이다. 그는 물 오른 버들가지를 잘라서 토막을 내고 돌려 문질러 속대를 뽑아보았다. 버들가지 속이 텅 비워졌다. 그 비워진 공간에 숨을 불어 넣어보았다. 소리가 났다! 속이 빈 겉껍질이 피리가 된 것이다! 기쁨과 놀라움과 흥분에 휩싸여 그는 종달새의 노랫소리를 흉내 내어 보았다. 아름다운 선율이 흘러나왔다. 누구로부터 배우지도 않았건만 그는 버들가지로 피리를 만든 것이다. 적공(笛工)이 탄생한 것이다.

소년은 오늘도 뒷동산에 올라 보름달을 벗 삼아 피리를 불어본다. 텅 빈 가슴 속에서 얼굴을 묻고 쪼그리고 앉아 있던 외로움이 피리 소리에 두 귀를 쫑긋거린다. 피리 소리가 이내 제 멋에 겨워 흥을 내면서 가슴 깊이 울려 퍼지면 외로움은 서서히 얼굴을 든다. 이윽고 무릎을 펴고 일어난다. 그리고 두 팔을 하늘로 향하며 춤을 춘다. 하늘의 달과 별들, 대지의 꽃들과 나뭇잎들, 시냇물을 따라 흐르는 작은 물고기들, 시냇가를 따라 살포시 낮게 나는 제비나비들, 그리고 이름 모를 작은 새들이 소년의 피리 소리에 장단을 맞추며 노래 부른다. 휘영청 밝은 보름달마중 채비를 차리고 있던 벚꽃나무도 소년과 함께 밤을 찬미하며 흐드러지게 춤을 춘다. 피리 소리에 매혹되어 벚꽃 나뭇가지 사이에 몸을 숨기며 소년을 훔쳐보며 수줍게 미소 짓는 한 소녀의 분홍빛 얼굴이 벚꽃과 어우러져 한 폭의 그림이 된다.

악마의 하늘피리 소리

오늘도 그는 어깨를 축 늘어뜨리고 정신 나간 사람처럼 멍하니 하늘을 쳐다보기도 하고 땅을 내려다보기도 하면서 땅이 꺼지도록 한숨을 내쉰다. 그동안 안타까운 마음으로 남편을 곁에서 조용히 지켜보기만 해왔던 아내가 오늘은 마침내 조심스레 입을 뗀다.

"당신의 피리 소리에 아픈 사람은 치유를 받고, 무희는 황홀경에 빠져 신(神)의 춤을 추고, 시인은 시상의 영감을 받습니다. 어느 누구도 당신만큼 인간의 심금을 울리는 피리 소리를 낼 수는 없을 것입니다. 밤하늘의 달조차도 당신의 피리 소리를 듣기 위해 가던 길을 멈춘다며 세상 사람들은 당신의 피리 소리를 칭송하고 있습니다. 당신은 적공으로서 이미 최고의 명성을 갖고 있습니다. 이미 득음(得音)을 하셨는데 어떤 연고로 아직 만족하지 못한단 말씀입니까?"

"아직 내가 원하는 소리를 내지 못하기 때문이요."

피리 부는 예인(藝人)은 실의에 젖은 눈을 아내에게 보이지 않으려고 고개를 떨어뜨린 채 대답한다.

"세상 사람들이 이미 당신의 피리 소리에 감명을 받아 울지 않습니까? 사람의 가슴을 울리는 피리 소리, 인간이 낼 수 있는 최상의 피리 소리, 인뢰(人籟)를 내는 것이 당신의 목표가 아니었습니까? 이제 그 목표가 이루어졌는데 무엇 때문에 그렇게 번민하신단 말씀입니까?"

"당신 말이 맞소. 인간이 낼 수 있는 가장 아름다운 피리 소리를 내는 것이 내 소원이었소. 인뢰(人籟)는 상처를 받고 외로워하는 사람들의 텅 빈 가슴을 채워주었소. 하지만 그것뿐이었소. 가슴을 울리는 소리는 낼 수 있게 되었지만 그 이상의 소리를 아직 내지 못하고 있소. 내 피리 소리에 무엇인가 모자람이 있소. 그러나 그 모자람이 무엇인지를 알지 못해 괴롭소. 세상이 내게 쏟는 칭송과 찬사는 내 가슴에 공허만을 남기는 소음에 지나지 않소."

"가슴을 울리는 소리를 능가하는 소리는 도대체 어떤 소리란 말씀입니까?"

예인은 선뜻 대답을 하지 못하고 우물거린다.

"제발 속 시원히 말씀 좀 해보세요."

안타까워하며 채근하는 아내를 이기지 못해 마침내 입속에서 더듬고 있던 말을 꺼낸다.

"…… 영…… 혼…… 영혼을 울리는 소리가 아닐까 하오."

"영혼을 울리는 소리라구요? 그것은 도대체 어떤 소리란 말씀입니까?"

"나도 모르겠소. 어릴 적 잠에서 깨어나면서 들었던 종달새 울음소리 같은 소리가 아닐까도 싶소."

"어떻게 일개 새의 울음소리가 당신 같은 뛰어난 적공의 영혼을 울릴 수 있단 말씀입니까? 당신이 그 때는 니무 어렸기 때문에 음악을 깊이 이해하지 못해서 그렇게 느꼈던 것이 아닐까요?"

"그럴 수도 있소. 그런데 지금 생각해보니 그 종달새의 울음소리가 내가 어릴 적 매 번 꿈속에서 들었던 음악 소리와 유사했던 것 같기도 하오. 어른이 되고 나서는 어릴 적 꿈속의 음악 소리가 더 이상 들리지 않는군요. 다시 한 번 그 소리를 들을 수만 있다면……. 아, 모르겠소. 혼란스럽소. 가여운 당신, 고왔던 자태가 못난 나를 만나 이토록 피폐해졌군요."

아내에 대한 미안한 마음에, 그리고 자신이 원하는 피리 소리를 내지 못하고 있다는 자괴감으로 예인은 심히 괴로워한다. 그런데 문득 한 생각이 떠오른다.

'인간의 가슴을 울리는 소리는 내 스스로 터득할 수 있었다. 그러나 영혼을 울리는 소리는 신의 도움이 필요하다!'

분연히 결심한 예인이 아내의 두 손을 잡는다.

"부인, 내게 천 일만 주시오. 영혼을 울리는 소리의 비법을 터득하고 돌아오겠소. 그런 다음에는 더 이상 당신을 고생시키지 않겠소. 약속하오."

갓난아이와 아내를 두고 출가할 생각에 가슴 저려하는 남편을 아내는 말없이 안아준다.

예인은 신이 거주한다는 신산(神山)을 올라갔다. 밤낮을 가리지 않고 천일 동안 매일 삼천 배를 올리면서 기도하면 신이 감복하여 소원을 들어준다고 했다. 과연 마지막 소원 기도가 끝나는 그 순간 신의 응답이 있었다.

－영혼을 울리는 음악 소리는 네 스스로 내야 한다. 남의 도움을 받아서 그 소리를 낸다면 그것은 네 피리 소리가 아니다. 신도 너를 도울 수 없다. 스스로 네 영혼의 현(絃)을 울리지 못하면 어느 누구의 영혼도 울리지 못할 것이다.－

"무슨 기도의 응답이 그 모양이란 말인가? 도움을 청하는 나에게 도움이 소용없다고 말하고 있지 않은가? 그동안 헛고생만 한 격이 되어버리지 않았는가? 집에서 애타게 기다리고 있는 아내를 무슨 낯으로 대한단 말인가?"

신의 응답에 실망한 예인이 허탈한 마음으로 산을 내려온다. 그때 홀연히, 눈부시게 아름다운 천사가 피리를 불며 하늘에서 내려와 그 앞에 모습을 드러낸다. 여태 그런 피리 소리를 들은 적이 없었다. 형용할 수 없는 감동으로 그가 전율한다.

"당신의 간절함이 하늘에 닿아 도와드리려고 이렇게 당신 앞에 서있습니다. 당신은 이미 인간이 낼 수 있는 피리 소리로는 최고의 경지까지 도달했습니다. 그러나 당신의 경지는 당신뿐만이 아니라 어느 적공이라도 마음과 정성과 시간을 바쳐 노력하면 이룰 수 있는 경지에 불과합니다. 당신은 이제 그 인뢰(人籟)의 경지를 넘어서는 천뢰(天籟), 하늘피리 소리를 내야 합니다. 가슴을 울리는 소리를 넘어서 영혼을 울리는 소리를 내야 합니다."

"하늘피리 소리! 제가 그토록 원했던, 영혼을 울리는 소리가 바로 하늘피리 소리였군요! 혹시 천시님이 방금 불고 있던 그 피리 소리가 바로 하늘피리 소리가 아닌지요?"

"내 피리 소리가 하늘피리 소리인지 아닌지는 제가 말할 수 없습니다. 그것은 당신 스스로 판단해야 합니다."

"단연코 그 소리는 하늘피리 소리입니다. 제 영혼에 울림을 주었답니다! 오, 자애로우신 천사님, 제발 제게 그 하늘피리 소리의 비법을 알려주십시오. 천 일 동안 기도를 드렸지만 신은 제 간절한 청을 거절했답니다."

"별로 놀랍거나 새로운 이야기가 아니군요. 신은 늘 그렇답니다. 인간의 기도를 들어주는 법이 없다니까요? 침묵이 그의 일상이라니까요? 도대체 신이 인간을 위해 하시는 일이 무엇인지 알 수가 없지 뭡니까? 그런 신께서 자신의 영역인 하늘피리 소리의 비법을 인간에게 알려주실 턱이 없지요. 그래도 그나마 당신에게는 그 정도라도 힌트를 주셨으니 감지덕지 하셔야 합니다. 비록 전혀 도움이 되지 않는 힌트였지만 말입니다."

아름다운 얼굴 가득히 온화한 미소를 지으며 부드러운 어조로 위로의

244

말을 하고 있는 천사의 입에서 달콤한 향내가 풍겨 나오고 있다. 예인이 그 향기에 취해 넋을 잃는다.

"그래서 우리 같은 천사가 나서지 않을 수 없답니다. 신께서 하시기 힘든 일, 아니 신께서 하지 않으시려는 일들을 우리가 대신 도맡아 하지요. 제가 도와드리겠습니다. 그러나 한 가지 조건이 있습니다. 귀한 것을 얻기 위해서는 그만큼 치러야할 대가도 크다는 것쯤은 잘 알고 계시겠지요?"

흥분으로 들뜨고 기쁨의 열에 타들어가 말이 목에 걸려 잘 나오지 않는다. 그가 간신히 메마른 입을 뗀다.

"무, 무엇이든 다 할 수 있습니다. 제, 제가 영혼을 울리는 하늘피리 소리를 낼 수만 있다면."

"좋습니다. 당신에게 세상에서 가장 소중한 것이 무엇입니까? 물론 당신의 피리를 제외하고 말입니다. 그것을 제게 주십시오."

"제게 가장 소중한 것은 제 피리 소리의 대를 이어나갈 제 아들입니다."

"아들을 내게 주십시오. 그러며 하늘피리 소리를 전수하겠습니다."

순간 사랑하는 아내의 슬픈 눈동자가 예인의 뇌리를 스친다.

"안됩니다. 제 아들은 저와 제 아내의 생명입니다. 부디 아들을 제외한 다른 것을 요구하십시오. 무엇이든 다 드리겠습니다."

"저는 오직 당신의 아들만을 원한답니다. 앞으로 두 번의 기회를 더 드리겠습니다. 시간을 두고 숙고해보십시오. 다음 보름달이 뜨는 날 밤에 다시 보기로 하지요."

눈앞에서 사라지는 천사를 안타까운 마음으로 바라보던 예인은 집으로 돌아가던 발걸음을 돌려 다시 신산(神山)을 오른다. 천사의 도움 없이 스스로 영혼을 울리는 피리 소리를 내보려고 온 마음과 정성으로 노력한다. 천사가 불었던 피리 소리를 기억해내며 그 음률을 열심히 흉내내보았다. 그러나 노력하면 할수록 더욱 더 원하는 소리는 나오지 않았다.

두 번째 보름달이 떴다.

"그래, 결심을 하셨는지요?"

"아닙니다. 이제는 어찌된 일인지 전에 불렀던 소리조차 제대로 나지 않습니다. 제 고뇌는 더욱 깊어만 가니 차라리 피리를 던져버리고 산을 내려가 범부로서 행복한 가정을 이끌어 갈까 합니다."

천사는 아무 말 없이 사라졌다. 예인의 눈에는 뜨거운 눈물이 흐른다. 하늘피리 소리에 대한 갈망의 불꽃을 끌 수밖에 없다는 현실을 선뜻 받아들이지 못해 애간장이 녹는다. 무심한 달빛이 그의 초라한 뒷모습을 비춘다. 힘없이 늘어진 자신의 긴 그림자가 발걸음을 띌 때마다 앞발에 아프게 밟힌다.

'그래. 갈망을 내려놓으면 된다. 마음을 비우면 그 뿐이다.'

그러나 갈망을 비운다는 것은 숨을 쉬지 말라는 것과 같았다. 세 번째 보름달이 떴다.

"자, 이번이 마지막 기회입니다. 당신의 아들을 제게 주시겠습니까?"

예인은 천사와 눈을 마주치지 않기 위해 머리를 떨어뜨린 채 두 귀를 막고 울부짖는다.

"이제는 더 이상 제 앞에 나타나지 마십시오. 어떻게 천사가 되어 애비에게 자식을 희생하라 하십니까?"

"어리석은 인간이여, 자식이 뭐 그리 대수란 말입니까? 당신에게 자식은 당신의 피리 소리를 전수받기 위해 그 존재 목적이 있다고 스스로 말하지 않았습니까? 그리고 당신과 당신의 아내는 아직 충분히 젊지 않습니까? 자식은 앞으로도 얼마든지 더 낳을 수 있지 않습니까? 당신에게 하늘피리 소리와 그 소리를 물려받을 자식이라는 일석이조의 기회가 주어지고 있는데, 그 일생일대에 한 번 올까 말까 할 천운의 기회를 놓치고 있군요. 그럼, 행운을 빕니다."

천사가 사라지려하자, 그가 다급하게 소리친다.

"잠깐만요, 제가 아들을 포기하겠습니다."

"현명한 판단입니다. 약속대로 당신을 실망시키지 않겠습니다."

아름다운 천사가 날개달린 긴 망토와 가면을 벗어 던진다. 이제는 더 이상 거추장스러운 가면과 천사의 옷이 필요하지 않기 때문이다. 시커멓게 썩은 심장이 흉측한 해골의 늑골 한 가운데서 흥분으로 벌렁거리고 있다. 악마가 진면목을 드러낸 것이다. 기쁨에 들뜬 악마는 눈 깜빡할 사이에 사라지고 예인은 보름달빛 아래 홀로 덩그러니 남겨진다. 승리에 찬 악마의 소름끼치는 웃음소리만이 날카로운 비수처럼 밤의 정적을 가른다. 이내 그 웃음소리마저도 정적 속에 묻힌다. 순식간에 일어난 믿을 수 없는 광경에 망연자실한 예인이 미친 듯이 고개를 내젓는다.

"방금 무슨 일이 일어났는가? 내가 하늘피리 소리에 눈이 어두워 악마에게 내 아들을 팔았단 말인가? 아니야, 내가 환상을 본 거야. 내가 꿈을 꾼 거야. 현실일 수가 없어!"

천지는 무서울 정도로 적막하고 쿵쾅거리는 예인의 심장소리만이 깊은 밤의 정적을 깨운다. 달빛은 그의 이중성을 비웃기라도 하듯 산을 내려오고 있는 그의 발길을 차갑게 비춘다. 후다닥 방문을 열고 들어서니 부인과 아들이 깊은 잠에 빠져 있다. 떠날 때 젖먹이였던 아들은 어느덧 예쁜 세 살짜리 아이가 되어있었다. 아들의 심장에 귀를 대어보고 뺨을 만져본다. 작은 심장이 가늘게 뛰고 있다. 홍조를 띤 두 뺨의 온기가 손끝에 느껴진다. 예인은 비로소 안도의 한숨을 쉰다.

"그래, 환상에 불과했어."

아들이 무사한 것을 확인하자 안도감으로 엄청난 피로감이 밀려온다. 예인은 그 자리에서 깊은 잠에 빠진다. 욕망의 수렁에서 깨어나기 위한 잠이다.

희미한 안개 속, 어머니가 어린아이를 품에 안고 있다. 반가운 마음에 가까이 다가가려한다. 깊은 슬픔에 잠겨있던 어머니는 아이를 요람에 고이 누인 후 피리를 불며 안개 속으로 사라진다. 애를 끊는 아름다운 음악이다. 버려진 아이를 들여다본다. 자신의 모습이다!

"아악!"

아내의 비명소리에 놀란 예인이 꿈에서 깨어난다. 아직도 꿈속의 피리소리가 귀에 쟁쟁하고 뒷모습을 보이며 떠나던 어머니의 슬픈 가슴이 느껴져 가슴이 먹먹하다. 정신을 차리고 방안을 둘러본다. 새벽이 아직 여린 얼굴을 드러내지 않았고 수탉도 아직 홰를 치며 울지 않았건만 아내가 방바닥에 주저앉아 실성한 듯 멍하니 자고 있는 아들을 내려다보고 있었다. 그녀의 얼굴은 공포로 하얗게 질려있었다. 삼 년 만에 보는 남편의 얼굴을 반길 겨를도 없이 아내는 방안에 돌고 있는 음산한 죽음의 기운에 휩싸인 채 사시나무 떨 듯 떨고 있었다.

"무슨 일이요?"

불길한 예감에 심장이 멎을 것만 같다.

"우리 아이가 숨을 쉬지 않아요!"

밀랍인형처럼 창백한 아들의 얼굴을 내려다보던 예인은 얼굴을 두 손으로 감싸고 방바닥을 데굴데굴 구르면서 울부짖는다.

"오, 이 참담함이여! 간밤의 일이 환상이 아니었구나! 오! 신이여, 저를 용서하지 마소서!"

"간밤에 당신이 무슨 짓을 했단 말입니까?"

초점을 잃은 아내의 눈에는 눈물도 흐르지 않고 있다.

"내가 잠시 정신이 나갔던 것 같소. 하늘피리 소리를 얻는 대가로 악마에게 우리 아이를 팔았다오."

"오, 이기적인 당신! 아이의 목숨보다 피리 소리가 더 중요했단 말인가요? 오! 신의 저주가 당신에게 영원히 떨어지길!"

끼닛거리가 없어 굶기를 밥 먹듯이 해온 지난 이십여 년 간의 삶이었다. 가난으로 춥고 허기진 배를 움켜쥐며 살아올 수 있었던 것은 자신의 가슴을 따뜻하게 채워주는 남편의 사랑이 있었기 때문이었다. 그녀는 남편의 예술에 대한 순수열정을 사랑했다. 남편과의 사랑은 하늘의 축복이었다. 그런데 하늘은 더 큰 축복을 내려주었다. 눈에 넣어도 아프지 않은 아이를 주었다. 이십여 년을 기다려오다가 포기했던 아이를 주었다. 세상 그 무엇보다도, 자신의 생명보다도 더 소중했던 아이였다. 가슴이 갈기갈기 찢기는 애통함과 남편에 대한 분노와 실망을 감당하지 못한 그녀는 급기야 미쳐버리고 만다. 하늘이 흑암으로 덮이고 번민과 회한의 광풍이 몰아친다. 예인이 절망의 수렁에 빠진다.

날이 가고 달이 가고 해가 몇 번이나 바뀌었는지 알 수 없다. 자책과 후회와 절망으로 예인은 서서히 죽어가고 있었다. 어릴 적 외로울 때 늘 자신을 안아주던 버드나무를 찾아갔다. 밤하늘의 보름달과 별들이 그를 가여운 듯 내려다보고 있었다.

'자연은 이렇듯 변함없이 아름다운데 나는 그동안 얼마나 추하게 변했는가? 내 욕심이 나를 망가뜨렸구나! 어리석은 인간. 나는 이 세상에 살아있을 가치가 없다. 버드나무야, 너는 늘 나를 안아주었었지. 내가 외로울 때 나를 위로해주었고 세상의 거친 바람을 막아주는 방패가 되어주었지. 늘 나를 위해줘서 고마워. 이제 마지막으로 한 번만 더 나를 위해주길 바래. 네 그 큰 가지에 이 동아줄을 매달 테니 영원히 나를 네 품에 안아주길 바래.'

가슴은 뜨거운 눈물로 녹아버렸고 영혼은 암흑의 늪으로 빠져 버렸다. 그때 맑은 밤하늘이 둘로 쪼개지듯 우레와 같은 소리를 낸다.

"너는 음악을 한다는 빌미로 늘 네 중심적으로만 살아왔었지. 한 번만이라도 네 자신 밖으로 눈을 돌려본 적이 있느냐? 네가 이 세상을 떠나면 여태 너 하나만을 믿고 살아온 네 가여운 아내는 어떻게 될 것인지 생각해본 적이 있느냐? 동네를 돌아다니는 미친 여인을 세상이 어떻게 대하겠느냐? 그녀를 위해서라도 너는 다시 일어나 피리를 불어야 한다. 고통스러운 삶을 회피하며 너만 편히 눈을 감겠다고? 세상에 너보다 더 이기적인 인간은 또 없을 것이다."

버드나무와 보름달과 별들이 슬픈 얼굴로 그에게 말한다.

"가여운 우리 아이, 네 자신에게 한 번만 더 기회를 주렴. 우리도 너를 그렇게 보낼 수는 없단다. 네 오랜 친구들에게 슬픔을 주지 말기를 바래."

자연의 따뜻한 정기를 받아 기운을 되찾은 예인이 다시 성심을 다해 피리를 분다. 이윽고 궁정 예술원에서는 그가 당대 피리 소리의 제 일인자임을 인정하게 되었다. 그러나 평소에 예인을 시기하고 있던 친구 악사는 예인이 아들을 악마에게 판 대가로 최고의 피리 소리를 낸 것이라고 소문을 퍼뜨렸다.

"예술은 아름다움을 추구한다. 그리고 아름다움은 도덕적 선의 상징이다.[26] 예술의 최고의 경지에 도달하기 위해 인간의 윤리적 도리를 헌신짝처럼 던져버린 그는 일인자의 자격이 없다. 수단이 목적을 정당화 할 수는 없는 것이다."[27]

궁정 예술원에서 쫓겨난 예인은 자괴감과 자기모멸감으로 절망의 수렁에 빠진다. 그동안 남편의 정성으로 조금씩 정신을 되찾아 가고 있던 아내는 남편이 받는 사회적 지탄과 경멸을 어떻게 감당해야 할지 몰라 심히 괴로워한다. 잔혹한 삶의 무게를 더 이상 견디지 못한 그녀는 강에 몸을 던지고 만다. 예인은 옷가슴을 찢고, 머리를 풀어헤치고, 재를 덮어쓰고, 땅을 치며 통곡한다.

"보라, 내게 무슨 일이 일어났는지! 예술의 최고봉에 오르려는 데 혈안이 되어 종국에는 내게 가장 소중한 것을 잃어버렸다. 내 아들, 그리고 이제는 아내까지! 사랑하는 가족을 잃고 최고의 음악의 경지에 도달한들 무슨 의미가 있단 말인가! 예술을 향한 맹목적 이기심이 내 사랑하는 사람들을 죽음으로 몰아넣었구나!"

날카로운 비수가 심장 속을 헤집고 다니면서 사정없이 난도질한다.

"회한의 비수여, 시퍼렇게 날이 선 칼날로 내 심장을 끝없이 찔러다오. 내가 숨지지 않을 만큼만 찔러다오. 죽지 못한 채 무간지옥에 떨어져 영원히 고통 받게 해다오!"

피리를 불 때마다 예인의 가슴 깊은 곳에서 비탄의 삼중주가 울린다. 가슴 깊이 묻어둔 아들과 아내의 가슴의 현이, 그리고 자신의 가슴의 현이 비탄의 활에 긁혀 함께 운다. 사무친 회한과 슬픔으로 울리는 그의 피리 소리는 잔혹한 삶의 병리(病理)로 괴로워하는 사람들의 가슴을 눈물로 정화시켰다. 사람은 누구에게나 가슴 깊숙이 자신의 몫만큼 긁혀져야 할 슬픔의 현이 있지 않은가?

비록 예술원에서는 추방되었으나 그의 명성은 더욱 더 커져갔다. 슬픔의 아름다움의 절정을 이루는 피리 소리의 대가라고 세상은 그의 연주를 그 어느 때보다 더 칭송했다. 그러나 그는 만족할 수 없었다. 여전히 무엇인가 부족했다. 아름다움의 극치에 이르러 가슴을 울리는 소리이긴 하였으나 영혼을 울리는 소리는 아니었던 것이다.

깊은 밤, 예인은 갑갑한 가슴을 어쩌지 못해 잠 못 이루며 뜰 안을 서성인다.

　'사랑하는 아들과 아내를 희생하면서 악마로부터 하늘피리 소리의 비법을 전수받았지 않았던가? 그런데 왜 여태 내 피리 소리에는 이렇다 할 변화가 없단 말인가?'

　차가운 보름달빛 아래 스산한 나뭇가지 위, 날개를 접고 앉아 잃어버린 새끼와 짝을 그리워하는 듯 밤새도록 목이 쉬도록 울음 울던 소쩍새 한 마리가 예인의 기척에 놀라 푸두둑 날갯짓하며 어둠 속으로 사라진다. 소쩍새가 남기고간 밤의 적막 속에 예인이 홀로 남겨진다. 문득 그가 깨닫는다.

　'오, 바보여! 악마로부터 전수받은 피리 소리가 어떻게 영혼을 울리는 하늘피리 소리일 수 있단 말인가? 악마에게 자식을 팔았을 때 영혼도 함께 팔렸다는 것을 정녕 몰랐단 말인가? 내 영혼이 없는데 어떻게 남의 영혼을 울리는 피리 소리를 낼 수 있단 말인가? 순수성을 잃어버린 내 영혼으로 어떻게 남의 영혼을 정화시키는 선율을 낼 수 있단 말인가? 악마의 간계에 농락당한 어리석은 인간!'

　예인은 미친 사람처럼 머리를 풀어헤치고 온 마을을 배회하고 다녔다. 어디로 가야 할지 알 수 없었다. 생각나는 것은 어린 시절 버드나무 밑 잠자리뿐이었다.

　예인은 마을을 빠져나와 한적한 오솔길을 따라 걸었다. 옛적에 감미로운 향수를 흩뿌리며 수줍은 얼굴로 하늘의 보름달을 그리던 길섶의 달맞이꽃들은 다 어디로 갔는지 그 흔적을 찾아볼 수 없고, 그 자리에는 말라 비틀어진 가시덤불과 쐐기풀들만이 찬 서리를 맞은 채 설한풍에 날려가지 않으려고 웅크려 떨고 있었다.

사방을 아무리 둘러보아도 어느 한 곳에서도 온기를 느낄 수 없다. 매섭게 몰아치는 한 겨울바람을 피하려 대지의 품을 비집고 들어가 보려고 한다. 그러나 예전에 그토록 포근한 요가 되어 자신을 따뜻하게 맞이하던 대지는 그를 매몰차게 밀어낸다. 따뜻한 이불이 되어 자신을 감싸주던 하늘의 은하수도, 따뜻한 화덕이 되어 자신의 시린 가슴을 데워주던 보름달조차도 자신을 비웃으며 외면한다.

세상 천지에 그 무엇도 이제는 자신을 따뜻하게 맞아주지 않았다. 그는 더 이상 살아있어야 할 이유를 찾을 수 없었다. 이제는 죽음을 향한 간절한 소망만이 꺼져가는 숨소리를 지켜보고 있을 뿐이다. 북풍한설에 얼어붙지 않으려고 움츠리고 있던 몸은 이제 더 이상 아무 것도 느낄 수 없다. 몸뿐만이 아니었다. 마음과 영혼도 함께 얼어붙고 있었다. 죽음의 문턱에 들어선 탓일까? 비탄에 젖어있던 마음이 어느덧 평안해지기 시작했다. 그때 밤의 정적을 깨고 어떤 음성이 들린다.

-우주 내면의 빈 울림, 소리 없는 소리를 들어본 적이 있는가? 소리 없는 소리를 들어 보지 않고 어떻게 하늘피리 소리를 연주하겠다는 것인가? 하늘피리 소리를 내기 위해서 연주자는 연주할 때 자신을 잃어버리고 우주의 빈 공간 속에 자신을 내맡겨야 한다. 연주자가 음악을 연주하는 것이 아니라 음악이, 우주의 소리가 연주자를 연주하는 것임을 알아야 한다. 그래서 연주자는 더 이상 존재하지 않고 다만 우주의 정적만이 스스로 울게 해야 한다. 하늘피리 소리를 연주하겠다는 네 그 눈먼 갈망

을 비워라. 그래서 하늘피리 소리가 네 내면 깊숙이 비어 있는 공간에 들어와 너를 연주하게 해야 한다. 눈으로 볼 수 없는 사물이 존재하듯 귀로 들을 수 없는 소리가 존재함을 알라. 하늘피리 소리는 육신의 귀로 들을 수 없는 소리다.-

'가능빈가다!²⁸⁾ 그가 하늘피리 소리의 비밀을 알려주었구나! 오! 지성이면 감천이라 하였던가? 내 절실함이 하늘에 닿았구나!'

그는 몸과 마음을 털고 기운차게 일어난다. 성심을 다해 마음 속 깊이 자리 잡고 있는 하늘피리 소리에 대한 갈망을 비우는데 정진한다. 그러나 아무리 노력해보았지만 여전히 마음 한 켠에 연자방아가 짓누르고 있는 듯 날이 갈수록 마음은 더욱 더 무거워지기만 했다. 이제 그는 어찌해야 할 바를 몰라 더욱 더 방황한다. 그러자 문득 그의 뇌리에 전광석화같이 한 생각이 떠오른다.

'내 마음 속을 채우고 있는 것은 더 이상 하늘피리 소리에 대한 갈망이 아니다. 죄책감과 회한이다! 내 마음이 완전히 비워지기 위해서는, 만신창이가 된 내 마음과 영혼이 정화되기 위해서는, 무엇보다 우선 내 죄가 사해져야 한다!'

그가 속죄의 순례길에 오른다.

세상의 끝에서 끝을 배회하는 데 얼마나 긴 시간이 흘렀을까? 흑공단 같이 윤기 있던 검은 머리가 어느덧 백발이 되어 밤바다 바람에 휘날린다. 그가 피리를 분다. 잠들어 있던 바다가 깨어나 울부짖는다.

문득 그가 피리 소리를 멈춘다. 어디선가 바다 저 편에서 피리 소리가 들리는 것 같았다. 여태 한 번도 들어본 적이 없는 신비로운 음악이었다. 가슴은 쿵쾅거리고 맥박은 갈피를 잡지 못하고 미친 듯이 뛰고 있다. 어쩌면 그 음률이 하늘피리 소리일지도 모른다는 생각에 숨이 멎는 것만 같다. 흥분으로 정신을 잃어가고 있는 그의 눈앞에 붉은 날개를 단 천사가 피리를 불며 보름달빛을 타고 내려오고 있다.

제 2 장

꿈속의 가능빈가

한 점의 미동도 없던 절대정적의 하늘 못이 잔잔한 물결을 일으키기 시작한다. 절대 안식 속에서 소요유(逍遙遊)29)를 즐기고 있던 붕이 의아하여 주위를 둘러보니 아주 작은 새가 노래를 부르고 있다. 그 작은 새의 날개는 떠오르는 태양에 반사되어 아름다운 무지갯빛을 하늘 못 가득히 비추고 있다.

"여태 이토록 아름다운 노랫소리를 들어본 적이 없습니다. 당신은 마치 참새와 같이 작은데 어떻게 이 절대정적의 광활한 하늘 못을 깨워 일으켜 춤추게 하시는지요?"

"나는 가능빈가라 하오. 붕, 당신의 그 숭고한 하늘피리 소리와는 비교도 되지 않겠지만 모두들 내 노래는 죽어가는 생명을 춤추게 한다고 합니다."

"가능빈가여, 당신의 방문을 환영합니다. 어떤 연유로 고요하다 못해 적막한 하늘 못을 방문하셨는지요?"

"붕, 대 자유를 얻은 새여! 어떻게 이토록 놀고만 있단 말입니까? 깨친 새는 깨치지 못한 새들에 대한 의무가 있다는 것을 모르십니까? 당신이

257

이 먼 곳을 그 큰 날개로 날아온 목적이 고작 한가로이 거닐며 놀기 위함이었단 말입니까?"

"오, 가능빈가여, 나는 내가 깨쳤다고 말한 적이 없습니다. 당신이야말로 큰 깨침을 이룬 새입니다. 나는 다만 내 본향으로 귀환했을 뿐입니다. 그 귀환하는 과정에 내 날갯짓에서 광풍이 일어나 주변의 작은 새들이 두려움과 경악을 느껴 나를 위대하다느니, 경이롭다느니, 아름답다느니, 깨달은 새라느니 온갖 미사여구로 자기들 나름대로 나를 칭송했답니다.

나를 일러 깨쳤다고 하는 것은 그들의 작고 꽉 막힌 머리와, 삶의 고통으로 가득 찬 무거운 가슴과, 욕망의 불꽃을 끄지 못해 쉬지 못하는 영혼이 만들어낸 과장된 이야기에 지나지 않습니다. 세속세계의 번뇌에서 해탈하지 못한 그들이 자신들의 갈망을 내게 투영해서 나에 관한 전설을 만든 것이겠지요. 그 전설은 내가 만든 것이 아니니 내가 책임질 이유가 없지 않겠습니까?

내가 이곳 하늘 못에서 한가하게 쉬면서 놀고 있는 것은 내 존재의 근원인 우주와 내가 하나 되어 물아일체(物我一體)의 경지에 이르렀기 때문입니다. 그 경지를 일러 깨침이라 하면 나도 인정하겠습니다. 나와 사물이 하나임을 깨친 경지를 진리라 칭한다면 수긍하겠습니다. 하지만 진리를 깨쳤는데 더 이상 해야 할 일이 무엇이란 말씀입니까? 진리 속에 거하는 일, 대 자유의 경지를 누리는 일, 그 외에 무슨 할 일이 더 남아있단 말씀입니까?

하지 않는 것이 때로는 하는 것보다 더 낫지 않습니까? 때로는 아무 것도 하지 않음으로서 세상을 유익하게 하지 않습니까?[30] 그러니 나는 이렇게 그저 한가로이 거니며 놀고 있을 따름이라오. 나는 이미 세속적 번뇌와 고통의 북쪽 바다 세계를 떠나 왔소. 내가 다시 그 세계로 돌아간다면 천지만물이 마치 화산이 폭발하듯이 그 근원에서부터 흔들리고 용솟음쳐서 온통 혼돈의 아수라장이 될 것이요. 내가 그곳에 돌아가 다시 내 얼굴을 보여준다면 그곳의 모든 생명체들은 죽음을 면치 못할 것입니다. 어느 생명도 지금 이렇게 변모한 내 얼굴을 보고 살아남을 수 없기 때문입니다. 내 얼굴을 보려는 자는 죽음을 각오해야만 합니다. 자신의 죽음과 맞바꿀 정도로 내 얼굴을 보고자 하는 용기 있는 생명체가 그 세계에 있는지 나는 회의적입니다.

북쪽 바다 세계는 아직 나의 절대 자유의 경지를 이해하지 못하고 있습니다. 얼마나 더 오랜 시간이 지나야 그들이 깨닫게 될지 알 수 없으니 내버려 두려고 합니다. 그 세계의 새들은 비록 미미하나 진리에 대한 나름대로의 깨침의 경지가 있고, 나름대로의 가치관을 형성하고, 나름대로의 질서에 의하여 살아가고 있지 않습니까? 그러니 가능빈가여, 돌아가시지요. 당신이 북쪽 바다 세계의 중생을 구해야 하는 사명감을 수행해야 한다면 그렇게 하시지요. 나는 이 남쪽 바다 하늘 못에서 영원토록 절대 안식과 침묵을 향유하려 하오."

"위대한 붕이여, 당신의 말뜻은 충분히 이해합니다. 나도 한 때 깨달음을 얻고 열반에 들어가 무아경(無我境)에 이르니 열락을 즐기는 일 외에는 아무 것도 할 일이 없었소. 하지만 나는 그 열반의 열락만을 즐기며 안식하고만 있을 수 없었소.

붕, 진정으로 깨친 새는, 도(道)의 경지에 이른 새는 그 깨침의 열락에 탐닉하고만 있을 수 없소. 간곡히 청하오. 나와 함께 북쪽 바다 세계로 돌아가서 가여운 중생들을 깨우쳐 줍시다. 충분히 쉬며 놀지 않았소?

"오, 가능빈가, 당신은 내가 깨쳤다는 말씀을 되풀이하시는군요. 솔직히 말씀드리지요. 당신의 기준에서 말씀하시는 그 깨침을 언젠가 얻은 것 같기는 합니다. 그러나 나는 이미 그 깨침의 경지를 망각해버렸습니다.[31] 나는 이제 내가 깨쳤는지 깨치지 않았는지 도무지 알 수 없는 미혹함의 경지에 이르렀단 말입니다. 그래서 깨침의 지혜는 사라지고 다만 이렇게 무위자연(無爲自然)의 섭리에 따라 살고 있을 따름이오. 세속의 새들이 볼 때는 어리석다고 할 경지에 이른 것입니다."

"오, 위대한 붕, 당신이 진정 깨침의 정점을 찍었군요. 자신이 깨쳤음을 망각하여 미혹함의 경지에 이르러 깨침의 지혜가 사라지고 어리석게 되었소. 그 어리석음이야말로 진정한 도의 경지라 할 수 있소. 당신이 도(道)의 정점에 이르렀으니 도의 음악, 하늘피리 소리를 낼 수 있었던 것이요. 진리와 예술의 세계가 당신 안에서 일치했으니 과연 숭고새요!"

어느덧 하늘 못에 어둠이 소리 없이 깊게 드리워지고 있다. 가능빈가는 더 이상 붕을 설득할 수 없다는 것을 받아들인다. 그는 붕을 뒤에 둔 채 북쪽 바다 세계로 서둘러 날아간다. 그의 작은 날갯짓이 광대하고 어두운 하늘 못을 환하게 밝혀주고 있다. 이윽고 가능빈가의 모습은 사라지고 그가 남긴 영롱한 여운만이 밤바다를 적신다. 다시 절대정적과 어둠이 하늘 못을 가득 채운다.

붕이 깊은 상념에 잠긴다.

제 3 장

운명의 고리

붉은머리피리새가 마침내 길고 긴 붕의 여정에 관한 이야기를 마친다. 밤새 빛나고 있던 별들은 어느덧 모두 사라지고 새벽별만이 홀로 하늘을 지키고 있다.

"오! 정녕 믿을 수 없는 이야기군요! 하늘피리 소리를 듣기 위해 겪었던 붕의 고난과 시련에 경탄을 금할 수가 없군요. 오! 세속의 번뇌를 초월한 그녀는 얼마나 아름다울까요? 그녀의 하늘피리 소리는 또 얼마나 아름다울까요? 한 번만이라도 그녀를 볼 수 있다면, 한 번만이라도 그녀의 노래를 들을 수 있다면! 어떻게 하면 그녀를 만날 수 있을까요? 제발 저를 불쌍히 여겨 알려주시기 바랍니다."

"아름다움을 좇는 예인이여, 붕은 당신이 생각하는 '아름다운' 새가 아닙니다. 하늘피리 소리 또한 '아름다운' 음률이 아닙니다. 제 말뜻을 이해하지 못하시겠지만요. 붕이 남쪽 바다로 날아간 후 어느 누구도 그녀를 다시 보지 못했답니다. 구만리장천을 날아가 영원한 안식에 들어간 붕이 구태여 다시 세속으로 돌아올 이유가 있을까요? 제가 당신을 위해 말씀드릴 수 있는 것은 붕을 봐야 한다는 그 열망과 집착을 버리시고 마음과 영혼의 귀를 열어놓으셔야 한다는 것입니다. 그러다보면 언젠가는 그녀의 하늘피리 소리를 듣게 될지도 모르겠습니다. 신의 은총이 함께 하시길!"

바다가 동 트는 새벽을 맞이할 채비를 하려는 듯 서서히 거대한 몸집을 꿈틀거리기 시작한다. 작별 인사를 마친 붉은머리피리새는 예인의 손에서 벗어나 작은 날개를 파닥거리며 하늘을 날아오른다. 이제 막 깊은 잠에서 깨어난 아침 해가 수평선 위 검은 장막을 젖히고 발그스레한 얼굴을 곱게 내밀며 붉은머리피리새를 반긴다. 마치 밤새 집을 나간 자식을 기다리며 뜬 눈으로 지새우다가 아침에 자신의 품으로 돌아오고 있는 자식을 반기는 어머니같이. 어머니는 늘 그렇게, 그 자리에서, 변함없는 마음으로 자식을 기다린다. 태양을 향한 붉은머리피리새의 날갯짓이 붉은 햇살에 묻힌다.

눈부신 아침 햇살이 예인의 얼굴에 차갑게 와 닿는다. 그는 문득 자신이 망망대해 한 가운데 홀로 표류하고 있는 날개 꺾인 작은 새처럼 느껴진다. 붉은머리피리새로부터 붕새에 관한 이야기를 듣고 있을 때는 붕새와 더불어 자신이 세상의 중심이 된 듯싶었다. 마치 자신이 하늘피리 소리를 불고 있었던 것만 같았다. 그러나 붕새와 함께 하늘 못을 향해 날아오를 때까지의 그 경이로웠던 여정은 이제 하룻밤 꿈에 지나지 않았다는 것을 깨닫게 된다. 붕새도 가고 붉은머리피리새도 가버린 지금 홀로 남겨진 그는 밀물처럼 밀려오는 허무감과 고독감을 어떻게 감당해야할지 몰라 망연히 바다만 바라보고 있다.

'붉은머리피리새는 어머니에게 돌아갔지만 나는 돌아가도 반겨줄 가족이 없구나. 눈 먼 이기심으로 인해 나는 이렇게 홀로 내버려져있구나! 가족도 잃어버리고 하늘피리 소리도 들을 가망이 없으니 나는 이제 무엇을 위해, 어떻게 살아가야 하나?

허공을 바라보는 그의 눈앞에 어릴 적 꿈속에서 보았던 희미한 어머니의 뒷모습이 아련히 떠오르고 있다.

'버림받은 어린아이의 공포와 슬픔을 어머니는 알고 계셨을까? 아니, 어쩌면 버려진 아이보다 버릴 수밖에 없었던 어머니의 슬픔이 더 컸을 수도 있었겠지.'

가슴이 저려온다.

'왜? 왜? 어머니는 어린 자식을 버려야만 하셨을까? 낙엽으로 속을 채워 만든 베갯잇을 매일 밤 눈물로 적시며 얼마나 어머니를 그리워했던가? 꿈속에서만 볼 수 있었던 어머니였기에 아침에 눈을 뜨자마자 다시 밤이 와주기를 얼마나 가슴 조이며 고대했던가?'

예인은 두 손으로 얼굴을 감싼다. 초라한 어깨가 힘없이 들썩인다. 아침에 떠올랐던 해는 어느덧 산등성이를 넘고 있다. 아직 밤이 오지 않았건만 예인을 위로라도 하려는 듯 초저녁별이 서둘러 하늘에 떠오르고 있다. 바람도 예인을 위로하려는 듯 그의 지친 몸과 마음을 여리게 휘감으며 소리 죽여 함께 울고 있다.

아니, 그것은 바람의 울음소리가 아니었다. 피리 소리였다. 어릴 적 꿈속에서 들었던 바로 그 피리 소리였다! 그 피리 소리가 벼락같이 예인의 머리를 내리친다.

아! 어머니!

당신도

하늘피리 소리를 듣기 위해

자식을 버리셨군요!

오! 운명이여!

잔인한 굴레여!

정녕 우리를 내버려 둘 수는

없었단 말인가?

　예인은 미친 사람처럼 바닷가를 배회한다. 어머니의 슬픈 가슴이 자신의 가슴을 짓누르고 있는 것 같아 앞가슴을 풀어헤친다. 그러나 가슴을 조이는 갑갑함은 쉬이 가시지 않는다. 슬픔의 무게를 견디지 못한 그가 하늘을 향해 여윈 두 주먹을 쥐고 울부짖는다.

　"이제 다시는 예술을 위해 사랑하는 자식을 버리지 않겠다! 이 미친 운명의 순환적 고리를 끊고야 말겠다! 아! 그러나 이미 너무 늦어버리지 않았는가!'

　자신의 운명과 맞닥뜨리게 되었건만 정작 그 운명에 대해서 아무 것도 할 수 없다는 것을 깨달은 예인이 괴로움에 몸부림친다. 파도는 무심하게 해변으로 밀려왔다 밀려가고, 바닷속 모래알들은 영문도 모른 채 쓸려왔다 쓸려나가고 있다.

어느덧 홀로 떠있던 초저녁별 주위에 헤아릴 수 없는 수많은 별들이 밤하늘을 가득히 메우며 반짝이고 있다. 별들은 마치 동이 틀 때 집을 나갔다가 밤이 되어 하나둘씩 집으로 돌아와, 기다리고 있던 가족들과 함께 낮 동안 보았던 흥미로운 일들에 대해 한바탕 이야기보따리를 풀어놓고 담소를 나누고 있는 듯하다.

재회의 기쁨으로 빛나는 밤하늘과는 사뭇 달리 캄캄한 바닷가에는 적막감이 돌고, 백발을 휘날리며 꿇어 앉아 얼굴을 모래사장에 묻은 초라한 노인의 흐느낌만이 파도를 울리고 있다. 차가운 초승달빛 아래 하얗게 부서지는 파도의 포말들이 바람에 날리며 가녀린 예인의 몸을 적신다.

마치 영영 새벽이 오지 않을 듯이 밤의 적막은 깊어만 가고 있다. 다시는 일어나지 못할 것같이 쓰러져 있던 예인이 납덩어리보다 더 무거워진 몸을 간신히 일으키며 품속에서 피리를 꺼낸다. 뼈만 남은 앙상한 손가락이 피리의 무게를 지탱하느라 가늘게 떨리고 있다. 모든 것을 다 잃어버린 지금, 텅 빈 마음으로 마지막 남은 숨을 불어넣어 피리를 분다. 애절한 피리 소리가 바다를 울리고 밤하늘의 별들과 초승달을 눈물로 적신다. 이윽고 가냘프게 울리던 피리 소리마저도 끊긴 캄캄한 바닷가에는 쓰러져 움직이지 않는 예인을 애처로워하는 듯 밤의 정적만이 홀로 울고 있다.

예인의 해진 옷자락이 바람에 휘날린다.

제 4 장

붕의 귀환

'무슨 소리인가? 이토록 애절한 선율의 피리 소리를 여태 들어본 적이 없다. 모든 것을 초월하고 내 자유를 얻어 절대 안식에 들어와 있는 나를 이렇게 뒤흔들고 있는 이 선율의 정체는 도대체 무엇인가?'

붕새를 보고자 하는
내 갈망은
그 끝을 모르고 높아만 가고

붕새를 보지 못하는
내 절망은
그 바닥을 모르고 깊어만 가는데

내 번뇌의 검붉은 불꽃은
내 가녀린 영혼을 휘감고

죽음의 열병만이
내 곁을 지키고 있구나.

가거라!
내 청춘의 갈망아
다시 돌아오지 마라.

벗어 던져라!
이기심이여
헛된 열망의 탈을.

신이여,
이제
죄 많은
영혼에게
안식을 주소서.

그것은 죽음의 문턱에서 울리는 한 인간의 피리 소리였다. 이제 막 가
능빈가와 작별을 하고 있던 붕의 마음이 흔들리기 시작한다. 가능빈가의
목소리가 다시 한 번 귀에 울린다.

-가여운 중생을 위하여 북쪽 바다 세계로 돌아가시길 바라오.-

'하지만 하늘피리 소리는 스스로 들어야 할 소리가 아닌가! 그리고 그 소리를 듣는 자는 스스로 하늘피리 소리를 낼 수 있지 않는가? 어느 누구도, 신조차도 하늘피리 소리를 내도록 도와줄 수 없지 않는가? 자신의 구원과 행복은 스스로 찾아야 하지 않는가? 자신의 고뇌와 고통은 자신의 몫이요, 누구라도 자신에게 주어진 그 몫을 살아야 하지 않는가?'

가능빈가의 목소리가 또 다시 붕의 귀에 맴돈다.

–하지만, 붕, 내 말을 들어보시오. 당신은 붕새의 속성을 타고 났기에 대붕(大鵬)이 될 수 있었던 것이오. 물론 당신이 감수해야할 몫을 당신은 치렀소. 그러나 다른 생명체들이 당신과 같은 큰 깨침을 얻지 못한 것은 타고난 능력이 당신과 같지 않기 때문이지 않겠소? 작은 지혜를 타고 났기에 아무리 노력해도 당신같이 대 자유를 얻지 못하는 것이 아니겠소?–

'만물의 존재의 평등성을 잊었소? 오리가 황새의 다리가 길다고 해서 황새 다리를 자신의 다리 길이에 맞추어 자를 수 없음을 잊었소? 마찬가지로 오리 다리가 짧다고 해서 황새가 오리 다리를 자신의 다리와 같이 길게 늘일 수는 없는 이치요.

오리는 오리 다리로, 황새는 황새 다리로 살아야 하오.[32] 그의 도의 경지가 짧다고 해서 나의 도의 경지를 그에게 나눠준다는 것은 자연의 이치에 어긋남을 모르시오? 그것은 진리가 아니오.'

–자비 말이요! 자비는 당신이 그렇게 귀중히 여기는 도나 진리보다 더 귀중하지 않소? 자비야말로 도와 진리의 근원이며 목표이지 않소? 중생의 무지와 무능력을 측은히 생각하여 그들에게 사랑을 베풀지 않는 도와 진리가 도대체 무슨 소용이란 말이요? 자비는, 사랑은 비논리적이요. 사

랑은 무조건적이요. 사랑은 세상을 돌아가게 하는 원동력이 아니겠소?—

'사랑은 우주의 질서를 어지럽힐 뿐이요. 세상을 돌아가게 하는 것은 사랑이 아니라 진리요. 이 진리를 깨친 자만이 대 자유를 누릴 수 있소.'

—하지만, 붕, 깨친 새여! 진리가, 대 자유가 사랑으로 스스로를 드러내지 않는다면 무슨 소용이 있단 말입니까? 대붕(大鵬)이여! 숭고새여! 저 가여운 예인은 당신이 작은 새였을 때와 흡사하오. 하늘피리 소리를 추구하는 순수한 영혼이요. 그가 한계에 부딪혀서 저렇게 한 맺힌 삶을 끝내고 있는 것이 가엾지도 않소? 그는 하늘피리 소리를 내기 위해 사랑하는 아들을 악마에게 팔았고 사랑하는 아내를 죽음으로 몰아넣었다오. 스스로 자유를 얻어야 함은 분명한 진리이나 어떻게 해야 그 경지에 도달할지를 몰라 저렇게 고통의 늪에서 허우적거리는 중생이요. 깨친 이는 깨치지 못한 중생을 측은히 여겨야 하지 않겠소? 개가 감히 주인에게 빵덩어리를 청할 수는 없겠지요. 하지만 주인이 먹다가 흘린 빵 부스러기만으로도 개는 굶주린 배를 채울 수 있지 않겠소?[33] 당신이 베푸는 아주 작은 보시가 그를 절망과 죽음의 나락에서 건져낼 수 있소. 그러니 부디 자비를 베푸시길 바라오.—

붕이 깊은 묵상에 잠긴다.

—붕, 먼 옛날 네가 어렸을 적에 바다 왕국에서 네 아버지가 너를 위해 자신의 생명을 저버린 것을 잊었느냐? 비록 네 아버지는 온전한 하늘피리 소리를 내진 못했지만 하늘피리 소리가 존재한다는 것을 네게 알려주

기 위해 신의 노여움을 사는 것도 불사하지 않았더냐? 그가 네게 훗날 죽어가는 다른 생명체들에게 가슴과 영혼을 울리는 소리를 들려주라는 유언을 남기지 않았느냐?

그리고 눈 덮인 숲속에서 나 역시 네게 다짐하지 않았더냐? 언젠가 네 하늘피리 소리를 듣기를 염원하는 자가 있으면 거절하지 말라고? 내가 네게 내 하늘피리 소리를 들려준 것처럼 이제 너도 그에게 네 하늘피리 소리를 들려주어라. 내 피리 소리가 네게 생명을 다시 찾아 준 것처럼 너도 그에게 생명을 찾아주어라. 진리와 자유는 사랑을 실천할 때 완성되는 것이다. -

하늘새의 깊고 고요한 음성이 절대정적 속에서 깊이 잠들어 있던 하늘못을 깨운다.

'아, 나의 졸렬함이여! 관조적 삶에서 안식을 향유하던 먹황새도 자신의 피로 내게 생명을 되찾아주지 않았던가!

아, 나의 어리석음이여! 안식(安息)은 사랑을 잉태하고, 소요유(逍遙游)는 사랑을 낳기 위한 놀음인줄 몰랐구나!' 34)

해산의 조짐을 느끼는 산모처럼 절대적요의 거대한 하늘 못이 꿈틀거리기 시작하고 보름달이 수평선 위로 장엄한 모습을 드러내기 시작한다.
'그가 내 귀환을 감당할 수 있을지, 그가 새롭게 태어나는 고통을 감내

할 용기가 있을지, 내 정녕 알 수 없다. 그러나 그것은 그가 겪어야 할 몫
이다. 나는 나의 몫을 해야겠다.'

붕이 날개를 편다.

제 5 장

타자의 얼굴

'난생 이렇게 무서운 천둥소리를 들어본 적이 없다. 심장이 멎고 귀가 머는 듯하다.'

가느다란 생명의 실오라기에 간신히 매달려 있던 예인이 천둥소리에 깨어난다. 혼미한 상태에서 주위를 둘러보고 있는 그의 눈앞에 믿을 수 없는 광경이 벌어지고 있다.

어둠과 빛이 교차하고 있는 여명의 하늘이 갑자기 쩍 하고 두 개로 쪼개지더니 그 사이로 눈부신 빛이 쏟아져 내리고 있었다. 바다는 용암이 솟구쳐 오르듯 요동치고 있었다. 그것은 마치 태고에 하나의 혼돈체였던 하늘과 바다가 천지개벽 이후 둘로 갈라진 채 서로 떨어져 있다가 다시 하나 되어 원형(原型)으로 돌아가려고 하는 거대한 몸부림 같았다.

예인이 공포와 혼란으로 넋이 빠졌다. 수평선 저 멀리 갈라진 하늘 틈새로 어떤 물체가 섬광처럼 나타났다. 그것은 은빛을 발하는 거대한 불덩어리였다! 그 은빛 불덩이는 점점 더 커지면서 그에게로 다가오고 있었다. 어떻게 더 커질 수 있단 말인가! 그러나 그것은 그렇게 그의 상상을 초월하며 점점 더 커져가고 있었다. 그 형체가 완전히 드러나 보일 때까지는 영원한 시간이 흘러가야만 할 듯싶었다.

몸속의 모든 세포들이 강력한 공포의 전류에 감전된 것 같았다. 마치 무덤 속에서 잠자고 있던 수많은 시체들이 한꺼번에 무덤 밖으로 걸어 나와 자신의 눈앞에서 소름끼치는 미소를 짓고 있는 것 같았다. 마치 수천만 마리의 벌떼들이 윙윙대는 것 같은 소리에 고막이 터질 것만 같았다.

하늘을 뒤덮은 그 어마어마한 은빛 불덩어리를 바라보고 있는 예인은 눈이 멀 것 같은 고통을 느낀다. 그러나 그는 눈을 감지 않는다. 오히려 눈을 부릅뜨고 그 불덩어리를 직시했다. 눈앞에 벌어지고 있는 그 광경 속으로 함몰되지 않기 위해, 최후까지 자신을 지키기 위해 눈을 감을 수가 없었다. 그러나 기실 그가 눈을 부릅뜨고 있었던 것은 감당할 수 없는 불덩어리의 위력에 굴복하지 않기 위해서 뿐만은 아니었다. 믿어지지 않는 눈앞의 광경을 한 순간도 놓치지 않기 위해서였다. 지금 자신이 느끼고 있는 감정을 이전에 한 번도 느껴본 적이 없었다. 자신의 눈앞에 나타난 정체불명의 신비스러운 불덩어리의 그 무엇이 이렇듯 자신에게 공포와 동시에 황홀감을 불러일으키는지 알고 싶었다. 하지만 그것은 불가능했다. 그 태고의 모습을 지닌 은빛 발광체는 점점 더 커져가고, 커져가고, 또 커져가고 있었다. 그리고 거기! – 어마어마하게 거대한 형체가 바로 머리 위에 떠 있었다!

'붕새!'

경악으로 예인의 동공이 비워졌다. 이전에 한 번도 붕새를 본 적이 없건만, 하늘을 뒤덮으며 은빛으로 활활 불타오르고 있는 그 어마어마하게 큰 불새가 붕새라는 것을 직감적으로 알아차렸다.

강풍을 장악하는 듯한 거대한 은빛 날개, 지옥의 바닥에라도 닿을 듯한 길고도 긴 꼬리, 그러나 놀랍게도 그 거대한 크기와는 달리 잠자리 날개같이 가볍고 연하게 와삭와삭 소리를 내고 있는 날갯짓! 깊고 푸른 바다와 같은 코발트색 광채를 발하는 신비스러운 눈, 선홍빛 동백꽃잎 같은 부리에서 뿜어져 나오는 은빛 불꽃, 스스로 활활 불타오르고 있으나 소멸되지 않고 있는 신비스러운 불새!

그는 일순간 어마어마한 불바다가 먼지만도 못한 자신을 덮치는 것 같았다. 최대한 멀리 그 불덩어리로부터 도망치려 했다. 그러나 어디로 도망간단 말인가? 온 세상이 불타고 있는 붕새의 날개 아래에 있는데! 온몸이 공포의 전율로 감전되고 머릿속이 엉켜진 실타래처럼 온통 뒤죽박죽이 되어 있었음에도 불구하고 그는 붕새를 자신이 알고 있는 언어로 묘사해보려 안간 힘을 써본다. 그러나 곧 그것은 헛된 노력임을 깨달았다.

'아, 나의 어리석음이여! 붕새는 아름다운 새가 아니다! 어찌 그녀를 '아름답다' 하겠는가? '신비스럽다' 할 수도 없다. 아름다움과 신비스러움을 초월하고 있는 그녀를 어떤 언어로 표현할 수 있단 말인가? 차라리 괴기한 모습이라 함이 더 적절할 것이다. 아니, 괴기하다고 표현하는 것도 어패가 있다. 아, 티끌이 어찌 우주의 전모에 대하여 언급할 수 있단 말인가!

봉황이 천년의 혹독한 연단을 통해서 변신한다는 바로 그 전설의 주작(朱雀)! 붕새가 바로 그 전설적인 불멸의 불새, 주작이었구나! 아니, 주작은 붉은 불새라고 하지 않았던가? 붕새는 은빛 불꽃으로 타오르고 있으니 주작이라 칭할 수도 없지 않은가! 아! 여태 한 번도 본 적이 없는, 상상을 초월하고 있는 이 낯선 은빛 불새를 어떤 언어로 표현할 수 있단 말인가?

그는 발아래 땅이 꺼지고 있는 것만 같았다. 자신의 존재의 근원이 송두리째 흔들리는 것 같았다. 이윽고 공포로 메말라터진 그의 목에서 탄식인지 신음인지 경탄인지 분간이 되지 않는 소리가 모기소리보다 더 작게 떨리는 입술 사이로 간신히 기어 나왔다.

'붕새는…… 숭고새!'

그가 의식을 잃었다.

그렇게 얼마나 긴 시간이 지났을까? 아니 그것은 어리석은 질문이다. 그의 의식에는 더 이상 시간이 존재하지 않았다.

예인이 질식할 것 같은 답답함을 느끼며 깨어났다. 광활한 하늘이 통째로 자신을 내리 누르고 있었다. 절대적 외계물체 같은 어마어마하게 큰 붕새의 낯선 얼굴이 자신을 내려다보고 있었다. 자신이 자신을 들여다보는 것보다 더 명료하게 붕새는 자신의 내면을 바닥까지 꿰뚫어보고 있었다! 그는 마치 절대자 앞에 발가벗겨진 채 홀로 서 있는 것 같았다. 그는 그렇게 자신을 응시하고 있는 그 낯선 얼굴을 응시하고 있었다. 마치 영원토록 그렇게.

무한(無限)!

　그 외에는 다른 언어가 없었다. 일출의 태양, 한낮의 태양, 낙조의 태양, 매 순간마다 스스로를 불태우고 있으면서도 소멸되지 않은 채 찰나 속에서 영원의 빛을 발하는 태양처럼 붕새는 그렇게 영원히 소멸되지 않을 듯이 스스로를 불태우고 있었다! 이어 붕새 머리 위의 수정 같은 장식 깃이 강렬한 빛을 내뿜으며 그의 심장을 관통했다. 타는 듯한 극렬한 통증으로 심장이 얼어붙는 것 같았다. 불에 타면서도 동시에 얼어붙는 것 같은 이율배반적인 통증이 이상하게도 가슴에 환희와 평안을 주고 있었다. 영겁의 시간이 흐른 것 같았다. 하지만 기실 이 모든 일들은 한 순간에 일어났다. 예인은 불멸과 무한과 영원을 찰나에 체험한 것이다. 그는 이제 자신이 죽음과 삶의 경계에 서있음을 알았다. 섬광과 같은 깨침이 뇌리를 스치고 지나갔다.

　'내가 살고 내가 죽는 것이 아니다. 삶이 나를 통해서 살았고, 죽음이 나를 통해서 죽는 것이다. 삶과 죽음은 스스로 생성과 소멸의 곡선을 그리며 영원히 되풀이될 뿐이다. 나는 거대한 우주의 자전(自轉)적 음률을 이루는 하나의 미미한 음(音)이었다!'

　붕새가 은빛 불을 토하며 울음을 울었다. 하늘이 폭발하여 산산조각으로 쪼개지는 듯한 굉음에 그는 더 이상 자신을 지탱할 수 없었다.

　그가 혼절한다.

얼마나 지났을까? 예인이 혼미한 상태에서 서서히 깨어난다. 그런데 눈앞에 보이는 세상이 여태 보지 못했던 낯선 모습을 띄고 있다! 격동하고 있는 눈앞의 파도가 소리를 내지 않은 채 밀려왔다 밀려가고 있다. 어떠한 미세한 소리도 들리지 않는다. 세상의 모든 소리를 다 삼켜버린 듯한 절대정적의 세계다. 마치 자신이 아무 것도 존재하지 않는 세상에 홀로 덩그러니 남아있는 듯하다. 아니, 자신조차도 사라진 듯하다. 이해되지 않는 자신의 낯선 감관에 어리둥절해 하고 있는 그의 눈앞에 한 광경이 펼쳐진다.

크기를 가늠할 수 없는 광활한 우주 속에 먼지보다 더 작은 나팔관 모양의 자신의 두 귀가 무중력 상태에서 정지된 채로 떠있다. 모든 것이 멈춰있고 고요하다. 이윽고 그 절대정적 속에서 무한하다고 밖에는 달리 말할 수밖에 없는 광대한 우주가 그 작은 나팔관 안으로 순식간에 빨려 들어간다. 그리고 그 나팔관에서부터 소리가 울려 퍼진다.

'하늘피리 소리다! 내가 그토록 좇던 붕새의 울음소리! 하늘피리 소리는 우주의 울림이다! 아니, 내 내면의 울림이다!'

예인은 이제 더 이상 아무 것도 느끼거나 생각할 수 없었다. 사랑하는 아들을 악마에게 팔고 용서를 구하며 괴로워했던 수없이 많았던 날들의 죄책감조차도 그의 의식 밖으로 흩어져버렸다. 자신의 존재가 텅 빈 것 같은 느낌만이 의식의 틈새를 메우고 있었다. 순간 자신을 산산조각으로 흐트러뜨렸던 그 두렵고 낯설었던 붕새의 얼굴이 문득 지극히 친숙한 얼굴이 되어 그에게로 다가왔다.

'어디에선가 본 듯한 얼굴이다. 어디에서 보았을까?

아! 어머니 얼굴이다!

아! 내 얼굴이다!'

그가 놀라움과 환희로 탄성을 지른다, 그러나 환희는 순간에 그쳤다. 그의 얼굴이 고통으로 일그러지기 시작했다. 붕새의 눈에서 뿜어져 나온 광채가 그의 눈을 태워버린 것이다.

"내 얼굴을 보려하지 마라. 내 얼굴을 보는 자는 눈이 멀게 될 것이다. 내 얼굴을 보는 자는 살아남지 못할 것이다.[35] 하늘피리 소리를 좇지 마라. 하늘피리 소리를 좇는 자는 귀가 멀게 될 것이다. 귀가 멀지 않고서는 정녕 하늘피리 소리를 듣지 못할 것이다. 나를 어떠한 언어로도 정의하지 마라. 나는 선하지도 아름답지도 않다. 나를 숭배하지도 말라. 나는 누구의 숭배나 경외심이나 공포심을 필요로 하지 않는다.

나는 '스스로 존재' 할 뿐이다."[36]

이미 귀가 먹었음에도 불구하고 붕새의 목소리는 하늘이 쪼개지는 천둥소리처럼 들렸다. 극심한 통증을 견딜 수 없어 내지르는 그의 처절한 비명이 날카롭게 하늘을 가른다. 하지만 눈이 불에 타버렸던 아픔은 그리고 고막이 터져버렸던 아픔은 곧이어 따라오는 아픔에 비하면 아무 것도 아니었다.

'아아악! 내게 무슨 일이 일어나고 있는가? 아아악! 내 몸의 모든 뼈들이 뒤틀리고 있다. 아아악! 용암에 던져져서 온몸의 살과 뼈가 녹고 있는 것 같다! 신이여, 이제 이 감당할 수 없는 육신의 고통으로 제 죄를 사해 주십시오. 이제 가여운 제 영혼의 눈물을 거두어 주시고 영원한 안식을 주소서!'

아스라이 먼 곳에서 어머니의 피리 소리가 희미하게 들려온다. 예인의 의식이 피리 소리에 묻힌다.

제 6 장

숭고한 비상

갈망의

두꺼운 옷을

벗어 던진 영혼이여

이제는

공기보다 더

가벼워진

벌거벗은 영혼이여.

깨어나라

들어보라

하늘피리 소리를

숭고한

침묵의 울림을

네 영혼의 현이

떨리는 소리를.

귓가에 울리는 깊고 고요한 음성에 예인이 눈을 뜬다.

'아직 내가 죽지 않았단 말인가? 내가 분명히 붕새를 보고, 듣고, 그래서 죽지 않았던가? 아니면 그 모든 것이 꿈이었던가?'

무거운 혼돈의 방망이로 뒤통수를 맞은 듯 어리둥절해 하며 깨어나고 있는 예인의 눈앞에 붕새가 거대한 날갯짓으로 하늘에 원을 긋고 있다. 하늘이 끝없이 넓다고 누가 말했던가! 붕새는 불타오르는 은빛 날개로 그 끝없이 넓은 하늘을 송두리째 장악하고 있지 않은가!

붕새는 절대적으로 낯선 타자로 다가왔었다. 그 낯설음은 그에게 형용할 수 없는 두려움을 불러일으켰었다. 그러나 이제 그 두려움은 어떤 친근감보다 더 친근하게 느껴지고 있다. 그에게는 지금 이 순간 불타오르고 있는 붕새에게 자신을 던져 그 속에서 적멸(寂滅)하고 싶은 염원밖에는 아무 것도 없다.

성스러운 불꽃이 그의 영혼을 휘감는다.

봄날 오후 따스한 햇살에 온몸을 맡기고 잠들어 있는 고양이처럼 예인은 시간이 멈춘 영원의 요람 속에서 지고(至高)한 행복에 잠긴다. 어릴 적 꿈 속 어머니의 체취 같은 달맞이꽃 향기가 전신에 스며든다.

얼마나 지났을까? 영원히 멈춰 있을 것 같았던 요람이 흔들리고, 시간이 잠들어 있는 그의 얼굴을 간질이듯 스친다. 눈을 뜬 그의 얼굴이 성스럽게 빛나고 있다. 멀어버렸던 눈이 영롱한 아침 해처럼 맑아졌다! 그의 눈앞에는 이제 막 붕새가 떠나려 하고 있다. 황급히 일어나 혼신의 힘을 다해서 붕을 좇아 달리기 시작한다.

"붕, 잠깐만 기다려주시오. 나를 두고 가지 마시오. 제발 부탁이요."

하늘 높이 멀어져 가고 있는 붕새에게 조금이라도 더 가까이 다가가기 위해 해변의 끝자락에 불쑥 돋아나 있는 가파른 절벽을 미친 듯이 오른다. 어디서 그런 힘이 솟아났을까? '겨자씨만한 믿음만 있어도 산을 움직일 수 있다'[37]는 말이 은유적 화법만은 아니었던 것일까? 마치 날개가 달린 듯 단숨에 산꼭대기 절벽의 끝자락에 다다랐다. 한 발짝만 더 내디디면 수만 리 낭떠러지로 떨어질 일촉즉발의 순간이었다. 문득 익숙한 음성이 들렸다. 그 언젠가 사랑하는 아들을 달라고 했던 바로 그 음성이었다. 악마는 깊고 음흉한 목소리로 그의 귀에 속삭인다.

"바보야. 너는 날개가 없다는 것을, 붕새를 좇아날 수 없다는 것을 모르는가? 너는 새가 아니다. 두 발로 걸어 다니는 인간이다. 낭떠러지에서 뛰어내리면 네 몸은 깊이를 가늠할 수 없는 저 절벽 아래 나락으로 떨어져 산산조각이 날 것이다. 겨우 다시 살아났는데 무슨 만용인가! 설마 다시 죽기를 바라는 것은 아니겠지? 더 늦기 전에 붕새를 좇고 있는 네 그 무모한 발걸음을 멈추어라!"

그러나 그에게는 아무 것도 들리지 않았다. 죽고 사는 것은 이미 그의 의식에 없었다.

'내 영혼아, 믿음의 비약에로의 용기를!'

그가 발을 내디뎠다. 불안정한 벼랑 끝에서 최대한 높이 뛰어오르려 했다. 그러나 몸은 중력으로 인해 무서운 속도로 천길 만길 낭떠러지로 떨어졌다. 눈앞에 지난 세월의 흔적들이 섬광같이 번쩍이며 지나갔다.

어린 시절, 종달새의 울음소리에서 최초로 천상의 음률을 듣고 경이와 환희로 두근거렸던 심장 박동소리, 종달새가 앉아 있던 물오른 버드나무 가지를 잘라 토막을 내어 피리를 만들어 소리를 내어보던 그 첫 감격, 이후 대나무로 피리를 만들어 세상에서 가장 아름다운 피리 소리를 내겠다고 결심했을 때 세상이 온통 아름다운 피리 소리로 가득 찼던 기억, 수많은 사람들이 자신이 부는 아름다운 피리 소리에 넋을 잃고 그를 환호했던 기억, 보름달빛 아래 만발한 벚꽃 나뭇가지 사이에 숨어 자신을 훔쳐보며 얼굴 붉히던 고운 자태의 한 소녀, 그 소녀가 새들과 함께 자신의 뒤를 따라오고 있었을 때 자신의 작은 심장이 세상에서 가장 큰 북소리처럼 울렸던 기억, 가난했던 이십여 년의 세월이 그녀와의 행복 앞에서 눈 깜빡할 사이에 흘러갔던 기억, 어느덧 여인이 된 아내의 해산의 울부짖음이 자신이 불었던 그 어떤 아름다운 피리 소리보다 더 아름답게 느껴졌던 기억, 그녀가 세상에 무엇보다도 더 소중한 한 생명을 자신의 두 팔에 안겨주었을 때 그 감격과 감사의 기억, 사랑하는 아내와 아들만으로 만족하지 못하고 하늘피리 소리를 내겠다는 갈망의 종이 되어 악마에게 자신의 영혼과 사랑하는 아들을 팔고 괴로워했던 기억, 아들을 잃은 슬픔을 이기지 못해 강물에 몸을 던졌던 가여운 아내, 자괴감과 회한과 자기모멸감으로 속죄를 구하며 온 세상을 떠돌아다녔던 그 외롭고 고달 프던 긴 유랑생활, 마침내 북쪽 바다세계에 도달해서 붉은머리피리새로부터 하늘피리 소리에 관해 들었을 때의 그 감격, 어머니와 자신이 같은 운명을 겪었다는 것을 알게 되었으나 그 진실에 대해 자신이 할 수 있는 것은 아무 것도 없었기에 운명 앞에서 무릎을 꿇고 말았던 기억, 조금 전 들었던 붕새의 하늘피리 소리가 자신의 내면에서 울리는 소리라는 것을 깨달았던 기억, 붕새의 얼굴에서 어머니의 얼굴을 보았던 놀라웠던 기억, 어머니의 얼굴이 곧 자신의 얼굴이란 것을 깨달았던 그 감격, 이 모든 기억들을 다 내려놓았다. 그의 기억 속에는 이제 아무 것도 남아있지 않았다. 그는 이 모든 것을 망각하게 되었다.

그 망각의 틈새로 한 광경이 펼쳐진다.

아주 작은 물방울 하나가 넓고 깊은 바다에 떨어진다. 바다는 눈 깜빡할 사이에 그 물방울을 집어 삼킨다. 겉에서 보기에는 물방울이 떨어지기 이전이나 떨어진 이후에나 바다에게는 하등의 변화가 없어 보인다. 그러나 바닷속에서는 한 개체의 필사적인 발버둥이 시작되고 있다. 천만 근 같은 바다의 무게에 짓눌린 물방울은 숨이 막혀 죽을 것만 같다. 물방울은 자신을 잃지 않으려고 필사적으로 버둥거린다. 두려움에 허우적거리며 울부짖는다.

'나를 찾아야 해, 이 망망대해 속에서 나를 잃어버리면 끝장이야.'

이윽고 지쳐 무너져가는 극미한 물방울에게 바다가 그 깊은 목소리로 고요하게 노래한다.

"두려워 마라. 내 아들아. 네 그 작은 자아를 잃고 있다는 것을. 너를 지키겠다는 그 힘들고 고단한 투쟁을 이젠 그만 내려놓고 내 속에서 쉬려무나. 네가 잃지 않으려고 사투를 벌이고 있는 너의 그 작은 물방울은 이제 바다와 합일되었다. 이제 네가 내 속에 있으니 너는 나의 부분이다. 아니 너는 곧 나의 전체다. 이제 네가 곧 나다. 그러니 너는 내 안에서, 아니, 네 안에서 영원한 안식을 누려라."

'아, 모든 것을 내려놓으니 이렇게 평안하구나! 이제 다 끝났다.'

형용할 수 없는 부드러운 바람이 그의 몸을 들어 올리고 있다. 빠르게 추락하고 있던 몸의 중력을 이제 더 이상 느끼고 있지 않다. 마치 육체와 영혼이 하나가 되어 영원과 무한의 경계에서 정지된 것 같다. 놀라움에 눈을 뜬다. 땅에 떨어져 산산조각으로 흩어졌어야 할 자신의 몸이 공중에 떠 있지 않은가! 좀 전에 뼈를 녹이고 뒤틀던 그 고통, 인간의 육신으로서는 감당할 수 없었던 그 최악의 고통, 환골탈태(換骨奪胎)의 그 고통은 날개가 달린 새(鳥)로 다시 태어나고 있었기 때문이었다는 것을 비로소 깨닫는다! 빛 가운데서 한 목소리가 들린다.

"네 숭고한 용기가 네 운명의 고리를 끊었다!"

회한과 자책감으로 얼룩져 있던 그의 영혼이 수정처럼 맑아지면서 극미한 무중력의 환희로 높이 비상한다.

이제 그는 더 이상 봉새를 좇지 않는다. 다만 봉새와 함께 나란히 날고 있을 뿐이다. 자유와 안식의 양 날개로 남쪽 바다 하늘 못, 모든 존재의 본향, 자신의 존재의 본향, 어머니의 품으로 날아갈 뿐이다.

이제 그는 더 이상 하늘피리 소리를 좇지 않는다. 환희에 찬 영혼의 비워진 중심 깊은 곳에서부터 울려 퍼지는 내면의 소리를 들을 뿐이다. 뇌성과 같은 침묵의 소리를. 숭고한 소리를, 성스러운 소리를!

'아타락시아!'

영원 속에서 시간이 멈춘다.

후기

나는 소설가가 아니다. 평생을 철학과 종교를 공부하며 가르쳐 왔던 사람이다. 학문적 글쓰기의 건조함과 경직성에서 벗어나 영감과 상상과 창의성을 바탕으로 하는 문학적 글쓰기를 늦은 나이에 시작한, 어쩌면 무모할 수도 있는 새로운 삶을 시작한 사람이다.

『마야의 달』은 내가 처음 쓴 소설이다. 비교종교철학자의 성찰이 구도자의 예술적 감성을 만나 생긴 새로운 글쓰기다.

『마야의 달』을 집필하게 된 직접적 계기는 2012년 미국의 대 자연, 그랜드캐니언과의 조우에서 '숭고체험'을 한 것에 연유한다. (당시에는 그것이 숭고체험이라는 것을 모르고 있었다. 체험한 내용에 부합되는 어휘를 알지 못했기 때문이다. 칸트의 숭고미학 담론을 읽은 후에야 비로소 알게 되었다.) 그 체험은 내게 구도자로서의 긴 여정에 정점을 찍고 코페르니쿠스적인 의식의 대변환을 가져다주었다.

'그랜드캐니언 이전과 이후의 나'라고 지인들에게 말할 정도로 숭고체험은 내가 그동안 걸어왔던 지적 그리고 영적 여정의 정점을 찍게 했다. 그동안 예술, 문학, 철학, 신학, 종교학, 그리고 영적 체험을 통해 이해했던 인간 정신의 아름다움과 위대함이 한 순간에 보잘것없이 느껴졌다. 중세 최고의 스콜라 신학자인 토마스 아퀴나스가 논리와 이성을 바탕으로 집필한 필생의 대작, 『신학대전』이 거의 끝나가고 있을 무렵 돌연 손을 떼고 말았다는 것이 무슨 의미였는지 통감했다. 하느님을 직접 체험하고 나니 자신의 역작이 '속이 빈 수수깡'에 지나지 않았다는 것을 깨달았기 때문이 아니었을까?

종교적 맥락에서 신을 '직접' 체험할 때 느끼는 '성스러움'이 대 자연을 홀로 마주할 때 느끼는 숭고체험과 다르지 않다는 것을 그랜드캐니언에서 깨달았다. 본문에서 '성스러움'과 '숭고'가 상호 교환적으로 사용된 것은 이러한 개인적 깨달음에 바탕을 두고 있다.

그랜드캐니언 이후 1년 반 동안을 두문불출하며 서양 숭고미학에 심취했다. 롱기누스, 에드몬드 버크의 숭고미학, 칸트의 미학 담론인 『판단력비판』을 정독했다. (칸트 자신은 그의 미학 담론에서 자연의 합목적성을 드러내지 못한다는 이유로 숭고[崇高]를 다만 미[美]적 판단의 '부록'에 지나지 않는다고 하여 자연의 합목적성을 잘 드러내는 미[美]개념보다 그 의미가 덜하다는 듯이 말하였다.[38] 허나 이후 그의 숭고 담론은 서양 미학의 숭고 담론의 역사에 있어서 영구히 빛나는 보석이요, 반석이 되었다. 천재성의 아이러니!) 이어 쉘링, 쉴러, 그리고 쇼펜하우어의 숭고미학을 접했고 탈근대 미학의 하이데거, 벤야민, 리오타르, 라쿠 라바르트, 장릭 낭시 등을 접하게 되었다.

서양 숭고미학에 심취되어 있던 어느 날 전광석화처럼 『장자』의 '붕새'가 머리에 떠올랐다. 『장자』를 다시 읽어보았다. 장자가 표현하고자 했던 붕새의 경지가 곧 내가 그랜드캐니언에서 체험했던 숭고체험의 경지였다는 것을 깨달았다. 『장자』에서 철학적 차원만이 아닌 심미적 차원을 발견했던 것이다. 이어서 동양미학에 관련된 서적을 접하게 되었다.

이것이 이 작품이 탄생된 배경이다. 대자유의 상징인 『장자』의 '붕새'에게 서양 미학의 숭고 날개를 달아본 것이다. 이것이 바로 붕새가 숭고새가 된 연유이다. 이런 과정을 통하여 숭고미학의 의미를 그동안 나의 구도과정에서 때로는 작게, 때로는 크게 체험했던 숭고체험의 맥락에서 재확인하고, 실존적 입지에서 그 의미를 간파하고 정리하게 되었다. 이러한 개인적인 숭고체험은 작품 속에서 여러 번 재현되었다. 특히 붕새가 동굴의 비밀을 깨달은 장면에서, 밤바다에서 홀로 거대한 파도를 직면한 장면에서, 사막에서 홀로 보름달을 마주한 장면에서, 사막에서 죽음을 체험한 장면에서, 남쪽바다 하늘 못에 도달한 장면에서 상세하게 묘사되었다. 그리고 피리 부는 예인이 붕새를 마주 대하는 장면에서는 그랜드캐니언에서 체험했던 숭고체험의 절정이 묘사되었다.

장자는 붕(鵬)이라는 큰 새의 은유를 통하여 작은 지혜로서는 가늠할 수 없는 큰 지혜의 초월적 경지를 표현했다. 이러한 장자의 '큰 지혜'는 노자의 말을 빌리자면 도가도 비상도(道可道 非常道)이며 명가명 비상명(名可名 非常名)이다. 도(道)는 이성적으로나 논리적으로나 철학적으로 규정지어 질 수 없다. 그래서 이름 지어질 수도 없다.

그러면 어떻게 도(道)가 도(道)임을 알 수 있는가?

도(道)는 '체험'이라고 말하고 싶다. 도(道)는 직관(直觀)을 통해서 깨닫게 되는 '미학적 체험'이다. 직관적이고 즉각적이며 찰나적인 장자의 도(道)의 경지를 칸트의 숭고미학의 관점에서 '언어와 오성과 상상을 뛰어넘는' 경지에 유비(類比)해 보았다. 칸트는 이러한 경지를 숭고(崇高, The Sublime, Das Erhabene)라고 명명했다. 이러한 서양미학의 '숭고' 개념으로 장자의 대 자유의 경지를 묘사해보았다.

기실 '숭고(崇高)'라는 한자어는 'The sublime'이나 'Das Erhabene'가 지니는 뉘앙스와는 다르다. 또한 내가 그랜드캐니언에서 체험한 실체를 표현하는 데 적절한 어휘도 아니다. 그래서 '숭엄(崇嚴)'이라는 어휘로 대체해 보려고도 한다. 그러나 그 역시 마땅하지가 않았다. 결국 다시 '숭고(崇高)'로 귀착했다. – 언어의 한계!

숭고미학은 본문에서 여러 번 강조되었듯이, '낯설게 하기'가 그 핵심 개념이다. '아름다움'은 우리에게 '즐거움(pleasure)과 '친숙함'과 '평안함'을 자아낸다. 그러나 '숭고'는 극단적인 '낯설음', '타자'와의 조우에서 오는 정신적 충격 상태이다. 이러한 정신적 충격은 우리의 상상력, 오성, 판단, 언어, 구태의연한 사상, 고정관념, 관습, 세속적 규범 등등을 완전히 해체, 파괴한다. 그래서 카오스적 체험이다. 이 카오스적 체험에 의해 자아가 해체되는 경험은 '두려움'과 '환희'의 양가적 감정을 동시에 유발한다. 이때 자아는 의식의 자유를 체험하게 되며 그 자유의 체험은 영혼이 승화(昇華)되는 체험을, 그리고 승화된 영혼은 세계를 새롭게 인식하게 되어 주체적으로 새로운 세계를 창조하게 된다. '미(美)'적 체험이 고요와 관조와 수동적인 성격을 가졌다면 '숭고(崇高)' 체험은 자기 해체와 파괴의 역동성을 통한 능동적 성격을 띤다고 말하고 싶다.

장자철학의 핵심은 개인, 주체의 깨달음에 있다 해도 과언이 아니다. 주체의 깨달음의 소중함을 우리에게 일깨워주는 고전 문학으로서『장자』만한 작품도 흔치 않을 것이다. 장자철학에서 읽을 수 있는 주체의 유일성과 개체의 존엄성은 깊이 음미될 가치가 있다. 하지만 개체의 존엄성이 개체 안에만 갇혀있을 때는 의미가 없시 않을까 싶다. 마치 라이프니츠의 '모나드(Monad)'처럼, 창문 없는 방 안에서 스스로 자족하고, 자존하는 진리는 궁극적으로 우주의 원리를 충분히 반영하지 못하지 않을까 싶다.

소우주로서의 한 개체인 인간이 대우주를 반영하고 있다는 생각에는 큰 이의가 없다. 그러나 그 소우주는, 한 개체는, 다른 개체와의 '유기적 관계성' 속에서 그 유일성과 존엄성의 의미가 완성되지 않을까 싶다. 한 개체의 진리, 도의 깨달음, 그리고 그에 수반되는 절대자유는 다른 개체, 즉 타자를 향한 '사랑의 관계성' 속에서 궁극적 완성이 이루어진다고 말하고 싶다.

『마야의 달』은 자성(自性)을 깨닫고 대 자유를 얻은 한 개인의 존엄성에만 궁극적인 의미와 가치를 두는『장자』의 '주관주의적 편향'의 한계를 타 종교/철학의 관점에서 극복하려 했다. 장자의 깨달음의 경지, 도(道)의 경지인 대 자유, 그리고 그 대 자유에 자연스럽게 수반되는 소요유(逍遙遊)의 한계를 기독교의 '타자에로의 사랑', 그리고 불교의 '중생을 향한 자비'의 개념으로 지양(止揚)해보았다. 본문에서 '피리 부는 예인(藝人)'을 설정한 이유가 바로 '붕의 귀환'의 필연성을 말하기 위해서였다.

일찍이 헤겔은 '불행한 아름다운 영혼(an unhappy beautiful soul)' [39]이라는 용어로 주관주의 철학의 문제점을 지적했다. 즉, 한 개체의 '아름다운 영혼'이 자신의 순수성, 내적 광휘(splendour of its inner being)가 세상 속에서 더럽혀지는 것을 두려워하여 세상을 기피하는 삶은 다만 공허할 뿐이라고 했다. 개체의 '아름다운 영혼'이 '상실된 영혼'이 되지 않기 위해서는 사회와 역사 속에 자신을 드러내고 참여시켜야 한다고 역설했다. 개인의 순수한 영혼은 절대정신(Geist)의 자기 부정을 통하여 역사와 사회 속에서 갈등과 혼돈의 변증법적 과정을 통해서 발전, 지양(Aufhebung)되어질 때 완성된다는 뜻이다. 그것은 타자와의 변증법적 관계성에서 가능하다고 볼 수 있겠다.

장자철학의 절대자유와 소요유의 개념은 한 개체의 '아름다운 영혼'의 정점이다(장자 스스로는 이 '아름다운 영혼'이라는 언어를 절대 허락하지 않을 것이다). 이러한 장자의 아름다운 영혼이 타자를 위한, 타자와 함께, 타자를 향하는 '숭고한 영혼'으로 지양되어지면 그 가치가 더욱 빛나지 않을까? '아름다운 영혼'의 경지를 넘어선 '숭고한 영혼'이 우리에게 '타자의 얼굴'이 '내 얼굴'임을 깨닫게 하지 않을까? 레비나스의 '타자의 얼굴', '사랑의 윤리학'의 개념이 이 작품에 비중을 두고 있음을 예리한 독자는 인지할 것이다.

'마야(Maya)'는 산스크리트어로 '환영(幻影; illusion)'이라는 뜻이며 힌두교의 660만 개 신들 중의 하나다. 신화적 의미로는 '창조하다, 드러내 보이다'이다. 20세기 최고의 신화학자 조세프 캠벨은 이렇게 말하고 있다. "'마야'는 우주 기원의 본질이며 여성성과 개인성의 본질이다. 스스로를 감추고, 투영하고, 그리고 드러내는 힘을 가진다. 감추는 힘과 투영하는 힘은 햇빛을 여러 가지 무지갯빛으로 변형시키는 프리즘에 비유할 수 있다. 일곱 가지 무지개 색을 평평한 원반 위에 배열하고 돌려보라. 흰색으로 보인다. 같은 이치로, 어떤 특정한 방식으로 현상들을 보면, 그것들은 감추고 있는 것을 스스로 드러내 보인다."[40] 작품 속에서 붕새가 은빛을 발하는 것은 우연의 일치였을까? 은빛은 모든 빛을 통합하면서 동시에 초월하는 빛이다. 궁극적 깨달음의 빛이다. 진리의 빛이다.

「마야의 달」에서 '달'이 여러 번 언급된다. 보름달, 초승달, 그믐달, 그리고 다시 보름달. 자신을 감추고, 투영하고, 드러내는 달의 순환성은 완성을 의미한다. 그리고 그 완성은 새로운 시작을 잉태하고 있다. 이렇듯 무한하게 순환하는 속성 때문에 인류는 동서양(東西洋)을 막론하고 달을 여성에 비유한 것일까?

'마야의 달'은 은유다. 그래서 작품 속에서 명백하게 발견되지 않는다. 그러나 당혹해 할 필요는 없다. 감추어진 보물은 독자(讀者)가 스스로 찾았을 때 순전한 기쁨을 누릴 수 있지 않은가? 중세 신비주의 신학자 니콜

라스 쿠자누스가 말한 하느님의 존재 찾기의 은유를 상기해보라. −무한한 원(圓)이신 하느님의 중심은 어디에서도 찾을 수 없다. 그러나 그 둘레는 어디에서나 찾을 수 있다.[41]− 그리고 17세기 복음주의 신비주의자 안젤루스 실레지우스의 말을 기억해보자. −내가 신을 에워쌀 때, 신은 나의 중심이 된다. 내가 신에게로 녹아들어갈 때, 신은 나의 둘레가 된다.−[42]

'마야의 달'은 어디에 있는가? 어디에도 없다. 그리고 어디에나 있다. 타자의 얼굴에서 자신의 얼굴을 본 적이 있는가?

이제 내 손을 떠나 세상에 나가는 내 영혼의 아이, 『마야의 달』이 내게 그러했듯이 독자들에게도 상처를 치유하고 깨달음의 환희를 줄 수 있으면 좋겠다. 나아가서 진리를 추구하고 인류애를 실현하고자 하는 모든 형제자매들이 인종과 성별과 나이와 문화와 철학과 종교의 두꺼운 벽을 깨고 나오는 계기가 될 수 있으면 좋겠다. 마야의 달을 함께 바라보면서 우주의 에너지를 공유하고, 하늘피리 소리에 공명(共鳴)하는 숭고한 교제의 장(場)이 되기를 희망해본다.

김사라

소설을 처음 써보는 나에게 아낌없는 격려와 조언과 비평을 아끼지 않으신 분들이 있다. 건국대학교 김종갑 교수님, 서윤호 교수님, 창원대학교 이수정 교수님, 연세대학교 최종철 교수님, 순천향대학교 이영임 교수님, 부산대학교 임창건 교수님께 깊이 감사드린다. 목 디스크를 치료해주신 잠실자생한방병원 신민식 원장님께도 감사드린다.

사랑의 눈으로 원고를 읽어주시고 격려해준 복연 언니, 나영 동생, 철수 동생에게 감사드린다. 그리고 누구보다도 감사드리고 싶은 사람이 있다. 『마야의 달』을 쓰기 시작할 때부터 완성될 때까지 19개월 동안 작품 속 이야기를 지치지 않고 들어주시고 격려를 아끼지 않았던 김정아 언니이다. 그녀는 『마야의 달』을 함께 바라보며 하늘피리 소리를 염원할 때 누리게 되는 기쁨과 감동을 최초로 공유한 예인이었다. 그녀의 예술성과 철학적 성찰, 그리고 무엇보다도 동생에 대한 사랑이 함께 하지 않았으면 『마야의 달』은 결코 지금의 모습을 지니고 있지 못할 것이다.

청어출판사 이영철 사장님과 방세화 편집장님께도 감사드린다.

마지막으로, 그랜드케니언을 보게 해 준 내 오랜 친구 문광주에게 깊이 감사한다.

장자

장자 제1편. **소요유**(逍遙遊; 한가로이 거닐며 놀다)

북해에 고기가 있어 그 이름이 곤(鯤)이라 하는데 그 곤어(鯤漁)의 크기는 몇 천리나 되는지 알지 못한다. 변화하여 새가 되는데 그 이름이 붕(鵬)이라 한다. 그 붕조(鵬鳥)의 등 길이가 몇 천 리 인지 알 수 없는데 그놈이 한 번 기운을 떨쳐 날면 그 날개는 마치 하늘에 드리운 구름과 같다.

이 새는 바다 기운이 한 번 크게 움직일 때에 날아서 남해(南海)로 옮겨 가니, 남해(南海)는 곧 '하늘 못'(천지, 天池)이다. 제해(齊諧)라는 것은 괴이한 일을 기재한 책인데, 이 책에 "붕조가 남해로 옮기려 할 때에는 삼천 리나 되는 물결을 치면서 회오리바람을 일으켜 타고 구만리를 날아 올라가서 여섯 달 만에 쉰다"고 하였다.

대개 물의 쌓임이 깊지 않으면 큰 배를 띄우기에 힘이 없을 것이다. 한 잔의 물을 웅덩이에 부어놓고 지푸라기 하나를 띄우면 배처럼 뜨지만 그 곳에 잔을 띄우면 가라앉고 마는 것이니, 이는 물은 얕고 배는 크기 때문이다. 바람의 쌓임이 두텁지 않으면 저 큰 붕새의 날개를 날리기에 힘이 없을 것이다. 그러므로 구만리쯤 올라가면 그에 알맞은 바람이 그 밑에 있게 되니 그런 위에야 비로소 바람을 타고 등에 푸른 하늘을 지고 날아가는 데 있어서 아무것도 그것을 꺾거나 막지 못할 것이니 그렇게 된 뒤에야 이에 남쪽 바다로 가게 된 것이다. 매미와 산 까치가 비웃으며 말한다. "우리는 훌쩍 솟아 날아서 나무덤불에 앉거나 때로는 잘못 날아서 거기까지 가지 못하면 땅바닥에 떨어지고 마는데 어찌하여 구만리나 올라가서 남쪽으로 간다는 것이냐?"

(생략) 우리들은 뛰어 날아올라도 두어 길을 못 가서 도로 내려와 풀밭 속에서 퍼덕거리는데, 그리고 이것이 날아다닌다는 마음의 극락(極樂)인데, 저것은 어디를 간다고 그러는 것일까?" 하고 말하였다니, 이것은 소(小)와 대(大)와의 차별인 것이다.

소지(小知)는 대지(大知)에 미치지 못하고, 소년(小年)은 대년(大年)에 미치지 못하는 것이다. 어째서 그런 줄을 아는가? 아침 버섯(아침에 났다가 해만 뜨면 죽는 버섯)은 그믐과 초생을 알지 못하고, 쓰르라미는 봄과 가을을 알지 못하는 것이니, 이것은 소년(小年)이기 때문이다.

장자 제2편. **제물론(齊物論; 사물을 같게 하다)**

1장: 오상아(吾喪我: 내가 죽은 나) 그리고 천뢰(天籟; 하늘퉁소소리)

남곽자기라는 사람이 탁자에 앉아서 하늘을 우러러 길게 한숨을 내쉬니 그 멍하니 앉아 있는 모습이 마치 짝을 잃은 듯하였다. 그의 제자 자유(子游)가 묻기를, "어찌된 일입니까? 형체를 진정 마른 나무와 같이 할 수 있으며, 마음을 진정 죽은 재와 같이 할 수 있습니까? 지금 탁자에 기대고 있는 사람은 전일(前日)에 기대고 있는 사람이 아닙니다."

자기(子綦)가 이르기를, "언아, 네 물음이 착하다. 이제 나는 나를 잃었는데(오상아 五我喪), 네가 알겠느냐? 너는 인뢰(人籟; 인간이 부는 퉁소소리)는 들었으나 지뢰(地籟; 땅, 혹은 자연이 부는 퉁소소리)는 듣지 못했을 것이요, 너는 지뢰는 들었다 하더라도 저 천뢰(天籟; 하늘이 부는 퉁소소리)는 듣지 못했을 것이다."

(생략) 자유(子游)가 묻기를, "감히 그 방법을 알려주소서." 하니, "무릇 이 대지(大地)가 내뿜어 올리는 기운을 '바람' 이라 한다. 이것이 일지 않으면 몰라도 한번 일어났다 하면 수많은 구멍이 성난 듯이 부르짖으니, 너는 그 우우 하고 불어오는 큰 소리를 듣지 못했느냐? (생략)

자유(子游)가 말하기를, "지뢰(地籟)는 수많은 구멍에서 나온 것이며, 인뢰(人籟)는 퉁소에서 나온 것이지만, 그러면 천뢰(天籟)는 무엇입니까?" 하니 자기(子蕘)가 말하기를, "무릇 그 불어내는 소리가 만 가지로 같지 않지만 그것들로 하여금 모두 제멋대로 되게 하는 것이 있으니, 그것도 그들 스스로 내게 하고 있는 것이라. 그렇다면 그 성내어 불게 하는 이는 누구인가?"

(참조: 박종호[朴種浩], 『장자철학』, 일지사)

1) 참조: 이마누엘 칸트, 『실천이성비판』

2) 참조: 노자, 『도덕경』

3) 참조: 리차드 바크, 『조나단 리빙스턴 시걸』(일명 『갈매기의 꿈』)

4) 참조: 소크라테스, 『변명』

5) 성 프란시스의 자서전 중 한 장면을 패러디함

6) 참조: 요한복음 14장 12절

7) 참조: 소포클레스

8) 참조: 아리스토텔레스, 『니코메쿠스 윤리학』, I.7, 1097b22~1098a20

9) 참조: 마가복음 12장 25절, 누가복음 20장 35절, 고린도 전서 7장 1~8절

10) 참조: 고린도 전서 7장 32~33절

11) 참조: 마태복음 5장 45~46절

12) 참조: 쇼펜하우어, 『의지와 표상으로서의 세계』

13) 참조: 라캉, 주이상스(Jouissance) – '고통의 쾌락'

14) 여기에서 독자가 주지할 점은 서양미학사에 있어서 '숭고'의 개념이 철학자에 따라
그 의미에 차이가 있다는 것이다. 롱기누스, 버크, 쇼펜하우어 등의 '숭고' 개념에는
'영혼의 고양/승화'가 큰 비중을 차지하는데 비하여 칸트는 '도덕적 선의 환기'
(evocation of the morally good)에 더 큰 의미를 두고 있다. 쇼펜하우어는 '숭고' 개
념을 여섯 단계로 나누어 설명하는데 그 중 가장 높은 단계는 불교/힌두교적 뉘앙스
를 띠는 '무(無)'의 경지이다.(쇼펜하우어, 『의지와 표상으로서의 세계』, §.39 참조)
한편 로이타르 등 탈근대미학자들에게 있어서 '숭고' 개념은 칸트 자신이 미처 충분
히 논하거나 인지하지 못한 숭고의 '무한의 부정적 제시'의 개념을, 하이데거의 '알
레세이아(Aletheia), 은폐된 진실/진실의 은폐성'의 개념으로 새롭게 그 의미를 부여
하고 있다. 자크 데리다의 제자인 라쿠 라바르트는 '숭고는 스스로의 법칙을 자신이
쥐고 있다'고 했다. 탈근대미학자들은 숭고를 재현(representation)되어지는 것이
아니라 다만 그 자체로 제시(presentation)되어지는 것으로 정의했다. 한편 장-릭
시는 서양의 숭고개념을 불교의 무(無)의 개념과 병행하여 동서양 영성의 만남을 숭
고미학적 관점에서 고찰했다. (탈근대미학에 대한 상세한 담론을 위해서는 『숭고에

대하여- 경계의 미학, 미학의 경계』[장-릭 시 외 7인 지음, 김예령 옮김, 문학과 지성사] 참고바람) 저자는 서양미학사에 걸쳐있는 폭넓은 스펙트럼의 '숭고론'을 횡단하며 나름대로 미학적-도덕적-영성적 숭고론을 먹황새를 통해서 표현해보았다.

15) 참조: 쇼펜하우어 『의지와 표상으로서의 세계』, §.39. 칸트는 쇼펜하우어와는 다르게 숭고체험의 의미를 '도덕적 선(善)의 환기'에 두었다.

16) 숭고체험과 성스러운 체험을 동일시하는 것은 저자의 주관적 해석이다. '숭고체험'은 그 실체에 있어서 유대, 기독교적 맥락 속의 성화(聖化)체험과 다르지 않다고 믿기 때문이다.

17) 참조: 노자, 『도덕경』 1장

18) 참조: 칸트, 『판단력 비판』, §.2. 칸트는 숭고는 주체의 마음에 존재하는 것이라고 함으로서 주관주의적 숭고론을 표명했다.

19) 참조: 에피큐러스 (희랍 철학자, 기원 전 342~270)는 모든 세속적 욕망을 벗어나 정념에 사로잡히지 않고, 육체적, 정신적 고통을 모두 제거하여 정신적인 동요나 혼란이 없는 절대평정의 마음상태에서 느끼는 쾌(快), 열락(悅樂)의 상태를 아타락시아(ataraxia)라 일컬었으며 그것을 행복의 필수 조건이요 철학의 궁극적 목표로 믿었다. 저자는 여기에서 임의로 숭고체험의 정점을 '아타락시아'라는 어휘로 표현해 보았다.

20) 참조: 헤겔, 『정신현상학』 §.658

21) 참조: 마태복음 25장 40절

22) 참조: 이마누엘 칸트, 『실천이성비판』

23) 참조: [장자] 제1편. 『소요유』 유월식(六月息)을 '여섯 달 동안 날고 난 후 쉰다'라고 해석하기도 한다.

24) 참조: [장자] 제2편. 오상아(吾喪我)는 자아를 잃어버린, 혹은 잊어버린 경지에 이른 자아, 큰 깨침을 얻고, 대 자유를 얻은 진인(眞人)의 경지를 이른 자아를 의미한다. 인위적, 사회적 자아는 구속된 자아인데 비하여 자유로운 경지에서 소요유(逍遙游: 한가로이 거닐며 놀다)할 수 있는 진정한 자아를 의미한다. 대자연의 법칙인 도(道)에 깨달아 일체의 사회적, 도덕적 선입관을 벗어던진 유유자적한 존재를 말한다.

25) 피리를 만드는 사람 혹은 피리를 잘 부는 사람을 뜻함.(참조: 『리더스 한자사전』, 임광애 편저, 한중문화원)

26) 참조: 이마누엘 칸트, 『판단력비판』, §.58

27) 참조: 이마누엘 칸트, 『실천이성비판』

28) '가능빈가'란 불경에 나오는 상상의 새로서 음색이 가장 아름다운 새라고 한다. '붓다의 음성'이 이 새의 울음소리와 같다고 한다.

29) 참조: 소요유(逍遙遊)는 '한가로이 거닐며 논다'는 뜻으로 장자철학에서 진인(眞人)의 궁극적 삶의 경지를 이른다.

30) 참조: 노자, [도덕경(道德經)] 제3장. 위무위(爲無爲), 제43장. 무위지익(無爲之益)

31) 참조 [장자], 제2편. 오상아(吾喪我), 제4편. 심재(心齋), 제6편. 대종사(大宗師)의 좌망(坐忘)

32) 참조: 『장자』 외편, 제8편

33) 참조: 마가복음 7:27~28

34) 참조: 이 작품이 단순한 장자철학의 되새김질이 아닌 것처럼 이 부분에서 장자의 소요유(逍遙游) 개념을 기독교적 사랑의 개념과 접목하여 새로운 개념으로 비약시켜 보았다.

35) 참조: 출애굽기 33장 20~23절. 구약성서에 익숙한 독자는 유대인의 하느님, 야훼(Yahweh)를 쉽게 상기하게 될 것이다. 야훼는 자신의 얼굴을 절대로 피조물에게 드러내지 않는다. 모세조차도 야훼의 얼굴을 보지 못했고 다만 그의 뒷모습만을 보았을 뿐이다. 야훼의 얼굴을 보는 자는 살아남지 못한다.

36) 참조: 출애굽기 3장 14절. 야훼는 '스스로 존재하는 자'를 뜻한다. 이와 유사한 맥락에서 칸트는 '숭고'의 경지를 다음과 같이 말하고 있다. "나는 존재하고, 존재했고, 존재할 모든 것이다. 필멸의 어떤 존재도 나의 베일(veil)을 벗기지 못할 것이다.'라고 새겨져 있는 아이시스(Isis)의 성전의 비문(Inscription)보다 더 숭고에 대하여 적절하게 표현한 것은 여태 없었다." (칸트, 『판단력 비판』, §.49, 주석 44 참조)

37) 참조: 마태복음 17장 20절

38) 참조: 이마누엘 칸트, 『판단력 비판』, §.23

39) 참조: 헤겔, 『정신현상학』, §.658

40) 참조: 조셉 캠벌, 『신화의 이미지』, §.40

41) 참조: Nicholas of Cusa, 『On Learned Ignorauce(박학한 무지)』, chap. 21.

42) 참조: Angeles Silesius, 『Cherubinischer Wandersmann 3』, §.148

마야의 달